Kafka und der Film

カフカと映画

ペーター＝アンドレ・アルト　瀬川裕司 訳

白水社

訳者まえがき

本書は、Peter-André Alt: *Kafka und der Film*, Verlag C. H. Beck oHG, München 2009. の全訳である。著者のアルトは一九六〇年生まれ、ベルリン自由大学の教授（ドイツ文学）で、現在は学長職にある。本書以外の著書としては、*Schiller : Leben–Werk–Zeit*（2000）, *Der Schlaf der Vernunft*（2002）, *Franz Kafka–Der ewige Sohn*（2005）, *Aufklärung*（2007）, *Klassische Endspiele. Das Theater Goethes und Schillers*（2008）, *Ästhetik des Bösen*（2010）などがある。

フランツ・カフカ（一八八三〜一九二四）が、少年期から青年期にかけて〈映画の誕生〉に立ち会った世代に属しており、彼自身も熱心な映画ファンであったことは広く知られている。そしてカフカの書いた作品においても、きわめて〈映画的〉だと感じられる要素があること、映画からの影響が見られることを指摘するエッセイ・論文などは、かなり早い段階から発表されてきた。

しかし過去においては、〈カフカと映画〉というテーマを扱う一冊の著書としては、カフカがどんな映画に接したかという事実を突き止めようとした労作、ハンス・ツィシュラーの『カフカ、映画に行く』（Hanns Zischler: *Kafka geht ins Kino*. Reinbek bei Hamburg 1996. 邦訳はみすず書房、拙訳）しかなかった。『カフカ、映画に行く』は、高名な俳優でもある著者が、カフカの日記や手紙での映画に関する記述を調査し、カフカが実際に視聴したのがどのような映画作品であったか、また彼がほかのどのような視覚的娯楽装置に関心を抱いていたかを検証したまことにスリリングな一冊である。だが同書は、カフカが確実に視聴した映画のデータ、そこから彼が受けた印象は明示しているものの、その結果として映画がカフカの作品群にどのような痕跡を残しているか、つまりカフカが自らの文学のなかにどのような〈映画的手法〉を投入したかという点にはまったく触れていなかった。実は訳者自身も、機会があればいつかこのテーマで論文を書いてみたいと思い、ささやかな準備作業をおこなったこともあったのだが、ほかの課題に時間を奪われ、しばらく放置していたうちに本書に出合い、訳出の機会を得たような次第である。

ここでペーター＝アンドレ・アルトは、『失踪者（アメリカ）』や『城』のような有名作品だけでなく、一般読者にはあまり知られていない初期の短編、あるいは日記や手紙に多く残された習作などを精査することによって、まだ誕生から日の浅かった映画というメディアを参考にしながら、カフカが自らの文学的スタイルをつくりあげたプロセスを浮かび上がらせる。

簡単に、本書の内容を章ごとに紹介させていただこう。アルトは第一章では、映画が何よりも〈イメージが動く〉という特質によって当時のインテリ層にも刺激を与え、反＝心理学的な装置として学問的考察の対象にされたという事実を紹介し、カフカも早い時期から〈キネマトグラフ的視覚〉を文学に活かそうとしていたことを指摘する（「キネマトグラフ」は「シネマトグラフ」に相当するドイツ語で、初期の映画撮影・映写機もしくは「映画」全般を指す）。第二章では、『観察』に収められた諸作品が、映画の各ショットを文章化して積み重ねていくような手法で書かれていることを明らかにし、第三章では、近代的な交通による新しい視点の獲得および映画による交通の表現が、『街道の子供たち』『失踪者』『審判』等の作品における描写に応用されて高い効果を上げていることを提示する。第四章では、初期の映画で高い人気を誇った〈追跡劇〉の場面が『失踪者』『審判』において力動性豊かに展開され、大きな魅力を生んでいることを検証する。第五章では、『審判』を丹念に読み込むことによって、そこに一九一〇年代のドイツ映画『分身』および『プラークの大学生』において中心に据えられた〈ドッペルゲンガー〉というロマン主義的テーマが応用されていることを検証し、第六章では『兄弟殺し』を例にとって、カフカが文学作品において無声映画特有の大げさな身振り表現を多用していること、まるで映画シナリオを書くかのように作品を構成していることを明らかにする。第七章では、〈映画の祖先〉のひとつと目される娯楽装置ステレオスコープから刺激を受けたと思われる叙述が、『猟師グラッフス』と『桟敷にて』で展開されていることを分析し、第八章では、ドイツ表現主義映画を代表する傑作『吸血鬼ノスフェラトゥ』の撮影に使用された城を、カフカが直前に訪ねていた可能性が高いこと、その城の状況が長編『城』の舞台に酷似していることを明かしたうえで、のちにカフカがベルリンに移ってから執筆した短編のうちに、『吸血鬼ノスフェラトゥ』の有名場面を応用したと推測される箇所が多く存在することを指摘する。『吸血鬼ノスフェラトゥ』と未完の小説『城』との関連性への言及は、本書ではじめておこなわれたきわめて興味深いものである。そして最後の第九章で、アルトはカフカの叙述の映画的特徴を八つにまとめる。

このように著者アルトは、今日の私たちにはもはや推測しにくくなっている、〈誕生当初の映画が当時の人々、とりわけインテリ層にどのように迎えられたか〉という問題について一般的検証をおこなったうえで、さまざまな位相からカフカが映画の諸要素を貪欲に吸収し、執筆に役立てた様子を明らかにする。そこでは、当然のごとくカフカの親友であったブロートの著作や日記・手紙にも目配りがなされるし、当時のプラハでカフカを包んでいた空気も紹介され、どのような環境でカフカの映画的叙述が生まれたのかがよく理解できるようになっている。また豊富な例が引用されているので、あまりカフカ文学を読んだことのない方でも、論旨はご理解できることと思う。

翻訳作業においては、できるだけ原著のニュアンスを忠実に伝えることを重視したが、原文ではかなり専門的な用語・難解な言葉づかいがなされているため、表現を平易にした部分があることをお断りしておく。

また訳者は、原著刊行以前に、ある雑誌に〈カフカ文学が映画化された場合に何が起こるか〉というテーマについてのエッセイ、「カフカ映画化の（不）可能性」を発表していた。これは、一般に〈映画的〉と考えられているカフカ文学が、さらに映画化された場合にどのような現象が起こるかについて考察したものであるが、内容的にはアルトと問題意識を共有している部分もあり、本書の理解のために役立つ可能性があると考えたため、編集部と相談のうえ、巻末に「解説にかえて」というかたちで掲載させていただくことにした。恐縮ながら、併せてご一読いただければ幸いである。

なお、チェコ語とスロヴァキア語の表記については髙橋みのり氏、ハンガリー語の表記については大島一氏から御助言をいただいた。この場を借りてお礼申し上げます。

本書をご担当いただいた、白水社編集部の岩堀雅己氏に感謝します。

二〇一三年二月

瀬川裕司

カフカと映画　目次

訳者まえがき　3

序　章　オープニング・クレジット　13

第一章　動くイメージの美学　19

第二章　映画のまなざしの練習――『観察』　39

第三章　交通と映画――『街道の子供たち』『失踪者』『審判』　55

第四章　追跡劇――『失踪者』　85

第五章　ドッペルゲンガー——『審判』 105
第六章　身振りの映画劇場——『兄弟殺し』 131
第七章　ステレオスコープ的視覚——『猟師グラッフス』 149
第八章　トランシルヴァニアの測量士——『城』 163
第九章　エンドクレジット 191
カフカ映画化の（不）可能性——解説にかえて　瀬川裕司 199
原註

カフカと映画

序章　オープニング・クレジット

カフカはしばしば映画というもの、すなわち観客を圧倒する効果と高速で連続する映像、テーマにおいて観客にショックを与えることを重視する美学と通俗的要素、動く芸術のさまざまなモティーフおよびドラマトゥルギーといったものを真剣に検討した。とりわけ一九〇九年から一九一三年までの時期に書かれた日記と手紙には、彼が新しいメディアに魅了されていたことを示す多くの証拠が残されている。そういった日々の記録や手紙類のなかでは、驚くほどの頻度で映画作品の内容や個々のイメージが描写され、ストーリーの概略が語られ、瞬間を切りとるショットが詳細に説明され、場面の連続性に注目がなされている。文学と同様、キネマトグラフ――一九一四年以前に用いられていた言葉をここでも用いるなら――は、カフカの自伝的作品および人生の記録にもっとも顕著に痕跡を残したメディアだ。のちに婚約者となるユーリエ・ヴォーリツェクに向かって一九一九年に確信をもって語ったように、カフカは「映画に恋して」[1]いた。とはいえ、彼が映画に対して抱いていた親近感は――一九一三年一一月の日記に用いた表現によれば――「途方もない楽しみ」[2]をもたらしてくれることを期待していただけでなく、映画の美学、運動の知覚方法、メディアとしての技術から刺激を受けた視覚といったものに対して、その作家がたえず考察をおこなっていたことを意味している。

カフカが映画に強い関心を寄せていたことは、最初の伝記作者であり生涯を通じての友人であったマックス・ブロートも認めており、(3)けっして未発見の事実であったわけではない。このことを過去にもっとも包括的に記録したのは、ハンス・ツィシュラーが一九九四年に発表した研究書、カフカの映画受容を綿密に調査し、彼が視聴した映画作品――それらの多くは消失してしまっている――の復元まで試みた『カフカ、映画に行く』である。知的な優美さ、分析的観察と綿密な資料調査がみごとに調和している同書は、近年のカフカ研究にとってもっとも意義深い貢献のひとつをなしている。(4)ツィシュラーの先駆的著作が分析をおこなうのは、もっぱらカフカの自伝的テクストと、映画についての、たいていは謎めいた記述がなされている省察である。いっぽう日記、手紙、旅行時のメモを除いた狭い意味でのカフカの文学作品は、ツィシュラーの研究では対象から除かれている。(5)

カフカの作品に映画との結びつきが顕著に見られることは、一九二七年にマックス・ブロートがはじめて強調した。カフカの死後に出版された『アメリカ』のあとがきにおいて、ブロートはテクスト内のグロテスクで滑稽な場面を引用し、そこに後期のチャプリン映画の痕跡を見出す。(6)ブロートから刺激を受けたヴァルター・ベンヤミンは、三〇年代はじめに、カフカ作品を注意深く読めば映画的色彩を発見できると主張した。カフカの没後十年に寄せるエッセイを書く作業の過程でベンヤミンが残したメモには、映画的モティーフと終末論的モティーフの調和について書かれている。「カフカ解釈の真の鍵を握っているのはチャプリンだ。チャプリンの描く状況では、ほかに例のないかたちで、排除されていること、社会的権利を剝奪されていること、永続的な苦痛を受けていることが、貨幣制度、大都市、警察といった今日に生きる私たちの特殊な状況と結びついている。同様にカフカにおいても、あらゆる出来事が両面性を持っており、考えられぬほど古く、いつの時代のものか不明なのだが、他方では最新のジャーナリスティックな意味での時局性を備えている。神学的な関連性においていえば、おそらくそのような二面性を追い求める者が正しく、ふたつの面の片方にしか目を向けない者は誤っているのかもしれない。ちなみに、カフカの作家としての姿勢の核をなすのは、その二面性である。その姿勢とは、ほとんど芸術とはいえないほど素朴な大衆向けカレンダーのスタイルにおいて、表現主義にのみ現われるような叙事詩的な人間像を追っていくというものだ」[7]。ベンヤミンの複合的な記述は、映画というものの主として題材に関連する次元に依拠して進められるが、その記述はベンヤミンらしいやり方で、深層性と表層性、透明性と錬金術を結びつけるカフカの特殊な語りの手法との関係に踏み込んでいく。ベンヤミンはこの観察をそれ以上は深めず、ほかの例を対象として展開することもなかった。一九三四年一二月の終わりに『ユーディッシェ・ルントシャウ』誌にふたつの部分が掲載されたベンヤミンのエッセイには、映画が人々を疎外する効果について、ごく一般的な言及がなされているに過ぎない。その効果とは、人は映画では運動の推移を歪んだかたちで突きつけられるため、もはやそれが自分の運動であるとは認識できなくなってしまうというものだ[8]。カフカの作品が生み出す表現主義と映画との関係性は、ベンヤミンのメモが暗示的に言及した表層の美学と深層の意味との関係と同様、検討されないままに終わる。

カフカの物語作品が、映画という表現モデルからどれほど影響を受けているかという問題には、ブロートとベンヤミンだけでなく、テオドール・W・アドルノも関心を寄せていた。一九三四年一二月一七日の手紙において、アドルノはカフカの文学テクストが構造的に映画と密接な関係を持っていることにお墨つきを与える。「カフカの小説は実験的演劇の脚本ではない。というのは、そこには原則として、実験に巻きこまれる観客というものが存在しないからである。カフカの小説は無声映画（それがカフカの死とほとんど同時に消え失せたのは偶然ではない）と結びついた、消滅しつつある最後のテクストなのだ（…）」[9]。アドルノは、カフカを実存主義者として解釈する傾向がピークに達していた一九五三年に公表した『カフカへのスケッチ』で、そのような映画との関連性をいま一度指摘したが、その診断を分析的に充実させようとはしなかった[10]。過去数十年で主流となってきたカフカ研究がアドルノの問題提起を継承することはほとんどなく[11]、部分的に関わりを持つ予備的研究を除いては、カフカの物語テクストに映画的なまなざしを注ぐ形式美学的な考察は、きわめて不十分にしかおこなわれてこなかった。

カフカ研究の第一人者のひとりが記した以下の言葉は、この領域では本質的な発見を期待できないと主張するものだ。「映画へのカフカの愛が重要なものであったとしても、メディアを越境するまなざしを送ることが根本的にそれほど有益ではないことは見落としてはならない。映画および映画館は――テーマとしてもメディア的表現手段および慣習としても――カフカの文学にとってあまり重要ではなく、カフカにとって映画が持つ意味は、ごく狭い領域にとどまる。それはおそらく、映画には文化的重要性があるというだけのことであり、彼のテクストおよび執筆が映画的実践であるわけではない[12]」。このような仮説は、カフカのテクストに見られる数多くの例によって否定される。そこで明らかにされるのは、カフカの作品では構造においてもテーマにおいても映画が決定的な役割を果たしていることだ。カフカの短編および長編は、映画という新しいメディアから驚くほど強い刻印を押されており、文学的構成のさまざまな段階と領域が映画によって決定づけられている。[13]その刻印は、映画に典型的に見られるテーマの加工、瞬間を切りとる個々のショット、モティーフなどにとどまらない。映画的な作劇法を展開する演出、人物の表現、運動の美学までもがそこには含まれているのだ。

多種多様な要素によって織り上げられた複合的な編み物から、過去に無視されてきたことを試みる本研究での方法論が導き出される。本研究が提示しようとするのは、カフカの映画的なまなざしが、彼の諸作品を構成している魅力的な文学的真実のけっして小さくない部分に向けられているということだ。以下では、カフカの語りが「キネマトグラフ的」であることを証明することによって、映画的構成という観点からカフカの物語の内的論理を把握したい。それによって、カフカが生み出す原稿の特殊に映画的な構造が、彼の詩的想像力と、執筆の際にかならずおこなわれる叙述の変換作業を分析する鍵となっていることが明らかになるだろう。以下で示されるように、カフカのテクストは初期の映画、そのグロテスクな力動性、超現実主義的なテーマ、非＝心理学的なストーリー展開を反映するものであり、二〇世紀初頭以来、人々の視覚的経験を革命的な方法で変えた新しいメディアを美学的に処理した結果なのである。

第一章　動くイメージの美学

プラハ最初の映画館がカールスガッセの「ツム・ブラウエン・ヘヒト」の建物のなかで開業したのは、一九〇七年九月五日のことである。当初はカバレットとしての使用を予定されていた細長い観客席には、五六の座席があった。それ以外にも入口付近には狭いスペースがあり、そこに切符売り場があった。営業許可を受けたのは、奇術師のヴィクトア・ポンレポである。ポンレポは一八九九年以来、持ち運びのできる映写装置を携えてボヘミア地方を旅し、歳の市を訪れた人々に短編映画を見せていた。弟が〈弁士〉の役割を果たし、映画の内容をかいつまんで話し、挿入字幕を読み上げた。一九〇七年一〇月一八日には、ふたつめの映画館、カフェ・オリエントがビーベルナーガッセで営業を開始した(1)。一九一〇年には、カバレット・ルツェルナが開館した。ここは当初は歌や寸劇を含む演芸プログラムを専門としていたが、のちに第三のホールがつくられた。そのホール、すなわちヴァッサーガッセとシュテファンスガッセのあいだの豪壮な建築のなかにあったビオ・ルツェルナという名の施設は、それ以後の歳月において、プラハでもっとも豪華な映画館として特別な名声を誇った(2)。

フランツ・カフカは、まもなく「片田舎のキネマトグラフ通[3]」と自称することになる友人のマックス・ブロートとともに、プラハの映画館の早い時期における観客のひとりであった[4]。一九〇六年六月に法学部の課程を修了し、社会人となってからの最初の数年間において、カフカは定期的に芝居、オペレッタ、カバレット、ワイン酒場およびバーを訪れるという変化に富んだナイトライフを楽しんだ[5]。映画館は市の中心部の演芸場や寄席、音楽カフェなどのすぐ近くにあったので、カフカが新しいメディアの将来性に魅せられたのは理解しやすいことである[6]。映画作品の、当時は浅薄なものと考えられていた娯楽的性格が、彼の心をしっかりととらえたようなのだ。マックス・ブロートは一九三七年に、カフカが「あらゆる新しいもの、今日的なもの、技術的なもの、たとえば映画というものの始まりに関心を抱いていた」と伝えている[7]。すでに一九〇八年の終わりには、カフカは皮肉まじりの口調で、人は「キネマトグラフのために生き続けなければならない」と述べている[8]。ここで彼が訴えかけている実存と映画との関係は、映画に対するカフカの分析を規定する中心的な思想を明らかにしている。それはすなわち、運動の美学だ。

カフカがとりわけ関心を寄せたのは、映画の映像の力動的な配列と連続化の技術である。彼は日記に、映画というメディアが人々が見慣れている出来事を加速化し、異様なものに変えることによって生み出す新たな運動の芸術を、きわめて的確に記録する[9]。一九〇九年夏の日記に書かれた、私たちが読むことのできるもっとも早い時期のメモには、「列車が通り過ぎるとき、観客たちは身体をこわばらせる[10]」と書かれている。この一文は、映画で鉄道が登場した場面の、プラハの観客を深く動揺させた圧倒的な効果に関するものだ。このような題材を映画で扱ううえで模範となったのは、一八九五年に撮影され、一八九六年一月六日にはじめて上映された、鉄道列車の駅への接近と停止をとらえた『ラ・シオタ駅への列車の到着』と題されたリュミエール兄弟の短編である。伝えられるところでは、パリの観客たちは、四九秒の長さしかないシークェンスを目にしたとき、走る機関車のあまりにも自然な迫真性に驚き、あわててホールから逃げ去ったとされる。アドルノは、押し寄せてくる映像の攻撃的な物理的近さこそが、映画に特有の性質であると強調した。(11)

カフカは高速で走行する鉄道列車を記録しているわけだが、おそらく駅への到着場面は、有名なオリジナル作品のヴァリエーションのひとつであろうと推測される。(12) ジークフリート・クラカウアーが報告しているように、列車というモティーフは映画においてしばしば模倣され、変更を加えられた。リュミエール兄弟だけをとってみても、一八九六年以後の数年間において、たとえばケルン（『急行の到着』）、ヤッファとエルサレムでも同様な撮影をしたように、彼らは何度も列車の到着をフィルムに収めている。(13) 英国人の映画の先駆者ロバート・W・ポールは、彼自身の作品『トラヴェル』（一八九六）および『ロンドン急行』（一八九八）において、リュミエールの場面を再現した。フランスのカメラマンたちは一八九七年以後、動いている自動車や鉄道や船に固定した対物レンズを使って実験をおこなっていた。セシル・ヘプワースも、同じ題材を扱った作品を演出して同様な成功を収めた。彼は一九〇〇年に、自動車が猛烈なスピードでカメラに近づき、バンパーがあと数センチというところまで接近した瞬間にようやく停止するまでを撮影した。(14) ヘプワースの作品のタイトル――『轢かれるとはどんな気分か』――は、鉄道というモティーフが観客たちにもたらしたと思われる運動の経験と同じ迫真性を示唆するものである。

カフカが鉄道というイメージに取り組むのは、映画の像が動くということが、知覚心理学的観点において彼の関心を惹いたからである。[15]一九一一年の旅日記には、映画は「見られる者」に、まなざしの静止状態によってのみ耐えられるような「運動」の「不穏な状態」をもたらすと書きこまれる。[16]数か月後、夜のミュンヒェンをタクシーで走ったときの様子については、車のタイヤが「濡れたアスファルトの上でキネマトグラフの装置のようなノイズを生み出していた[17]」という記述が見られる。マックス・ブロートも、一九〇九年に『ノイエ・ルントシャウ』に発表し、四年後にエッセイ集『醜悪なイメージの美について』に収録した文章において、カフカのメモが描き出した近代的な交通と映画との結びつきについて考察する。ブロートは、カメラの前で果てしなく伸びていくかのようなレールを両目で見つめなければならない観客が魅了されてしまう、映画における鉄道走行の表現を描写する。「（…）ただちに私は、自分に向かって伸びてくる二本のレールに驚愕する。つまり私は高速列車の機関車のなかに座っており、山々、川、先住民、トンネルのなかの絶対的な無を楽しんでいる[18]」。同年に書かれたマリネッティの『未来主義宣言』は、「管のついた巨大な鋼鉄の馬のように重厚に突き進んでくる頑丈そうな機関車[19]」を賞賛する。それは、近代の技術が生み出したダイナミズムを詩的対象と見なし、そこに美を認めるということだ。一九二六年には、当時最高の技術が投入された映画のひとつであるバスター・キートンの『将軍』が、鉄道というテーマを、滑稽さとグロテスクさのあいだで揺れるドラマトゥルギーの対象とすることになる。

一九一三年の終わりにヴォルフ社から発行されたクルト・ピントゥス編『映画の本』は、国内の有名作家たちによる、ほとんどの筆者がパロディー的様式で書いた脚本の原案（「キノドラマ」）を集め

オーギュスト＆ルイ・リュミエール『ラ・シオタ駅への列車の到着』(1895)

たものだ。そこでブロートは、速度というテーマをとり上げるスケッチを披露している。[20] シナリオの主人公、生徒キューレンベックは真昼間に、列車の駅への到着を夢想する。その列車からは、アメリカから来た資産家であるらしい叔父が降りてくる。ブロートは前口上において、「変身、亡霊、川から高い橋の上への跳躍、そういったものを私は目にする――好んで映画館で[21]」と説明する。『映画の本』では、機械技術によって速度を上げられた運動過程の表現が映画にもたらした意味が、豊富な例によって確認される。ブロートの場合だけでなく、ヴァルター・ハーゼンクレーファーとクルト・ピントゥスの原稿でも、鉄道の走行と自動車での追跡が決定的な役割を果たす。[22] ルートヴィヒ・ルービナーは、同じようにクルト・ヴォルフ社で『犯罪ソネット』の連作を発表する。そこではキネマトグラフの場面が模倣され、個々のテクストが〈エピソード映画〉〔それぞれが完結したエピソードを積み重ねるようにして構成された映画〕の各シークェンスであるかのような印象が生み出される。[23] 一九一三年の終わりに、ハーゼンクレーファーは『フランクフルター・ツァイトゥング』の書評欄で、このソネットが「言葉のテクニックと精神の具象性」によって映画の可能性を高めるものであるとして賞賛する。[24]

観客にスリルを覚えさせることを使命とする高速の運動過程の表現が中心的なテーマを形成し、そのテーマの内部で、新しいメディアが本質をあらわにする。アルフリド・コリンズ、セシル・ヘプワース、ロバート・W・ポールおよびジェイムズ・ウィリアムソンは、すでに世紀の変わり目のころに、自動車の衝突や鉄道事故を題材とする映画（一八九六年の『恐るべき鉄道事故』や一九〇〇年の『モーターカーの爆発』など[25]）を撮っていた。ベルリンの映画の先駆者オスカー・メスターは、

ルノー社による最初の自動車レース（1908）

一九〇五年以後の時事ニュースにおいて、走る車から撮影した映像を定期的に送り出したし、自動車レースやスピード記録の樹立を題材とすることもあった（『一九〇五年七月二日にザクセンの運転手がアウグスト王に捧げた自動車走行』『一九〇五年八月一二日ミュンヒェン近郊における自動車レースの映像』[26]）。デイヴィッド・W・グリフィスは一九〇七年に、『ドライヴ・フォー・ア・ライフ』というタイトルのもとに、若い女性を服毒死から救うために運転手が最高速度で車を走らせるという展開の通俗的な短いドラマを披露した[27]。フランスのパテ社は、滑稽な事故や災難が起こる日常的場面を提供した。それらは最終的には、グロテスクな追跡劇でピークを迎える（一九〇六年『警官たちの競走』および一九〇七年『かぼちゃのレース』[28]）。一九一〇年ごろでは、広告宣伝がなされていた高い人気を誇る映画のなかには、『よじ登り名人の泥棒』『鉄道事故』『自動車事故』あるいは『機関車運転士のロマン』といった作品があった[29]。危険なほど速められた運動というテーマ——トーマス・ケープナーは「七マイルの長靴」という言葉で表現した——は、もっぱらショック効果を生み出すために付け加えられたわずか数分間のシークェンスの中心に位置していた[30]。一九一二年にマックス・ブロートは、「真のキネマのスタイル」は「テンポ」が「現実離れした速さにまで高められた」ところに存在すると書いている[31]。さらに、一九一三年にライプツィヒ大学に、映画を社会的現象とみなす最初の社会学博士論文を提出したエミーリエ・アルテンローは、「キネマトグラフ上映の典型的特徴、すなわち物語のすさまじい速さでの進行は、大都市住民の欲求にかなっている。何よりも映画は、そうした要求に適合したものなのだ[32]（…）」と解説する。

運動過程の高速化というテーマが、一般的に同時代の映画美学に関する考察において大きな役割を果たしたことは疑いがない。[33]ハンス・ハインツ・エーヴァースの恐怖小説『魔法使いの弟子』（一九〇九）には、映画はその技術的な処理能力によって「真正の錬金術師であり、理性の勧告を粉砕してしまう、世界でただひとりの魔術師である。映画は現在を過去に、過去を現在に、結果を原因に、原因を結果に変える」と書かれている。[34]第一次世界大戦の前に映画製作会社ビオスコープのために八本の脚本を書いたエーヴァースが、[35]抽象的な表現ながらここに書き記しているのは、前後の順を逆転させて上映した場合に映画が生じさせることができる、映像による操作の効果にほかならない。未来主義者マリネッティは一九一二年五月に、「キネマトグラフは私たちに、分割され、人間が手を加えることなくふたたび組み立てられる被写体の舞踊を提供する。映画はまた私たちに、両足が水中から浮き上がり、激しい勢いで跳躍台の上に衝突するような泳者の逆方向の跳躍を提示する」[36]と書きつける。ペーター・ヴァイスは、一九五六年に著した論文「前衛映画」において、一九一四年以前における初期の映画の特徴は「グロテスクな追跡場面と変身」[37]であると指摘している。

運動の推移を並べ換えること、非因果的な出来事の連続を再編成することによって、視点が変更されたドラマが生み出される。初期の映画がきわめてダイナミックな場面を偏愛するのは、そういった映像によって、機械技術の影響力、物語を構成する力を如実に示せるからだ。この文脈においてジル・ドゥルーズは、「運動の量」が新しいメディアのテーマだけでなく、自己省察の形式をもつくり上げたと述べる。[38]第一次世界大戦前に書かれた多くのエッセイが、映画特有の映像の力動性のメタ美学的次元を、外面的な効果のみに頼るという映画の特質から生じた結果として検討している。クルト・ピントゥスは一九一三年に『映画の本』の序言で、映画の本質的な構成要素は「身振りとしての運動」であり、鉄道列車を飛ぶように走らせる技術的「トリック」であると書いた。[39] 同じ年にヴァルター・ハーゼンクレーファーは、「速度」を体験することから生じる「観客の催眠状態」が、映画の効果の中心的要素であると評する。[40] ジェルジ・ルカーチはやはり一九一三年に、新しいメディアの特別に魅力的な要素は「疾走する自動車による追跡の、夢幻的に緊迫感を高める要素」にあると見なす。[41] 同じころヴァルター・ゼルナーは、映画観客の好奇心をかきたてる「運動の興奮」を指摘している。[42] イヴァン・ゴルは、「まったく無関係な諸状況が急速に蓄積されること」が、作家たちにとってもインスピレーションを約束してくれる映画由来の要素であると評する。[43] 若き日のベルトルト・ブレヒトは一九二〇年七月二〇日の日記に、映画の「探偵劇」で特に好きなのは「体操的なもの」だと書きつける。[44] トーマス・マンの『魔の山』では、ハンス・カストルプと従兄はダヴォス広場のビオスコープ劇場で、「豪華さと裸体が満ちあふれた、追跡にまつわる事象」を提供してくれる異国情緒豊かなセンセーション映画を目にする。[45]

以上のようなさまざまな表現の背後で、映画が、精神的な因果関係による動機づけに頼っていた文学の伝統的な幻想の美学を、「反＝心理学的な外見的見世物」によって置き換えるものであるという仮説が成立する。[46] 映像が動くようになったことにより、因習的な物語の進行に典型的であった内面的レベルから、身体の動き、身振りや演技を基調とする外面的レベルに重点が移動する。[47] アルフレート・ボイムラーは一九一二年に、広い層の観客が、映画というメディアによって「因果関係の連鎖」と「心理学」への興味を失うと記している。[48] ルカーチは一九一三年に、「理由と意味」がないままに力動性を生み出すことから、映画を「非形而上的」なものだと評する。つまり、映画における映像には、原因もしくは目的となる要素を整理する視点が生み出す、内在的な関連性が存在しないというのである。[49]ルカーチの意見では、物質的な力動性のメカニズムに限定された結果としてのこのような形而上的な機能停止は、出来事を心理学的に説明することを中止させる。すなわち映画は、被写体を物理的な現存性と効果のうちに提示し、独立した意味を付与する。ルカーチの説明によれば、自動車の美しさを機能美として示すことによって、自動車を「詩的なもの」にすることができるのは映画のみである。[50]

一九一四年ごろには、このような見解は学問としての心理学からも対象とみなされるようになった。つまり心理学は、運動の知覚というテーマを扱う際に、映画を視野に入れるようになったのだ。代表的な例としては、マックス・ヴェルトハイマーの「運動の観察についての実験的研究」（一九一二）やアードルフ・コルテスの「キネマトグラフの研究」（一九一五）があり、この両者には、さらにフーゴー・ミュンスターベルクが一九一五年に、もっとも早い時期の、映画理論に関する信頼に足る論文のひとつで言及をおこなっている。[51]医師ヘルマン・デュンシュマンは、研究論文「キネマトグラフと群衆心理」（一九一二）において、映画の暗示的＝催眠術的な力が、加速された刺激の連続によって目を――それと同時に想像力を――惹きつける、圧倒的な効果から生まれると主張する。[52]心理学者および医師たちの多くが映画を批評する見解は、客観的であると同時に要を得ていたルカーチの論証とは対照的なものであった。すなわち、デュンシュマンと同様、彼らは映画を、想像力の荒廃を助長し、道徳的判断力を停止させる機関とみなしたのである。

注目されるのは、カフカがそういった評価からは影響を受けず、すでに早い時期において批評家たちがそのメディアそれ自体――およびその「揺るぎのないカメラ」（クラカウアー）――に備わっていると考えていた、冷静なまなざしを有するものとして映画を観察していたことだ。[53] カフカにおいては、映画のイメージの力動性の分析が、運動という問題についての原理的考察を推し進める。典型的な例を提供するのは、一九〇九年九月におけるはじめてのイタリアへの休暇旅行のあいだに書かれたブレシアの航空ショーについての報告文、パリの地下鉄の詳細な描写とドゥ・ゼキュ広場近くのルーヴル通りでの交通事故の表現である。[54] カフカは日記のなかで、一九〇九年五月におけるペテルスブルクのロシア皇室バレエ団の客演から受けた印象のもとに、彼が崇拝する舞踏家イェフゲニヤ・エドゥアルドーワがふたりのヴァイオリン奏者を従え、市電でプラハの街を移動しているという白昼夢を書きつける。舞踊家を楽しませるために一般聴衆の前で弦楽奏者が演奏する音楽が、運動の感覚的な印象と奇妙なかたちで結びつく。高速の路面電車の力動性とヴァイオリンの響きが、異種の感覚を共鳴させる。カフカの記述は、最後にその共鳴を明確に強調する。「最初は少々意外なものに思われ、少し経つと全員に、不適切であると感じられる。しかし、全速力で進んでおり、静かな街路に強い空気の流れが生じているなかでは、それは素晴らしい音に響く[55]」。音楽は、電車の運動によって新しい効果を得る。それは音楽が、電車を移動させている「全速力の走行」のひとつの要素を成しているからだ。音響の通過と路面電車の力動性が、空間と時間の知覚を、もはや刹那と継続、瞬間と連続のあいだに明確な区別がないような新しい次元に高める。カフカは一九〇九年以後、近代的交通手段での運動体験を伝える状況をしばしば描写する。当人が列車に乗っており、あたかもそれが素早く進行する映画の場面であるかのように周囲の風景を眺める観察者の立場について述べた一九〇九年の日記に

は、「車室の窓から」という簡潔な表現が見られる。(56)

一九一〇年一二月一七日の日記に、カフカは「静止しているものは何もないのかという切実な問いかけに対し、ゼノンは、飛んでいる矢は静止していると述べる」と書きこむ。(57) カフカはここで、パルメニデスが書きとめたソクラテス以前の哲学者、エレアのゼノンの箴言を引用しているわけだが、この引用は映画受容という領域に繋がっている。ゼノンの逆説は、人間の目には物体の素早い動きが、個々の静止した像が同時に存在するものとして把握されるという体験を描写するものだ。心理学における知覚の研究は、一九一〇年ごろにはすでにこのような診断を映画に下していた。映画では、撮影された像が高い頻度で連続的に目にされる。それが実験的な根拠となって、ゼノンの逆説が実体験として確認されるのである。すでに言及したアドルフ・コルテの「キネマトグラフの研究」は、ストロボスコープおよび映画の映像を見ることをめぐる考察において、「すばやい運動では、動いている物体はいくつもの箇所において同時に（複製されて）静止しているように見える」(58) ことを強調する。映写装置によって映像が映し出される際に「頻度の高まり」が起こることにより、映画の観客は「共時的段階」において確実にそれらを目にする。(59) コルテによれば、動いているイメージがいくつもの静止映像に分裂したものに思えるという錯覚が起こるのは、人間の目には、同一の物体の極端に速められた段階的な運動は、空間のいくつもの点において分解し、それによって複製することによってしか把握できないからである。(60)

哲学者アンリ・ベルクソンも、ゼノンの逆説を知覚心理学および映画心理学の観点から考察する。(61) ベルクソンにとっては、運動とは知覚過程において積み重ねられる不動の状態の総量である。研究書

『物質と記憶』（一八九六）において、ベルクソンは知覚（物質的過程としての）と精神（超感性的なものの所轄機関としての）の共同作業の原因を、活動性と省察の相互作用に帰する。彼の述べるところでは、物体の本質は運動にあり、知覚が物理的現象であるなら、それは力動性、変形および行動に向けられる。しかし知覚という作用は、たえず精神的な力から影響を受ける（それによって知覚と精神は厳しい対立を回避し、両者の特質は物質的にも観念論的にも損われはしない）。精神は知覚のイメージに、諸現象の純粋な物理的特質と混じり合っている記憶のイメージと想像のイメージを付け加える。[62] 知覚とは、記憶機能によって補完される運動であり、思考とは、記憶のなかの知覚のデータおよびその再生から供給される知的印象を並べることによって成立するものだ。

ベルクソンは『創造的進化』（一九〇七）において、知覚と記憶の関係を理解するうえで、映画が蓄積と省察の経過の論理を説明する本質的なモデルとなると主張する。映画は、瞬間撮影の連続体をもたらす。それに対して思考は、省察のなかで機械的な論理整合性によって成立する、蓄積された知覚データと想像力のイメージの活性化に相当する。ベルクソンはそのようなデータ処理を、脳内にある映写機——「内的キネマトグラフ」[63]——の活性化と呼ぶ。その映写機の任務は、私たちが受けた印象を、映画のロールの秩序に従って進めていくことにある。『創造的進化』には、以下のような記述が見られる（引用は、一九一二年のゲルトルート・カントロヴィッツ翻訳による最初のドイツ語版による）。「いまや生成を考察する、もしくは表現する、いやそれを知覚することが重要であるとしても、私たちは内的キネマトグラフを作動させることしかおこなわない。つまり、ここまでの主張を要約するなら、私たちの通常の思考メカニズムは、キネマトグラフ的な本質を持っている」[64]。思考は、あらかじめ蓄えられた知覚のデータを順番に並べ、そのあとで正確に配列された体系のなかで展開するという意味で、映画を映し出す映写装置と同じ働きをする。イメージの活性化と連結における知的な構成作業は、暗い映画館における映写装置の機能と同じなのだ。

カフカは大学での学業を終えたあと（一九〇六年以後）、ときおり参加していたプラハのカフェ・ルーヴルでの討論会を通じて、ベルクソンの『創造的進化』のフランス語版に親しんでいたと思われる。[65] ベルクソンがカフカのプラハでの交友範囲において重要な役割を果たしていたことは、マックス・ブロートとフェーリクス・ヴェルチュが一九一二年の終わりに発表した研究書『観察と概念』が明示している。同書は、知的に制御された視覚についてのベルクソンの説を批判的に論じ、知覚という行為を干渉的な省察のおこなわれないイメージの連続体であると説明する独自の理論を打ち出す。[66] 『物質と記憶』で展開された視覚における知的構成の優位という理念を、ブロートとヴェルチュは、感覚的観察の内面的な多様性を指摘することによって拒絶する。そこではベルクソンの静的な精神の概念を改善できるのは、知覚行為が精神的器官において受ける加工の過程を考慮に入れたうえで、「私たちの諸現象の分析的記述」を獲得しようとするプラハのブレンターノ派の記述心理学だとされる。[67]

カフカは学派間の論争にはほとんど興味を示さなかったが、友人であるブロートがベルクソンの思想に異を唱えたことについては無関心でいられなかっただろう。ベルクソンと同様に、彼はゼノンの定理が戯れた運動というテーマを、知覚と判断の関係性に関わりのある特殊な映画観察と結びつけようとする。一九一三年七月一日に映画館を訪れたあと、カフカは日記に、ロマノフ王朝三百周年記念式典の際のロシアのツァー一家についてのドキュメンタリー的な報告文を書く。「皇帝、皇女たちが日の光を浴びて不機嫌そうに座っている。皇女のひとりのみは華奢で、やや年配であり、日傘で身体を支え、前方を見つめている。帝位継承者は不気味な無帽のコサック人の腕に抱かれている――別の映像では、ずっと以前に通り過ぎた男たちが遠くで敬礼している」(68)。日記の筆者の視点は、最初はクロースアップを撮るかのように支配者と周囲の者たちをとらえる。まなざしは集団から個人へ移り、ひとりの人物の外見と態度が簡潔に描写される。ひと息ついたあと、視線は遠方へ移る。地平線で敬礼している兵士の集団が姿を現わす。「ずっと以前に通り過ぎた男たち」という語句が、身振りの表現が映画として現存していることと、遠ざかる集団との空間的距離が広がることとの緊張を表わそうとする。映画は、身振り言語の現前と遠い地平線での身体の消滅を同時に可視化することによって、近さと遠さを同じように提示できるのである。

ツァーの式典をとらえた映画について書きこみがなされた翌日の一九一三年七月二日、カフカは日記に「浴室で、妹に向かってシネマトグラフの滑稽な一場面を再現したときの興奮」(69)と書きつける。浴室の鏡の前で、映画の映像を身振りで再現することが「興奮」を生み出す。それはとりわけ、アレンジを加えられた機械的な運動による再現だ。そこで生じるのは〈生きたタブロー〉ではなく、ダイナミックに連続する多彩な瞬間撮影だ。カフカのいう「シネマトグラフの映像」は、静止画ではない。それは身振りによって模倣可能な、そのメディアに特有の連続性のなかに生きているイメージだ(70)。その模倣が難しいのは、まさに映画の特徴である関連映像の同時性が、身振り言語では暗示することしかできないからだ。カフカが再現した映画の場面は、ロマノフの式典についての書きこみも再現を試みたクロースアップと遠景撮影のあいだの緊張を提示しようとしたものにちがいない。

長編小説『城』（一九二二）において、Kはブリュッケンホーフの女主人ガルデーナから見せられた一枚の写真を観察する。彼はそこに、板の上に横たわった男性が写されていると考える。しかし女主人は、それは誤っていると述べ、被写体は紐を飛び越えている跳躍者だと説明する。[71] Kの誤解は、写真というメディアでは運動と静止を区別することが難しかったせいだとされる。私たちに違和感をもたらす跳躍と睡眠状態との混同は、写真のイメージが、力動性を暗示することならできても、連続するものとして再現することができないからだと説明されるのだ。ゼノンの逆説は、ここでは運動を静止状態と誤解したKの誤った知覚の原因となる。映画においては当然の機能が、写真には与えられていない。それはすなわち、瞬間をとらえた映像が無数に連続されることによって生み出される、個々の映像の流れによる表現である。

静止と力動性との緊張関係は、運動と映画をめぐるカフカの省察において決定的な役割を果たす。一九一三年三月一三日から翌日にかけての夜、彼はフェリーツェ・バウアーに宛てた手紙に、街に貼られた映画ポスターをじっくりと眺めるのが好きだと書く。「僕の放心状態、気晴らしを求める気持ちは、ポスターを前にすると満たされます。ポスターの前では、心のもっとも深いところにあるいつもの居心地の悪さ、永遠にかりそめのものでしかないという感情から立ち直れます[72]（…）」。しかし、カフカがそういったポスターを記録するときの独自の形式は、走り去る路面電車のなかに座り、飛ぶように移動しつつある観察者のそれである。「（…）帰宅するために乗っている路面電車から、僕は飛んでいるような状態で、精神を集中して目の前を過ぎて行くポスターを断片的に読みとったのです[73]」。

ここではポスターというイメージから受ける印象の保存は、知覚という行為を映画の諸条件に適応させるような運動を経由して実行されている。[74]とりわけポスターを観察する者自身が静止した地点に立っておらず、ポスターの前を通過しているという意味において、実行されているのは静的な考察ではなく、視覚の力動化である。そこではまなざしは、映画の規則——高速での連続化という絶対的命令——に従うことになる。

ヴァルター・ベンヤミンは一九三九年に、映画は技術革新がもたらした「新しい統合感覚と反応に人間を適応させる」ことに貢献すると記述する。[75]カフカにとっては、映画的まなざしによって訓練を積んだ観察を実験的に発展させることが、文学的創造の本質的前提となる。このような試行の決定的要素をなすのは、ベンヤミンが強調した、都市生活が機械化されたことによって生じる、意識的知覚と力動的環境との結合である。おそらく最初の映画体験よりも前であった一九〇六年の晩冬に、カフカは雑誌『ゲーゲンヴァルト』に掲載されたばかりのマックス・ブロートの論文「美学について」第一部への論評のなかで、「(…)統合感覚とは状態ではなく運動であり、それゆえに完結していなければならない」[76]と書いている。刺激の受容は意識的知覚の一部であるが、そこには環境および境遇の変化への柔軟な対応の可能性も含まれる。交通、技術および近代的なメディアが生じさせる新しい視覚体験は、カフカがすでに一九〇六年に知覚の内的な目的論の特徴と評した、力動的な統合感覚を要求するものである。

キネマトグラフ的視覚は、拡散した刺激を結びつけ、それと同時に個々のイメージを集めてひとつに束ねる。それはカフカには美的な集中作業として、執筆にとっても模範となると思われる。

一九一三年一一月二七日には、彼は「しかしほんのわずかしか書かなくとも、そのことが僕にもたらす確かさは、疑問の余地がなく素晴らしいものだ。昨日、僕が散歩したときにあらゆるものを眺めたまなざし(77)」と書く。ユーリウス・ハートは一九一三年に、映画上映の技術に関して、カフカの観察の視点への類似性を明らかにしながら「キネマトグラフとは、私たちの周辺一帯で動き、通り過ぎて行くような外界、物質的現象、自然および生に適応可能な装置である(78)」と述べた。他方ではフェルディナント・アヴェナーリウスは一九一八年に、カフカが学生時代に定期購読していた『クンストヴァルト』で、映画の場面の力動化をめぐって「しかし運動性の印象は、私たちの内部ではじめて生じる。実際にはすべての個々の映像は静止しているのだ(79)」と書く。ここでのハートとアヴェナーリウスの主張は、データの真の連結は視覚によってではなく、〈内なる映画装置〉のごとくに機能する、諸要素を結合させる知性の働きによって生み出されるとしたベルクソンの観察と一致する。文学の領域でキネマトグラフ的な知覚を試すとき、カフカはこのような認識を活用することになる。

第二章　映画のまなざしの練習——『観察』

一九二二年七月五日、カフカはマックス・ブロートに美学をめぐる告白をおこなった長文の手紙のなかで、よい文学作品を書けるための特別な条件とは、計画的に自分自身から遠ざかることだと書いた。彼は友人に向かって有無をいわさぬ調子で、「覚醒ではなく」、「自己忘却」が「作家であることの第一の前提」であると述べる。(1) よく知られているように、カフカは執筆に関しては、一九一三年の一月一四日から翌日にかけてフェリーツェ・バウアーに書いた手紙で理想的な仕事の状況と評したような（「隔絶された広い地下室のもっとも奥の空間で、筆記用具とランプひとつとともに(2)」）、極度の隠棲という条件下においてのみ可能であるとする。一九二〇年に彼が残した「祈りの形式としての執筆(3)」という箴言的なメモは、文学の創造に没頭しようと努めることの宗教的側面を簡潔に表現したものだ。自己を空虚にすることは、想像力の活性化にとっての前提であり、それゆえに文学の作業をおこなうための条件である。カフカにとっては、それを実現できるのは、習慣化している自己の固定化を放棄し、自身が関わりを持つ義務を背負うことなく、外界の刺激に身をゆだねられる場合しかない。一九一一年から一九一四年までの時期において、カフカは夕暮れの街を遊歩して受けた印象を日記に綿密に描写している。とりわけそのような遊歩は、カフカに散漫な日常の観察をおこなう機会を与えてくれるものだった。日常の観察が、叙述のモデル、導入場面もしくは連続する物語を生むための基礎を供給してくれることは珍しくない。カフカの映画館通いも、同じような動機によるものである。というのは、映画を観に行くことによって、想像力の働きを活発化させ、執筆を成功させるための前提である自己忘却が可能になるからだ。一九一三年一一月二一日、彼は日記に「僕はさまざまな構成を追跡する。ある部屋に入って、隅のあたりでごちゃごちゃになった、白みがかった構成を発見する」(4)と記す。そのような「構成」を支える材料は、日常的な場面の観察だけでなく、映画体験からも影響を受けた知覚の想像力から生まれる。

一九一三年九月二〇日の午後、カフカはウィーンからリーヴァへ向かう休暇旅行の途中で立ち寄ったヴェローナの映画館で、両親から引き離されてしまう子供たちの物語、『哀れな子供たち』というメロドラマを観たようだ。この題材の人の心を揺さぶる効果は、ロビーでカルーソーのアリアが蓄音機によって再生されたことによって、さらに高められる。その映画には泣かされた、とカフカは旅日記に書きこむ。その後、旅日記は書き足されることがなく、七週間後にその抜粋がフェリーツェ・バウアーに送られることになる。(5)カフカの冷静な推論には、「僕には人間同士の関係の楽しみは与えられるが、その体験は与えられない(6)」と書かれている。一九一三年一一月二〇日の日記は、プラハの〈グランド・テアトル・ビオ・エリーテ〉で上映されたスザンヌ・プリヴァの主演作に言及する。プリヴァは、一九一〇年から一九一四年までのあいだに二十本近くの作品に出演したフランス人の子役スターである。「映画館へ行った。泣いた(7)」。自らを「悲喜劇」として宣伝していた、感傷的効果を売り物とする作品（ドイツ語の公開題名は『もはや子供はいない』）が、カフカのアンビヴァレントな気分を解き放つ(8)。リーヴァでの日記への書きこみに見られる、映画館通いという行為の娯楽的性格に対する論評の締めくくりの部分は、観察する者の心のなかが燃え尽きてしまった状態と、躍動的な街の生気との対照性を際立たせる。「僕は僕という存在の隅々まで、からっぽで無意味だ。不幸であるという感情においてすらも(9)」。

それまでの映画館通いの悲観的な総括は、見せかけのものに過ぎない。実際には、映画を散漫に視聴することは――右に挙げたプログラムは三時間という長さだった(10)――執筆のために欠かせない「自己忘却」の条件を整える精神的空虚化を可能にする。受けた印象によって想像力が満たされることを通じて、一種のトランス状態が生み出される。一九一二年九月二三日に短編『審判』を書き上げたあとの日記への有頂天の書きこみは、そのような状態を「生と魂の完全な解放」に譬えている(11)。この完璧なる「解放」は、自らを「からっぽで無意味な」ものにし、連続する映像と印象を自身の内部にとりこめる場合にのみ可能となる。このような経験が人々を困惑させるとすれば、自己制御、意識的な省察が失われてしまうという側面があることだ。だがその喪失は、心のなかにある境界を消す体験によって、幸福なかたちで補塡される。映画もまた、イメージの流れに身を沈めることを通じて、そのような境界の解消を実現し得るものである。

ジークフリート・クラカウアーは、こうした文脈において以下のように述べる。「映画の映像は、形状が定まらないという性質によって、とりわけ火が飛び散るような閃光として機能するのに適している。そのような映像はたったひとつでも、映画館に来た人の内部に連鎖反応を起こさせる――それは観念連合からの逃避を意味する。連想はもはや本来の源の周囲を旋回することなく、映像によって生み出された精神的世界から立ち現われる」[12]。カフカにとって、映画を観ることは想像力の貯蔵庫を充塡することを意味すると同時に、執筆の条件を整える自己忘却のシミュレーションの意味合いも持っている。そのような姿勢を表わしているのは、一九二〇年二月一五日の日記への書きこみである。カフカは自らのギムナジウム時代に関して、「生が、自然なことであり困難でもある落下と上昇を維持しており、しかし同時にそれと劣らぬ明確さで無、夢、浮遊として認識される。そんなふうな生の眺望を獲得する（そして――たしかに不可分に結びついているのだが――文筆によってほかの人々に確信を抱かせる）」ことを願っていたと述べる[13]。まだ生徒だったカフカは、「生」の知覚を可能にしてくれる、対象と距離を置く姿勢をすでに熱望していた。「眺望」という概念は、こうした姿勢の二重の機能を捕捉するものであるが、その概念は、ひとつの確信とともにひとつのイメージを表している。無遠慮さをも内包している視覚についてのギムナジウム生徒の空想は、ニーチェが「距離のパトス」[14]と呼ぶものとは関係がない。ここでいわれているのは、敬意をこめて他者の価値を認めるのではなく、自身を対象に適応させることなく、あるいは対象の内部に自己を埋没させることなく諸現象を見ることを可能にする、観察の訓練なのだ。

そのような観察の訓練は、クルト・ヴォルフ社から一九一二年一二月のなかばに――日付としては一九一三年と記載されている――出されたカフカの最初の散文集、『観察』の短編に反映されている。同書に収められた、過去にほかの場所で発表されたものも含むテクストのほとんどは、一九〇七年から一九一二年のあいだに執筆された。いくつかの散文は、映画からも影響を受けたことを感じさせる、見ることをめぐる精巧な習作である。同書に収められた十八の習作のうち五つ、『通りに面した窓』、『商人』、『散漫に外を見る』、『過ぎ行く者たち』、『乗客』は知覚体験を直接的に扱っており、おそらく一九〇七年に執筆されたものである。『通りに面した窓』を除いてそれらのテクストは一九〇八年三月のはじめに、フランツ・ブライが創刊した雑誌『ヒュペーリオン』に掲載され、そのあと『観察』として再度活字化された。[15] そこに確認できるのは、カフカの文学における現実性の構築は、すでにこの時点で、最初の映画鑑賞体験によって条件づけられていたということだ。[16]

遅くとも一九〇七年の終わりまでに書かれた『散漫に外を見る』には、そのような方向性の選択が典型的なかたちで記録されている。[17]「いま急速に到来している春の日々において、私たちは何をおこなうだろう？　今朝、空は灰色だった。だがいま、人は窓辺に向かい、驚いて頬を窓の取っ手にもたせかける——下には、幼い女児の顔に、もちろんすでに沈みつつある太陽の光が当たっているのが見える。女の子はそのまま歩を進め、周囲を見渡す。それと同時に、うしろにスピードを上げて近づいてくる男性の影が、彼女にかかっているのが見える——すると男はもう通り過ぎており、子供の顔はすっかり明るくなっている」。[18] この短い習作がテーマとしている窓からのまなざしは、路上の出来事を連続する個々のイメージのうちにとらえている。ここに伝達される最初の印象は、歩道に光を投げかけている、沈みかけた太陽に関するものだ。続いて視線は、窓の前の通りを横切る少女に向けられる。女の子の外見は、最初は陽光によって、次に通り過ぎる男性の影によって特徴づけられる。テクストがその顔の表面的な細部を伝えることはない。習作は、男性が女児を抜き去るという出来事をとらえたイメージによって終了する。そのイメージは運動の効果は提示するが、運動そのものは提示しない。

　この短い作品には、明白に映画的な効果を上げている要素が三つある。ひとつめは、イメージを並べてシークェンスを形成していることだ。ひとつの路上風景が複数のスナップショットとしてとらえられ、濃縮された連続体がつくられている。ふたつめは、通りと女児に交互に焦点を当て、カットによって切り離された複数ショットのように見せることである。そしてもうひとつは、描写される状況の本来的な表現の特質をなす、光と影の戯れだ。テクストは、初期の映画と同じように運動の印象を伝達する。その伝達は、たがいに結びつきがないままに並べられた複数の静止像において実行される。その意味で、このテクストから想起されるのは、一八六八年以後ジョン・バーネス・リネットが特許を保有していた、撮影された写真を機械的に連続させる単純な形式として存在した、キネオグラフという名称の〈親指映画〉だ。[19] カフカはテクストが成立した時期には、すでに新しいメディアとの最初の体験をすませていただろう。既述したように、プラハでは一九〇七年にふたつの大規模な映画館がオープンしていた。マックス・ブロートは自伝において、カフカが「そのころ現われたいくつかの最初の映画」を観たことを確言している。[20] 映画館訪問に関してもっとも早い時期の証言をおこなうのは、カフカがのちにブロートの夫人となるエルザ・タウッスィヒに、軍人とジプシーとのメロドラマ的ラヴストーリーの映画『立派な近衛兵』を推薦した、一九〇八年一二月の手紙である。[21] カフカがテーマについて語る口調は、彼がかなり頻繁に映画館を訪れる習慣を有していたことを明らかにしている。手紙では、ほんのついでという感じで、数日前に訪問したばかりと思われる「最近の上映」について語られる。[22] 連続する映像と光の描写を〈散漫に観察すること〉が、初期の映画に典型的な視覚的表現をもたらすとすれば、それは偶然ではない。ここに見られるのは、カフカの文学における知覚のフィクションが、映画から——そしてキネオグラフとの技術的親縁性から——影響を受けたことに関する、もっとも早い時期の証拠である。

同様な決定的要素を提示しているのは、散文テクスト『乗客』である。そのテクストの経過においては、〈アインシュテルング〉という語の二重の意味（「アインシュテルング」には「ショット」の意味と「態度、考え方」の意味がある）が明らかにされる。「僕は電車のデッキに立っている。この世界、この街、僕の家族における僕の位置を考慮するなら、完全に不確かな存在だ。自分が何らかの方向性において、いかなる請求をおこなうことが正当なのか。僕には、曖昧にでもそれを述べることができない。このデッキに立ち、この吊り革につかまり、この車両に僕自身を運んでもらうということ、人々が車両をよける、あるいは静かに去る、あるいはショーウィンドーの前で動かずにいるという事実を擁護することはまったくできない——僕にそうしろと要求する者は誰もいないが、そんなことはどうでもいい。車両が停留所に近づき、ひとりの女児が降車の準備のためにステップのそばに立つ。その子は、まるで僕自身が彼女に触れてみたかのように明確な存在に思える。黒い洋服を着ていて、スカートのひだはほとんど動かない。ブラウスは窮屈そうで、編み目の細かい襟がついている。左手は開いて壁につけ、右手に持った傘の先は、上から二番目のステップにつけられている。顔は茶色で、両側から弱く押さえられた鼻の先は丸っこく、幅が広い。髪の毛は茶色で量が多く、右のこめかみのところで産毛が風に当たって揺れている。小さな耳は肌にくっついている。だが僕はすぐそばにいるので、右耳の裏のすべてと付け根の部分の影が見える。僕はそのとき、自分に問いかけた。どうしてその子は自分自身に不審の念を抱かないのだろうか、なぜそういったことを何も語らず、口を閉じたままなのだろうか、と」[23]。

このテクストに見られるのは、因習的な語りの形式と映画的な語りの形式の融合だ。因習的な特徴を有しているのは、枠構造である。ここでの枠構造においては、自我が内的な焦点化の叙述の視点から、自分自身および自らの姿勢について真の熟考をおこなう。最初の部分で不確実化の診断が一般的なかたちで語られ、最終節ではその診断が、語り手が市電内で横にいるのを観ている少女との対比に帰着する。再帰的機能を有するこの枠を補完するのは、細分化された知覚の印象を描写する中間部分である。そこで支配的なのは、観察対象に極力接近しようとするカメラの視点だ。幼い少女は、まずはミディアム・ショットに収められ、容貌のみならず、電車が接近する停留所までもがとらえられる。続いて、観察対象者の衣類――スカートやブラウス――にまなざしが向けられ、さらにふたたび顔貌と毛髪を眺めることで終了する。いってみれば中断されることのないカメラの動きの最後になされるのは、右耳に焦点を定めることである。この焦点化によって、中間部分の全体は終了する。この段落の目を惹く特徴は、一人称の語り手が、観察の姿勢をできるだけ正確に対象に適応させられるように、想像上のカメラの視点の背後に姿を消していることだ。〈散漫な観察〉が通りすがりの人物の運動を提示するのに対し、習作『乗客』での視角は、キネマトグラフにおけるクロースアップを実現する。ゲオルク・ジンメルが、著書『哲学的文化』（一九一一）に収められたロダンについての論文において、「動かされている世界を芸術が映し出すだけでなく、鏡それ自体が可動的なものとなったのだ」[24]とコメントしたとき、彼はこのような方法の特徴を的確に指摘したのである。

1907年頃のプラハの市電

カフカのテクストが試みる映画への接近は、そのテクニックを別の形式の叙述と比較してみれば、より鮮明に見えてくる。カフカが一九〇九年五月に公刊される直前に読んだローベルト・ヴァルザーの『ヤーコプ・フォン・グンテン』では、語り手はベルリンの日常的な路上風景を描写する。「市電の車両は、人間をぎゅうぎゅうに詰めこんだ箱のように見える。乗合バスは巨大な、まだ殺されていない甲虫のように体を揺らしながら通り過ぎる。そして、移動する展望塔のように見える車両が到着する。人々はやたらと高い位置にある椅子に座り、下で生起し、跳躍したり走ったりしているすべてのものをやり過ごす[25]」。リルケの小説『マルテの手記』（一九一〇）において再現されることになるここでの描写の様式は、運動の示唆を目指しはせず、巨大に感じられる乗合バスのグロテスクな効果を中心に据える。ヴァルザーの場合、そこから導き出されるのは、乗り物を奇抜なもの——甲虫、箱、塔など——に譬え、その予想外の効果を強調する方法である。

カフカの最初の短編集のなかでは、『通りに面した窓』、『商人』および『過ぎ行く者たち』も、運動の推移の観察と関連があるテクストである。それらは外界の出来事を記録しようとするカメラの姿勢を採用し、力動的なプロセスを正確に観察するものだ。『通りに面した窓』では最初に、通行人のまなざしにさらされることなく、室内から通りを眺める観察者の覗き見的な視点が賞賛される。「孤独に暮らしているが、ときには自己をどこかと結びつけたいと思う者、時間区分、気象、仕事の環境などの変化を考慮に入れて、頼りにできる何らかの力を見たいと安易に考える者——そのような者は、通りに面した窓がなければ、長くはもたないだろう[26]」。それは、すでに十九世紀の文学がテーマとした窃視者の姿勢だ。ここで思い起こされるのは、E・T・A・ホフマンの『いとこの隅窓』

（一八三一）、バルザックの『あら皮』（一八三一）、ポーの『群衆の人』（一八四〇）、キェルケゴールの『あれか、これか』に収められた『誘惑者の日記』（一八四三）、ネルヴァルの『十月の夜』（一八五二）、ボードレールの『通りすがりの女に』（一八五七）などの作品である。しかしカフカの場合は第二段階として、観察者の状況は、同様な方法で一九一〇年以前に成立した短編映画が実現したような、近代的印象をもたらす運動体験と結びつけられる。「車と騒音を従えて」通りを早足で駆ける馬たちが、「それによってついには人間の集団が」、「窓下の壁のところ」にいる男性を引きさらっていく。[27] このテクストの反語的な核心が明らかにしているのは、距離を置いて知覚された運動が、孤独な窃視者を日常の流れのなかに統合するということだ。それは、ラウレンツィベルクのギムナジウム生徒の空想に同調する、人生の「眺望」を提供するものである。[28] その眺望は、観客を大きく動いている現実に「接続する」映画的まなざしによって実現される。『通りに面した窓』に書かれているように、その際に観客は、自らの身を現実に委ねる必要はない。

習作『商人』においても、私たちは映画に似た視角から生み出される知覚のシミュレーションに遭遇する。多くの仕事を抱えている商人は、白昼の妄想のなかで、すべてを概観する視点を空想する。それは、慌ただしく生起する事象をむき出しにされた位置からとらえることを可能にする視点だ。ここでも『通りに面した窓』が、カメラの視角による文学的補完物として効力を発揮する。「だが、三本の通りのすべてから行列がやって来て、おたがいに譲らず、入り乱れ、最後の列同士のあいだにふたたび無人のスペースを生じさせるとするなら、窓の光景を楽しむのだ[29]」。この空想が提示しているのは、ハイ・アングルから撮影された映画の路上場面にほかならない。むき出しになっている語り手のポジションは、一連の運動をとらえるカメラのロングショットに似ている。どちらのテクニックも、極細部まで登録する必要性はない状況で、窓の下で起こる人間の集結を記録することを可能にするものだ。

商人の空想は、テーマという点で直接的に映画との関係性を示すモティーフによって終止符を打たれる。「木の橋を渡って小川を越えて行きたまえ、水遊びをしている子どもたちに向かってうなずき、遠くの戦艦上の千人もの水夫が万歳と叫ぶ声に驚きたまえ」[30]。ここでは映画との類似性は、構造の面での語りのテクニックではなく、テーマにおいてもたらされている。「遠くの戦艦上の水夫」というイメージは、カフカもプラハで親しんでいたと思われるニュース映画の特徴的要素と関連がある。週間ニュースというジャンルは、オーストリア＝ハンガリーではようやく一九一一年になってアントン・コルムの「ウィーン芸術映画産業」によって導入されたが、その原型は映画の最初期から存在していた。ベルリンの光学機器製造業者、オスカー・メスターは一八九六年に、〈時事問題〉を紹介するタイプの短編映画を開発した。フランスのパテ・コンツェルンは一九〇六年に、複数のテーマから構成される週替わりのニュース映画の原型を生み出した。そこには異国情緒豊かな旅行の記録、政治的事件や産業における労働訴訟のドキュメント、市街地の印象、都会生活の映像や日常の記録といったものが含まれていた[31]。カフカのテクストで使用された「遠くの戦艦上の水夫」というモティーフは、同時代のニュース映画の典型的なテーマのひとつを反映するものだが、それは冒険への欲求と技術礼賛を結びつけて、映画ならではの混合物を生み出している。映画のロングショットのシミュレーションは、ニュース映画のトレードマークである異国趣味を遊戯的に応用したものとして実を結ぶのである。

『過ぎ行く者たち』という作品にも、構造のレベルよりもイメージにおいてはっきりと見てとれる映画からの反映が確認できる。そこにも、孤独な人物らしい語り手が登場する。語り手は、カフカのそれ以前の短編『ある戦いの記録』(一九〇四/〇七)と同じように夜間に街をうろつき、観察をおこなう。彼は急ぎ足で歩いている男性と出会う。そのうしろにいたもうひとりの男性が、大声で男に呼びかける。語り手は、この奇妙な縦列歩行の理由を考察する。「(…)ひょっとするとふたりは第三の男を追っているのかもしれない、もしかすると最初の男は罪もないのに追われているのかもしれない、あるいはふたりめは殺害を企てているかもしれない、そして私たちは殺人の共犯者となるだろう、ひょっとするとふたりはたがいのことを何も知らないかもしれない、そして誰もが自らの責任においてベッドに入るだけかもしれない、もしかすると両者は夢遊病者かもしれない、あるいは最初の男が銃を持っているのかもしれない(32)」。このテクストは、簡潔な形式のうちに、ここで描写された状況から導き出され得る六つの物語を披露する。そのうち四つには、犯罪小説的な要素がある。というのは、それらは追跡および殺人——すでに初期の映画で人気のあったテーマである——を扱っているからだ。この作品を書いた一年後にカフカがエルザ・タウッスィヒに推薦することになる映画『立派な近衛兵』は、メロドラマ的要素の入り混じった犯罪物語を描いている。フランス人の士官が、ジプシーの女性との逢瀬の最中に、自分を脅してきた強盗を殺してしまい、殺人罪で死刑判決を受ける。だが彼は、結局は恋人の証言によって救われる(33)。

観察から生まれたカフカの習作が、同様に劇的な潜在能力を備えたプロットを導き出すとき、そこには映画から学習をした痕跡が認められる。見るという行為は、あらゆる偏見から自由であるとはいえなくなっている。それは、見るという行為が知覚した対象を成立可能な物語とただちに結びつけ、想像力のなかでより豊かなものにするからだ。映画の記憶へ立ち帰ることは、現実性を分解し、多種多様なヴァージョンの虚構を生み出すことによって、現実性を拡張する。このような働きは、もっぱら文学的な——テクスト以前に提供された——想像力からもたらされるが、運動の過程の知覚においては、それほど高い効果を上げるわけではない。カフカのテクストが、まさにダイナミックな連続イメージの観察によってメタ詩的な連想への可能性を切り開くとすれば、それによって保証されるのは、個々の場面を連続させることによって物語を展開してのける映画というものが、想像力の格別な収容能力を有しているということだ。物語るということがここでは可能性として考察されているに過ぎず、現実化はされない。その事実は、叙述の構造を明確に打ち出すことなく、自らにどのような技術的可能性があるかを観客に提示する、一九〇八年以前の初期の映画の性格に適合している。(34) 初期の映画は、動く写真も物語れるようになる未来への約束を提供する——それは、知覚の文学的な選択権を提示するだけで、まだ物語はもたらさない『観察』の諸作品と似ている。カフカがのちに執筆するさまざまな長編とデビュー作との関係は、フリッツ・ラングの名作『メトロポリス』(一九二六)と一九〇八年以前の短編映画の関係に等しい。

映画的視覚によって規定された『観察』のテクストは、初期の映画の技術的水準に応じて、まずはただ短いシークェンスの集合体として、新しいメディアの可能性を文学に移行させる。カフカはキネマトグラフの手法の助けを借りて、完結した物語(初期の映画と同様、そのような作品は『観察』には見られない）を語るのではなく、運動のイメージ、光の効果および瞬間撮影が叙述表現の多様性を拡張し、補完する実験的なシークェンスを提供する。しかしここで同時に、見ることをめぐる省察が執筆過程の省察でもあることが明らかとなる。というのは、若きカフカにとっては、知覚のデータに集中することによってはじめて文学的想像力を動員することが可能になるからだ。執筆作業の必須条件である自己忘却は、自己を消滅させ、知覚経験のなかに入りこむことによって実現される。映画はカフカに、そのように自己を消すためのまったく新しい可能性を提供したのである。

第三章　交通と映画——『街道の子供たち』『失踪者』『審判』

アドルノは、カフカによる物語テクストが「近年の立体映画の技術が観客に迫ってくるのと同様に」読者に迫ってくると評した(1)。アドルノのこの評価は、カフカがダイナミックな描写を展開したことを映画美学的手法の特徴として認定するものである。カフカは継続的に——しかもきわめて意識的に——映画の手法の応用に取り組んだ。一九一一年以後、彼はさまざまな文脈において、映画の特質であるイメージの高速化を文学テクストというメディアに変換しようと努める(2)。その際にカフカは一種の回り道として、まず大都市の交通がもたらす加速のプロセスの表現を試みる(3)。その試みとは、近代における運動の知覚の歴史、すなわち最初は鉄道と自動車の出現によってイメージの力動化が身近なものとなり、そのあと映画の技術がメディアとしてそれを実現したという歴史の再構築にほかならない。このことに関して、ヨアヒム・ペヒは「映画を見るということより、ものを映画的に見るということの方が先にあった(4)」と書いている。

カフカのキネマトグラフ的なまなざしが都市交通の諸現象に接することで磨かれたとするなら、それは近代における人間の知覚の歴史的推移に合致している。一九一四年以前の日記に書きこまれた鉄道、バス、自動車の描写において、カフカはのちの長編や短編でも重要な機能を果たす映画美学のさまざまな構造を試す。新しい交通手段は描写の対象となっただけでなく、街の生活を観察できる可動的な視点を作家にもたらす。情熱的な観察者であるカフカにとっての理想的な乗り物は、とりわけ鉄道と市電である。「車室の窓辺」(5)に位置する傍観者という視点を得たおかげで、カフカは運動を文学で表現するという目標に向かって、叙述の技法における最初のアプローチをおこなえるのである。

このような親和性を典型的に示すのは、一九〇七年初夏、最初の映画体験の少し前に書かれた小説の断片『田舎の婚礼準備』だ(6)。主人公のエードゥアルト・ラバーンは冒頭の章で、婚約者のもとを訪ねるために鉄道での旅を計画する。列車が速度を上げる瞬間が、細部まで正確に描写される。「列車は、車輪が回転する様子を頭に思い描けるほどゆっくりと動きはじめた。しかし列車はすぐに下り坂でスピードを上げ、何の前触れもなく、窓の前で橋の長い欄干をなす棒がばらばらになり、またおたがいに押し合っているように見えた(7)」。このテクストは、加速の経験に形式の面で接近するのではなく、できるだけ具象的な視覚化によって、高速の印象を伝えようとしている。橋の欄干が飛び去って行くことが、光学的効果における対象の変形として眺められる。高速で進む列車は観察者に、あたかも列車が通過する事物を破壊しているかのような印象をもたらす。短い文章が企てているのは、速度の体験を写真のように捕捉するという逆説的な試みである。これらの文章は、高速走行の瞬間撮影を成功させるために、後年において映画に類似した叙述が獲得しようとする連続的な構造は放棄している。

それに対し、一九〇九／一九一〇年に書かれた断片『ある戦いの記録』の第二稿には、連続映像の加速化を特徴とする、映画的性質を持つ場景の早い時期における例が見出せる。(8) その場景は、比較的完結した、それ自体独立しているテクスト断片に由来するものであり、カフカはそれを一九一二年に『観察』の作品群のなかで『街道の子供たち』というタイトルで発表することになる。この作品に関しては、一九一三年八月一五日にベルリンの『リテラーリッシェ・エヒョー』に掲載されたパウル・フリードリヒの批評文では、カフカの処女短編集の「男児の心理学」(9) が指摘されている。しかし、より精密に読んでみるなら、このテクストが心理学的ではなくキネマトグラフ的に構成されたものであることが明らかとなる。描写されるのは、暑い夏の夕べに、村から遠くない野原を目的もなくぶらついている友人たちの集団だ。「僕たちはくっついて一緒に走っていた。手を差し伸べ合っている者たちもいた。道が下っていたので、頭を十分に高く保つことはできなかった。ひとりがインディアンの戦いの叫びを発した。それまでになかったことだが、僕たちの足は走り出していた。跳び上がるごとに、風が僕たちの腰を持ち上げた。僕たちを止められるものは何もなかっただろう。僕たちは、おたがいを抜き去るときですら腕組みをし、落ち着いて周囲を見ることもできないような様子で走っていた」(10)。これらの文章の中心にあるのは集合的な力動性の把握であり、ひとりひとりの心理的動機は覆い隠されている。この場面は、意図や因果関係といったものを明らかにせず、運動の瞬間を捕捉することを中心に据えているという意味で、特殊に映画的であるように思われる。この場面を演出する語り手が関心を抱いているのは、行動の理由ではなく、走っている者たちの態度のみなのだ。

走る者たちは、「急流にかかった橋」に到達すると、とつぜん立ち止まる。グループが平静をとり戻したとき、語り手のまなざしは、新たな運動のイメージに向けられる。「遠くの茂みのうしろで鉄道列車が姿を現わした。すべての車室の明かりがついていた」[11]。この短編の原稿をよく見ると、カフカがこの箇所に、めったにおこなわない修正を施していることがわかる。すなわち彼は、最初に選択した「列車」という語に線を引いて消し、代わりに「鉄道列車」という単語を記している[12]。この訂正は、力動的なモティーフを、キネマトグラフの常連である鉄道に関連づけることによってさらに明確に強調しており、その意味で映画との近さを強化する。動きのあるひとつの場面の暗示が、映画という新しいメディアから借りたイメージの引用によって実行されているのだ。

右で紹介したシークェンスが、第二版になってはじめて現われていることは偶然ではないだろう。書かれたのは、すでに映画がカフカの生活で重要な役割を果たすようになっていた一九〇九年から翌年にかけての冬である。一九〇九年の夏、彼は日記に、スクリーン上で疾走する列車に直面して「身体をこわばらせる」[13]映画観客についての文章を記す。一九〇九年には同じように、前述した空想上の「高速列車の蒸気機関車での」[14]旅行を例にとって映画鑑賞の経験について説明したマックス・ブロートの映画エッセイ、「キネマトグラフの劇場」が『ノイエ・ルントシャウ』に掲載された。このエッセイの終わりの部分で、ブロートは「キネマトグラフ的記憶」が文学的想像力にとっていかに生産的であり得るかを述べ、運動というテーマにも触れる。「多くのことが起こる際の生き生きとした感覚が私を揺さぶり、なかば眠っているような存在形態から脱却させる。いまや帰り道では私は発案者となり、自らビオグラフの新しい映像を考え出す。一度に自動車、蒸気機関車あるいは保線車、二隻の船が競争をするといった追跡、広い洋上で、ますます砲撃を強めながらたがいの距離を縮めていく巡洋艦と海賊船[15]（…）」。ブロートがここで披露している空想は、カフカにとっても親しいものであったと推測されるだろう。カフカも、早い時期に文学的な有用性を立証されていた「キネマトグラフ的記憶[16]」を使いこなしていた。ただしカフカが目指したのは、モティーフとイメージの再現に限定されず、それ自体が語りの構造を確定するような記憶を文学に転用することであった。

カフカが『ある戦いの記録』の第二稿で、人が走る場面や鉄道走行の加速運動を表現するとき、そこには一九〇九年にようやく顕在化する映画的視点からの影響が確認できる。そのような変換は、すでに紹介した箇所においてはまだイメージのレベルに限定されており、映画は力動性と高速化のモティーフに関与しているとはいえ、形式を決定づけるメディアとして存在しているわけではない。主題への集中がなされているために、運動の美学のみに関心を抱くカメラ・アイの冷静なまなざしは、初歩的な試みとして現われるに過ぎない。カフカは映画に典型的な表現を並べることによって叙述を展開するが、映画的視覚をそっくり模倣するわけではない。つまり、言葉のリズムのなかでイメージを高速で連続させることによって可能となるような表現は用いない。

一九一一年秋に書かれた、断片的に残っている小説の草稿『リヒャルトとザムエル』では、鉄道の走行が描写されている。そこでは、過ぎ去っていく景色へのまなざしが因習的な表現を逸脱することがない。短いテクストの叙述のスピードは遅いままであり、描写の傾向は、映画的技術が投入されることを拒んでいる。一九一二年の五月には、ブロートはヴィリー・ハースの『ヘルダーブレッターン』において、その断片の書き終えられていた冒頭の章を、『はじめての長い鉄道旅行』というタイトルで発表した。それはブロートが、カフカが続きを書くことに興味を失っていると考えたためである。[17]それに対して、一九一一年秋のカフカのパリ旅行の日記でのメトロの記述は、加速およびスピードを映画と同じように表現するという、以前よりも前進した試みをおこなっている。それは、描写方法を対象の力動性に適応させることによって地下鉄の運動を把握し、カメラの技術が実現する連続映像を叙述の構造で模倣するという試みだ。「ポルト・ドーフィヌの終点の駅への到着、目に見えてきた多くの通路、列車がひどく長い直線走行（！）をしたあとで一か所だけ曲がる大カーヴ[18]」。駅へのメトロの到着は、注釈を加える字幕なしで個々の要素を並べるキネマトグラフの編集という見本に倣って再現されている。その結果として、具体的な細部の描写の助けを借りて運動が比較的因習的に記録されていた『街道の子供たち』の場合よりも、カメラのまなざしの手法へのさらなる接近が実現されている。

走り書きしたメモに基づいて、のちに一九一一年秋に書いたパリ旅行の日記でも、カフカは都市交通のスピードを映画の手法で描写しようとする。すでに紹介したメトロの表現だけでなく、追い越しの操作や事故を題材とする路上場面の描写においても、その好例が見られる。そこでは新たに、本質的なものだけを把握する切り詰められた記録文のスタイルが適用され、オート三輪と大型の自動車の衝突が綿密に描かれる（「アスファルトの舗道上では、自動車の操縦は容易になるが、停止させるのは難しくなる[19]」）。自動車の衝突は、純粋に機械的な運動過程の帰結のように感じられる。テクストが、心理的因果関係を問題にすることはない。運転手の人間的な過誤、不注意あるいは注意不足などは何の役割も果たさない。それは、カメラのまなざしは、交通を魂のない物体の循環と見なすからだ。初期の映画から学習したこのような観察方法は、カジミール・エトシュミートが一九一八年に表現主義の小

1910年頃のパリの地下鉄

説技法の特徴として強調する、原則として心理的視点を断念する姿勢に先行している。[20] エトシュミートは「心理的なものからは分析しか生まれてこない[21]」と記し、逆に文学の新しい表現技術を、「事物の核」を指向する手法であると評価する。

ここで触れた方法は、因果関係の探求を断念しているがゆえに、分析的なものではない。[22] その方法は映画と同様、とりわけ運動の印象を通じて伝達される諸現象の外見的刺激に集中する。カフカの一九一一年一一月一八日の日記への書きこみは、ジシュコフの郊外からプラハ中心部への道のりにおいて、市電の高速走行を映画に似た視点から描写している。「市電で帰った。隅の席に足を伸ばして座って外の人々を見た。いろいろな店の点灯された明かり、通り抜けた陸橋の壁、いくつもの背中と顔。郊外の商店街から続いている街道には帰宅者以外の人間はいない。暗闇に切りこんでいくように光を投げかける駅舎の電灯、先がひどく細くなっているガラス工場の低い煙突、墓地に近い道にいたるまで、壁という壁に手さぐりするように貼られているド・トレヴィルという女性歌手のポスター[23](…)」。乗客が走り抜けていく都市生活の印象は、市電の運動が固定化を許さないために表層的な性格を有している。個々のイメージは記憶にとどめられるが、電車がそれらの横を通過していくかぎりにおいては、たがいに結びつけられることがない。しかし、まさしく描写における並列化のテクニックのおかげで、カメラの対物レンズを通しているかのような外界へのまなざしに媒介されて、市電の力動性がとらえられるのである。

カメラ的な眺望が事物に新しい生をもたらし、それによって事物の権限が強化される。最初の四章がフランツ・ブライの雑誌『ディー・オパーレ』(一九〇七)に掲載され、カフカもその原稿を読んでいたカール・アインシュタインの小説『ベビュカン』(一九一二)は、ここで引用した交通の描写と似たテクニックを披露している。アインシュタインの登場人物たちは、日常という対象を芸術的存在へと覚醒させること、もしくは彼ら自身が外部と融け合うことによって日常との実験を試みる。アインシュタインの小説によれば、「事物」が人間を「吸いこむ」ことを阻止するためには、思考によって「事物」を破壊し、新しい想像力の論理に基づくメディアにおいて「全滅」させ、そのあとで新たに生み出さなければならない[24]。カフカが、事物の新たな創出の効果をもたらすために、その驚嘆すべき美学を用いることはない。しかし、選択をおこない、現象を文脈から切り離す大都市の知覚のまなざしは、アインシュタインが呼び覚ますものと同じ効果を生み出す。それはつまり、死んでいる現象の蘇生だ。諸現象が突如として別の文脈のなかに登場し、並べられて、観察者の横を通り過ぎる表層的な刺激の連続の一部として蘇るのである。

アルフレート・デーブリーンは一九二〇年に、表現主義の基本方針として反心理学的傾向を強調することになる。「ちなみに、あらゆる人間観察は不必要である」[25]。一九一三年三月四日のフェリーツェ・バウアー宛ての手紙に、カフカはアルベルト・バッサーマンが主演したマックス・マックの映画『分身』の広告ポスターに関連して「(…)いずれにせよ、飛び跳ねている馬のひとつの瞬間をとらえた映像が素晴らしくないということはほとんどありえませんが、たとえバッサーマンであろうとも、犯罪者の男がしかめっ面をしている瞬間を捕捉した映像などというものは無意味となりがちなのです」[26]と記す。カフカがすでに一九一一年から試みていた映画美学的視点による運動表現が、この判断が妥当であることを証明している。映画の視点は人間を〈観察〉することをやめはしないが、さまざまな知覚の標的が動いているなかで対象としてとらえ、人間を事物化する。この意味において、市電の乗客の視覚による描写は、通過者たちの風景をとりこむ。眺めとしての人間は、分離された形象として、窓のところの観察者の前を通り過ぎる刺激のように立ち現われる。そこに残るのは、「いくつもの背中と顔」「帰宅する人以外の人間はいない街道」といったような、余分なものをそぎ落とされた特質だけである。(27) 電車の走行のせいで自身も運動の内部にある観察者のまなざしは、個人をさらに小さな要素に分解する。それらは叙述において新たに結びつけられ、組み合わされて独自の連続映像となる。この場を支配しているのは、マリネッティが一九一二年に新しい文学の前衛の特徴として賞賛した「物質の心理学」である。(28) カフカの交通の眺望は、個別の経過の因果関係は無視し、マリネッティの方針と同様に運動の純粋なメカニズムに関心を寄せる。

ゲオルク・ジンメルはすでに一九〇三年に、大都市の営みが「生の表層において」展開されるものであることを強調した。(29) 映画における交通の描写では、生の表層が、深部の構造や背景を解明したがるリアリズムの心理学的まなざしに取って代わる。ローベルト・ムージルの一九三〇年の小説『特性のない男』には、〈偉大な作家〉アルンハイム（その背後には、ヴァルター・ラーテナウというモデルが隠れている）の思想を受け入れているという想定で、「映画で、芝居で、ダンスで、コンサートで、自動車のなかで、飛行機内で、水中で、陽を浴びて、仕立て屋の仕事場で、商人の事務室において、印象と表現、身振り、態度、そして体験からなる恐るべき表層がたえまなく生じている」(30) と書かれている。映画、交通とビジネスの日常が、外見的な特質と表現形式によって効果を発揮する、表面的な刺激の構造のモデルを生み出す。そのモデルは無味乾燥なものに見えるので、原因や動機への洞察はおこなわれない。「恐るべき表層」の下で、「内面が不定形で起伏に富み、切迫していながらとどまっている」空間がかたちづくられるのだ。[31]

クラカウアーが一九二七年に──ムージルよりも早く──大衆の装飾の理論のなかで近代文化の指標として考察を試みる表層の美学は、カフカが提供する交通の描写での映画的まなざしによって、すでに召喚されていたものである。[32] その本来の効果を明らかにするのは、二度目のパリ旅行中の一九一一年九月九日に書かれた、さまざまな知覚の刺激を幾何学的な美へと構成するメモである。「破線で描かれたパリ──平らな煙突群のなかから伸びている高くて細い煙突（それには小さな植木鉢のようなかたちの煙突がついている）、沈黙を決めこんだ古いガス灯、ブラインドの斜線。近郊の地区でそれに対応するのは、家の壁に破線として残った汚れだ。リヴォリ通りで目にした屋根の上の細い縁の部分、グラン・パレ・デザールの破線で描かれたガラス屋根、線を引いたように分割されたオフィスの窓、バルコニーの格子、それ自体が線でできあがっているエッフェル塔、僕たちの窓の向かいにある、バルコニーのドアの両脇および中央の部分の明確に線そのものであるという印象、脚の部分が線となっている、屋外に置かれた椅子やカフェの小さなテーブル、先端が金色に塗られた公園の格子」。[33]

ここに集められて集合体をなしている諸印象に共通するのは、表面的空間の線で構成された秩序である。それらの空間は、変化に富んだ交通のリズムと同様に、深部構造とは無関係な外面的刺激によって生き生きとしたものとなる。カフカの叙述は、対象の目的や効果についての情報をもたらさず、いっさいを幾何学的フォルムに還元してしまう。そのことから、個々の知覚の刺激は表層的なものとなり、それによって対象は、クラカウアーが十年後に近代の大衆文化の美学の本質的特徴と見なすことになる装飾的性格を帯びる。カフカはこの方法によって、都会生活の静的印象および力動的印象を明らかにする。それらは表層のみを通じて明るみに出るのであり、もはや表層の裏には何も本質的なものが存在しないように見える。現象は時間的、因果関係的あるいは形而上的な条件づけの影響下にはない。現象とは、人々が対象に関して外面的に認識するものを意味するに過ぎない。マックス・ブロートとフェーリクス・ヴェルチュは同時期に発表した習作『観察と理解』において、カフカが描写したような知覚の印象を、事象における幾何学的構造を可視的なものとして表わす「より鮮明な」写真の乾板の像と比較した[34]。言葉による描写は、写真の感光技術を模倣することによって、背後にある決定要素に思いをめぐらすことなく、事物の正確な構造のフォルムに集中する。表層の美学への接近は、因果関係もしくは条件的関係性を放棄することを意味する。

クラカウアーは、二〇年代の映画、寄席の演目、ミュージカルといった近代的娯楽文化に認めらるこのような表層の美学には、幾何学的な秩序が見出せると述べる。「切り離して眺めてみた装飾は、理性的に把握することが可能だ。装飾はユークリッド幾何学の教科書に載っているような直線と円から成っており、物理学、波長、渦巻きの基本的な形象も含まれる。有機的なフォルムの蔓延および精神生活の発散といったものはそこにはない[35]」。カフカの都市と交通の描写は、クラカウアーが戦後の大衆文化から導き出す、このような都会の娯楽産業の装飾的構造をすでに映し出している。その基本的特徴を形成するのは、心理学的理由づけや推論の代わりに観察の対象となる、幾何学および力学の効果への集中である。

一九二八年に著したパリに関する論考において、クラカウアーは表層の美学を都会の表現に応用する。彼のスケッチは、あたかもカフカが光を当てた都会の線のモデルを反復しているかのようだ。「イメージとして長く生きのびてきた古びた館が、精妙な均衡の暴力を駆使しようとも、人間や車の群れに打ち勝つことはほとんど不可能だ。雑踏の要素が、線の混乱をアスファルトに殴り書きする際に指標となるような地図は、誰も案出していない。そんな地図など存在せず、目的地は最小の微粒子のなかにしまいこまれ、抵抗を最小にしようとする原則が曲線に方向性を与える[36]」。観察者のまなざしの前で、世界都市の建造物は、カフカの「破線で描かれた」パリと同様に、たえまない運動の印象によって生じる分散化の影響を受ける。都会の真実は、映画の映像のようにきらきらと輝く。なぜならその表層は、もはや抑えられない、事物を万華鏡の幾何学的に分割された光の形象へと変貌させる騒々しさに支配されているからだ。

一九一二年九月二五日の日記への書きこみは、カフカが日記のなかで、都市交通の特徴の把握をキネマトグラフ的な叙述形式の練習に使っていることを示している。そこで彼は、パリおよびプラハの交通の描写を想起させる手法で、映画『猟人団』を描き出す。それは愛国者テオドール・ケルナーについてのドイツ映画で、「ゆりかごから英雄的死まで」というモットーのもとに、一九一二年九月一日のセダンの日に合わせて映画館にかけられた作品だ[37]。カフカのメモは、各場面がどのように並べられているかという配置に集中しており、細部を振り返ることはない。メモは、カメラでとらえたかのように映画の映像を記録する。タイトルで開始され、最終的には観察の中心的対象に焦点を合わせる。「ケルナーの生涯。多くの馬。白馬。火薬の煙。リュツォウの猟人団[38]」。カフカの書きこみは映像の単線的な連続を再現するものであり、編集における時間的順序を、たがいに結びつきがないように見える個々のメモを並べることによって蘇らせる。(39)カフカは描写している映画のドラマトゥルギーの特徴をとらえて、スピード感のある騎行のリズム、戦闘場面、大砲の砲火の軌道と義勇軍の登場を、装飾を排した電報の文体で模倣する。カメラのフォーカスを合わせたかのように光を当てられた対象そのものが、描写の中央で浮かび上がる。

このような想像上のカメラのアングルは変更が可能であり、被写体が集団（「多くの馬」）か単体（「白馬」）かに応じて調整できる。しかし、それぞれのショットのあいだには移行的部分は存在せず、編集は映像の流れの速いリズムを生み出すことに専念する。カフカと同様、一九一四年に『アクツィオーン』に掲載されたふたつの映画詩、ヤーコプ・ファン・ホッディスの「キネマトグラフ」とアルフレート・リヒテンシュタインの「キーントップの映像」は、新しいメディアの運動の言語をとらえようと試みている。(40)しかしそれらは、統語論的秩序を描写対象である現象に徹底的に適合させてはいないという意味で、カフカの試行と比較すれば因習的なものにとどまっている。ハインリヒ・バハマイアーが一九一三／一九一四年に『至福のキーントップ』というタイトルで編集した抒情詩集も、同様な印象をもたらす。それらも、主として叙述という水準において運動を提示するものであるが、映画における新しい運動の美学の革新性を文学に置き換えることはできていない。(41)

エーゴン・フリーデルは一九一三年に、映画には「スケッチふうなもの、脈略のないもの、隙間のあるもの、断片的なもの」(42)があると述べる。同年にジェルジ・ルカーチは、映画の提示する映像が、伝統的な意味においてもはや物語の論理における因果関係を示さないことを強調する。「ひとつひとつの要素が、おたがいの内部へと流れこむことによって〈キーノ〉の各場面の時間的連続を成立させる。そのような個々の要素は直接的に、移行の段階なしで連続させられ、結びつけられる。それらを連結する因果関係など存在しない。より正確にいえば、因果関係は内容性によって妨げられないし、結びつけられもしない」[43]。カフカは新しいメディアの形式言語を用いて学習をおこなう。それはつまり、諸記号を因果論的に結びつけることを放棄し、その代わりとして、圧倒的な運動の暗示力によってはじめて内的一体性が獲得されるスナップショットを生み出すという学習である。言語的論理に基づいた文学テクストの構成を可能とする連続ストーリーの、理由を解明する説明——たとえば因果関係的な説明、話者の心理の説明、あるいは目的の説明——は断念される。ケルナーの映画の描写は、詩的なフィクションを形成する特殊機能を停止し、スナップショットをダイナミックに連続させることで生じる暗示効果によってその埋め合わせをするという意味において、アンビヴァレントな戦術を展開している。それによって日記の短いテクストは、ゼノンのパラドクスをめぐる議論へと立ち返る。というのは、それもまた、飛んでいながらも静止している矢を提示するものだからだ。文学は、そのパラドクスを反復することによってのみ、映画の動く映像を模倣することができる。ゼノンの定理は、テクストがキネマトグラフ的な語りを再生産しようとする際に陥ってしまう叙述の困難さそのものであることが明らかになる。テクストは、静止の段階にある〈飛んでいる矢〉を提示することによって映画を模倣する。それは、共存を捏造するために連続する記号を見せるということだ。

とりわけ一九一一年に日記に書きつけられた運動をめぐる習作は、一九一二年九月から一九一三年四月のあいだに書かれた『失踪者』第一稿に、少なからぬ点において役立てられている[44]。カフカはニューヨークに向かって突き進む朝の自動車交通をめぐって、「ひとつひとつの交差点において、横から入りこもうとする圧力があまりにも強いため、大規模な車の入れ替えがなされる必要があるとすれば、すべての車列が渋滞し、ほんのわずかずつしか進まなかった。しかしそのあと、ふたたび全車両が一瞬のうちに閃光のように通過したが、やがて全体に対してただひとつのブレーキがかけられたかのように、流れはまた穏やかになった[45]」と書く。交通事故の描写で開始されることでよく知られているムージルの『特性のない男』では、近代の大都市は「事物および事件の不規則、交換、滑走、歩を止めないこと、衝突」から構成されているとされる[46]。まさしく「大きなリズミカルな拍動とあらゆるリズム同士の永遠の不調和と転移[47]」についてのこのような印象が、都市のなかへ注ぎこむ交通の絶えざる流れについてのカフカのイメージを決定づける。運動の形式に着目して近代的技術を把握する観察方法として特徴的なのは、主人公が到着後に観察するニューヨーク港での船の行き来の描写である。「(…) もし余裕があったならカールがじっくりと眺めることができたであろう複数の小型モーターボートが、舵のところに直立しているひとりの男の手がぴくりと動いたあと、大きな音を立ててまっすぐに進んでいった。あちこちで奇妙な物体が揺れている水のなかから勝手に浮かび上がったかと思うと、またすぐに水をかぶり、驚いているまなざしの前で沈んでいった[48] (…)」。未熟な観察者の目は、制限を受けた視点に限定されており、それによって、新しい知覚の刺激をまだ完全にはとらえられないことを明らかにする。カフカの素朴な主人公は、世界の首都の交通にはじめて直面し、ほとんど制御不能な感覚的印象に身を委ねている[49]。この場面でカール・ロスマンは、ニューヨーク港で「音を立てて進む」モーターボートを前にして、カフカが一九〇九年にプラハの映画館で観察した、走って来る列車の圧力を受けて「身体をこわばらせた」観客と同じように振る舞う。[50]

よく知られているように、この小説におけるアメリカのイメージは、カフカが定期購読していた『ノイエ・ルントシャウ』に一九一一／一二年に四回に分けて掲載された、アルトゥーア・ホリチャーの旅行記から影響を受けている。[51] 一九一一年に、S・フィッシャー社の委託を受けて八か月にわたって合衆国を回ったホリチャーの報告文には、映画と交通の関係も反映されていることが見てとれる。シカゴでの朝の散歩については、「朝九時に通りへ足を踏み出すと、私は人間の大嵐に巻きこまれ、聴覚も視覚も失われてしまう。キネマトグラフに撮影された人間が見せる落ち着きのない運動、何台もの映画の自動車がさっと走り過ぎる様子が、本質をとらえたものであるのを目にする」。[52] カフカの小説には、ホリチャーの描写を単語の選択にいたるまで参照している箇所がある。「夜にニューヨークの街を車で走るのはこれがはじめてだった。歩道と車道の上には、たえず方向を変えながら騒音を撒き散らす大嵐があり、それは人間ではない何か未知のものが生じさせたようであった。カールはポランダー氏の言葉を正確に聴きとろうとしているあいだ、金色の鎖が斜めにぶら下がっているポランダー氏の暗い色のヴェストのことで頭がいっぱいだった」。[53] 「大嵐」というメタファーは、ホリチャーとは異なって、都市交通のスピードではなく音量に向けられている。手本にされた文章が音響的および視覚的印象を記録している（「聴覚も視覚も失われてしまう」）のに対し、カフカの嵐のイメージは、路上を支配する騒音を具体的に説明しようとする。しかしそれは、ホリチャーが「（…）何台もの映画の自動車がさっと走り過ぎる様子が、本質をとらえたものであるのを目にする」という最後の文章で注意を喚起した、キネマトグラフ的叙述スタイルの貯蔵庫からとり出されたものだ。カフカもまた、自らが想像するニューヨークにおいて「映画の自動車」を提示する。その表現の特質は、それらの自動車が、途切れることがないように見える果てしない流れに統合されていくという点にある。「早朝から一日じゅう、カールは一度たりとも、車が止まるところも乗っていた者が降りるところも見なかった(54)」。

都市交通の描写は、より上位の――メタ美学的な――視点に通じる、映画的な光の美学の省察とも結びつく。ニューヨークの都市の風景については、叔父の城のような豪邸のバルコニーに立ってニューヨークの道路という峡谷を見下ろす主人公の視界から、「そして朝でも夕べでも、あるいは夜の夢においても、この道路は、いっそう混み合っていく交通に支配されている。上から見ると、たえず新しいきっかけから、たがいの内部へと浸食していく人間の歪んだ姿とあらゆる種類の車両の屋根の混合物が現出し、そこからさらに騒音と塵と匂いの、多層的で荒々しい混合物が立ち上がった。そしてすべてのものがひとつの強力な光によってとらえられていた。その光は再三再四、多数の対象によって拡散され、運び去られ、ふたたび急いで戻され、夢中になった目には、すべてが肉体的なものに思えた。つまり、あたかもこの街路の上で万物を覆っているガラス板が、あらゆる瞬間に、何度も繰り返して全力で叩き割られているかのようだった(55)」と書かれている。このように力強く表現された描写に、語り手はいくつもの映画的要素を組みこんでいる。第一に語り手は、歩行者たちの運動を「たえず新しいきっかけから、たがいの内部へと浸食していく人間の歪んだ姿（…）の混合物」と表現する。多様なスナップショットを適当に配列するのではなく、初期の映画の進行の速さを決定づけていたような、あわただしく速度を上げられた連続化が、ここでの叙述方法の特徴をなす。第二に、

1912年のニューヨーク

ニューヨーク、ブロードウェイ
(Arthur Holitscher: Amerika heute und morgen. Reiseerlebnisse, Berlin 1912, S. 49)

拡散と集中が交互に反復されることにより、「夢中になった目」にまさに「身体的なもの」と感じられる「強力な光」が、たえず強度を変えながら輝きを放つ映画の映像の、目に刺さるようにきらめく光を想起させる。その光学的効果を支えるのは、テクストが「万物を覆っている」というメタファーと、空想上の観客の眼前で光の形象が輝いているように思える、ひっきりなしに粉砕される「ガラス板」と表現される不断の明滅だ。それによって、このキネマトグラフ的な場景は、文学の叙述の構造が映画の技術的能力を反映するメタ美学的な水準を示す。その映画的特質は、逆にフィクションの基本的な型に光を照射する。というのは、この場面を覆っている映画的な光の特殊性を表わすガラス板という比喩が、物語を創出する際の本質的特徴をなす「あたかも」という語句に導かれて存在しているからだ。カフカの技巧的な文章のなかで、映画と文学、連続映像と叙述によるフィクションが、たがいに相手の特性を明らかにするのである。

以下の描写においても、映画的な光の演出をメタ美学的に加工する同じ手法が用いられている。「電話のホールでは、どちらの方向に進もうとも電話ボックスのドアが開閉しているのが見え、ベルの音が神経をいらだたせた。一番近いドアを叔父が開けると、ぎらぎらとした電灯の光を浴びて、ひとりの従業員が、両耳に受話器を押し当てる鋼鉄のバンドに頭をしめつけられながら、ドアのいかなる騒音もまったく気にしていないのが見えた(56)」。バルコニーからとらえたロングショットとしての交通の描写の場合と同様、ここで場景に独特の映画的特徴を付与しているのは、光の輝きである。「ぎらぎらとした電灯の光」は、ゆらめきながらスクリーン上を駆けめぐる映画の映像のメタファーだ。その光のなかには、クラカウアーが近代の娯楽文化の特徴と評した(57)技術的理性と表層的刺激が混ざり合って密集している。

カフカにおいては、映画を省察する同様な戦術が、日常的な自己認識の形式にも浸透している。一九一三年一月、彼はフェリーツェ・バウアーに宛てて、朝、ポジチュの労働者災害保健局のホールに足を踏み入れたときに「同時に上からちらちらと光る不安定な光を受けて、身体の向きを変え、運動の急激さをこらえきれずに首を振り、一番下まで階段を落下する」[58]という白昼夢を描写する。このグロテスクな場面は映画の、運動のドラマトゥルギーと光の美学からの影響を示している。それはすなわち、高い場所からの落下を、速度を落としたプロセスとして提示することを可能とする手法だ。ここで想起されるのは、一九一二年の『未来主義文学の技術宣言』において、映画のトリック撮影に直接言及し、そのイリュージョン効果を重力の法則との光学的遊戯に帰した[59]マリネッティである。カフカの叙述の特徴である夢想的想像力とイメージ操作との結びつきには、映画の美学的な基本方針が明らかになっている。

私たちに残されている『失踪者』の最後の章は、いま一度、日記および『街道の子供たち』の鉄道のイメージとの結びつきを提示する。一九一四年秋、小説『審判』にとり組んでいたあいだに書かれ、結局は中断されたままに終わる最終章では、カール・ロスマンが劇団〈オクラホマ〉の一員として参加した二日間のアメリカ国内の列車の旅が描写される。書き出しの部分しか残されていないが、そこでは列車の猛烈なスピードが、主人公が通過していく岩だらけの風景を把握することを可能にする。クルト・ピントゥスの一九一三年の『映画の本』[60]に収められた脚本スケッチ『狂った蒸気機関車』とも基本方針が似ているカフカの叙述は、豊かな伝統を誇るレトリックの技術の助けを借りて、飛び去っていくものをめぐる経験を以下のように強調する。「青みがかった黒色の巨大な岩が、先の尖ったくさびとして列車のところまで接近し、乗客は窓から身を乗り出して頂上をさがしたのだが、見つけられなかった。暗く細長い、引き裂かれた渓谷が口をあけており、それらが姿を消す方向を指で追っていると、幅の広い渓流が起伏に富んだ川底の上で大きな波として急速に流れてきた。渓流はその内部にある何千もの泡の波を駆り立て、列車が通る橋の下へ殺到した。冷たい風が乗客の顔を震わせるほど、それは近かった(61)」。

第一に、時を同じくするイメージのなかで風景と走行を融け合わせる同時性の効果によって、加速化の暗示が実現されている。第二に、列車の走る速度が、鉄道橋の下で音を立てて流れている山間部の渓流というモティーフに反映されている。それは、映画であれば非言語的な戦略によって代用する換喩のレトリック的方法に相当するものだ。この場合、カメラが提示するのは走る列車ではなく、列車走行の様子をわかりやすく示す自然の力のダイナミズムである。ねらいを定めた対象は、置換によって表現される。つまりその方法では、対象は代行という手法によって間接的にとらえられる。パリの旅日記での交通の描写や『猟人団』とは異なって、『失踪者』の最後の章は、圧倒的な運動のスピードを、リズムを映画的に模倣するのではなく、切り返しの技法から学んだ手法によって把握しようとする。この方法は表現力に富んでいるとはいえなくても、繊細な効果をあげる。なぜなら、それは表現しようとする対象を、観察者によってはじめて確認され、解釈される必要がある間接的レベルを経て表現するからである。人は比喩的な語りの要素を読み解くとき、意味されるものと意味するものとの類似性をさぐるものであるが、この場合のメッセージの解読も同じようにおこなわれる。イメージによる供述は、本来的な意味と非本来的な意味を対決させることによって形成される。カフカによる鉄道の場面は、自然の力動性の助けを借りて列車の力動性を描写する。このことは、切り返しという編集の原理をシークェンスの本来のテーマに当てはめて寓話的な読解をおこなうことにより、観客にはっきりと認識される。(62)

マックス・ブロートの紹介で一九〇九年九月二九日にプラハの『ボヘミア』に掲載された、カフカのブレシアの航空ショーについての報告文には、『失踪者』で展開された運動表現の技法の原型が見られる。九月八日から二〇日まで、たいへんな数の観衆を前にして、平坦な荒地(「ブルギエラ」)で開催されたこの二週間弱の催しは、多くの記録への挑戦が試みられ、また実際に新記録が樹立されて、初期の航空におけるひとつのクライマックスをなすものであった。カフカはまず、高い幕の向こうに航空機が停められている風景を描写する。それは観察者には、「旅の一座の芸人たちの閉じられた舞台のような(63)」印象を与える。続いてその記事は、空へ上昇していくパイロットたちの描写を、知覚の客観性を試す実験となす。近さと遠さは視覚の座標として、識別の機能を失う。というのは、地平線の彼方へまなざしが投げかけられることによって、近い場所とのあいだの境界が流れ去ってしまうからだ。アメリカ人、カーティスの試演については、「(…)人々がそちらを見たときには彼はすでに飛び去っており、眼前で次第に大きさを増す平原を飛び越え、遠い先には森があるが、いまやそれもせり上がってくるように見える。彼の機は長いこと森の上を飛んだあと、姿を消す。私たちは森を見つめるが、彼は見えない(64)」と書かれている。

のちの『失踪者』の最後の章と同様、カフカはここで換喩の手法を採用し、それによって高速での運動の過程を描写可能にする。この方法を成立させるのは、支えとなる地点を得るために森を凝視し、パイロットと森との広がっていく距離を記録できる人間のまなざしである。描写における想像上のカメラは、本来の対象――それは飛行機だ――ではなく、「エアロプレイン」が徐々に離れていく、固定され、可視的な境界線を提供する地平線を提示する。テクストは、運動の印象を整理するために固定地点を求める人間の知覚の実践を模倣する。その手法によってテクストは、不動の背景に向かって力動的な対象が浮揚していくことによって速度が視覚的に感じとれるような、映画に類似した光学に接近する。一九一一年のパリの旅日記では、視覚が使いこなすこのようなテクニックに関して、「さまざまな魅惑を遠方へ押しやり、しかしまなざしがそれらをさがすなら容易に発見できるコンコルド広場の構成」と書かれている。(65)

カフカの執筆にとって、近代的交通の運動の形式は中心的対象であり続ける。ケルナーの映画を観に行く三日前の一九一二年九月二三日の早朝、カフカは短編『判決』を完成する。彼自身が生涯にわたって自らの文学作品のなかで特に成功した試みであると考えていたこのテクストも、映画と密接な関係を持っている。しかしながら、同作に映画の美学という後ろ盾が存在しているという事実は、過去のカフカ研究では見逃されてきた。その事実は、やはり都会における知覚というテーマに立ち返る回り道を通らなければ、明らかにはならない。まず注目すべきなのは、短編小説のラストを支配する途方もない加速化である。父から判決を下されたあとのゲオルク・ベンデマンの逃走をめぐっては、次のように書かれている。「彼は階段では、それが階段ではなくひとつの斜面であるかのように急いで進み、夜が明けたあとで部屋を片づけるために歩み寄ろうとしていたメイドの女性を不意打ちした（…）門から跳び出し、車道を越えて水際へと引きつけられた。彼はすでに、空腹な人間が栄養を求めるかのように、手摺りにしがみついていた。少年時代、両親が彼のことを誇りに感じていた傑出した体操選手の動きで、彼は手摺りの向こうへと身体を振った」[66]。このシークェンスの運動の形式は、本書ののちの章で詳しく言及されることになる初期の映画の追跡劇を想起させる。動詞によって――「跳び出す」「引きつける」「振る」といったような――生み出されるこの部分の力動性は、逃走の個々のイメージをひとつの連続体へと凝縮しているという意味で、映画のリズムを援用している。父による判決を実行しようとするゲオルクの川への道のりは、さまざまな段階において、短編を完成した数日後にカフカがケルナーの伝記の映画化作品に関して日記に書きこんだ文章に似ている。

小説の最後の一文は、「この瞬間、橋の上にはまさしく尽きることのない交通が流れていた」[67]というものだ。カフカはマックス・ブロートに、この一文を書いたときに「強烈な射精のことを」考えていたと告白した[68]。だが、右で検討した交通の描写と映画の語りとの関連性を考慮すると、この小説の終結部は、ひとつの追加的な次元を明らかにする。そこでは、力動性のモティーフが技術的体験、キネマトグラフ的体験の要素として、別の側面をあらわにする。ゲオルク・ベンデマンは、乗り合いバスが橋を通過し、「たやすく彼の落下の音を消してしまう」[69]瞬間に墜落する。パリでの旅日記は、やはり映画のスタイルで、ブローニュの森近くでの高速の交通を記録している。「表面のなめらかな大通りを車が揺るぎもせずに走っている。自動車の騒音に包まれて音は聞こえないが、小さな庭園レストランのなかで、周囲のごく近い部分だけを楽しませる楽器演奏をおこなう赤い洋服のオーケストラ」[70]。自殺者ベンデマンの墜落とパリの路上風景は、カフカの映画体験を想起させるひとつの共通点を有している。すなわち両者は、個人心理的な要因が消去された力動性を示しているのだ。ルカーチが「映画は自動車を〈詩的〉にする[71]」と語る意味において、『判決』のラストシーンは、近代的な都市生活の印象と、映画的な運動の高速化と主役の苦悶の省察を結びつける。映画美学から影響を受けた都市交通の〈詩情〉の内に、父に死を宣告され、橋という高所から低所へ墜落する息子の落下運動が表現されるのだ。

アドルノはカフカを視界に収めたうえで、断定的な口調で「表現主義的叙事詩とは、矛盾をはらむものだ。それは、それ自体について語れないもの、それ自体に限定され、それゆえに同時に不自由であり、本来まったく適切ではない主体について物語る[72]」と述べる。アドルノが指摘する矛盾は、物語るということが、自律的なストーリーの表現と同等に扱われ、ある明白な状態——各個人がすべての事件において自己責任を負う作動要因となっているような——に起因するような場合に生じる。しかしカフカのテクストは、心理学的決定とは無縁なものとして主体を演出することによって、そのような次元から遠ざかる[73]。テクストが映画という新しいメディアから受け継ぐのは、外観にしか関心を抱いていないように見える運動の美学における、個人というものを止揚する傾向だ。カフカの物語に、心理学的解釈の範例——とりわけ心理分析の知識の蓄積——が見出せないわけではないが、それらの物語の加工は、地誌的、社会的、政治的関係のレベルで個々の要素を書き換えることなく実行される。このような枠組みにおいて想起されるのは、『変身』において甲虫と化したグレーゴル・ザムザの洞窟のようになった部屋、小説『審判』のKの無意識が反映された迷宮的な空間配列、短編

『流刑地にて』の背景に見えている性的側面の強調された権力世界、あるいは『皇帝の使者』の、階級別に構成された父性的秩序であろう。[74] 心理学は人間から、命を持たない事物や社会構造の層へと対象を移し、事物のなかで居を定める。それもまた、カフカが精神状態の外観への反映を描く際に応用する、映画美学のひとつの結果である。この技法には、表現主義——とりわけカール・アインシュタイン、エトシュミートおよびデーブリーンの場合に顕著であるような[75]——と同じ、反心理学的衝動が認められる。その衝動は、動機づけを重視するリアリズムの散文における因果関係の固定化からの離反を意味する。映画の叙述においては、原因究明の代わりに連続化が、分析の代わりに並列化が実行される。一九一三年にピントゥスの『映画の本』の作業に加わることを拒否したフランツ・ブライは、そのような方法に対決する姿勢を鮮明にする。ブライは、キネマトグラフが満たすことのできない心理学的興味を強調し、「私の興味を惹くのは、飛行機よりも、飛行機で飛ぶ人間のほうだ[76]」と述べる。

『判決』の執筆中にカフカが映画を意識していたことを確認できる、ひとつの雄弁な証拠がある。第一稿においては、ゲオルク・ベンデマンの婚約者フリーダ・ブランデンフェルトは、「映画館主の娘[77]」と設定されていた。カフカは、何段階かの書き直しの過程で——おそらくは第一稿を書き終えたあとのことだろう——それを「裕福な家庭の娘[78]」という一般的な表現に変えている。フリーダ・ブランデンフェルトの設定から読者がたやすく気づいたであろう、映画という新しいメディアへの露骨な関連づけの代わりに、カフカはその短編のラストに見てとれる間接的なレベルを用いる。それは映画というモティーフの全体、あるいは『判決』に光を当てている映画館という機関ではなく、「尽きることのない交通」という表現のうちに止揚される運動認識の技術的次元だ。[79] その小説を書き終えた二日後、カフカは簡潔に「今夜は、書くことからわが身を引きはがした。ランデステアーターでキネマトグラフ」[80]と記す。その夜、彼に文学的作業からの気晴らしをさせたのは映画『猟人団』である。その作品の重要な場面は、日記のなかで映画美学的叙述の手法――一年前にパリの旅日記が交通描写の例において試したのと同じ手法である――によって再現されることになる。

『判決』の最後の段落が提示する映画的な場面で重要なのは、運動を外面化して描くという表現技巧のみではない。映画と結びついているものとしては、低所という空間的位置、そして退行というモティーフも挙げられる。カフカが『判決』を書き終え、それをめぐって一九一二年九月二三日に謎めいた解釈を書きつけた直後の日記には「僕が、僕ひとりが土間席の観察者なのだ」[81]という一文が見られる。一九一六年にルネ・シッケレの『ヴァイセ・ブレッター』で発表された、ゴットフリート・ベンの脳をめぐる連作のひとつである短編『旅行』[82]には、医師レンネに関して「彼は映画館の薄暗がりのなかへ、土間席の無意識のなかへ入りこんでいった」[83]という記述がある。フロイトの理論を参考にするなら、橋の下、川のなかへのゲオルク・ベンデマンの墜落は、退行のふるまい、無我意識における自己の抹消を暗示していると見なせる。[84] 再構築された交通と映画の関係を背景として、この退行は、新たなメディア美学的ニュアンスを獲得する。「土間席」への退却から連想される範囲には、薄暗い低地の空間、無意識の異所としての映画館も含まれる。[85] このような意味で、その小説のフィナーレにおいては、明確な言及はされてないとはいえ、映画は二重に現存している。すなわち映画は、近代の大都市の交通に凝縮されている運動経験の変換の場所として存在するだけでなく、抑圧されたものと衝動の薄暗いゾーンから立ち現われるものであるがゆえに地下室の暗さのなかで享受される「途方もない楽しみ」[86]として存在しているのだ。

第四章　追跡劇——『失踪者』

カフカの初期のテクストでは、力動的な要素が重視される箇所において、キネマトグラフ的視覚がもっとも強い存在感を見せていることが確認できた。運動のイメージを模倣することを通じて、映画によって構造的な方向性を定められた新しい語りの形式の展開も可能になる。そのことを証明しているのが、すでに言及した未完の長編小説『失踪者』である。七番目の章（タイトルはつけられていない）でのグロテスクな印象を放つ逃走場面では、典型的な映画的手法があらわになっている。[1]急な下り坂になっている道で、カール・ロスマンは猛烈なスピードで警官から逃げようとする。警官は、カールが身分証明書を提示できなかったせいで彼を逮捕しようとしているのだ。「『これじゃあ、いつまでたっても終わらんぞ』警官はそういって、カールの腕をつかもうとした。カールが無意識のうちにわずかにうしろに身を引くと、ポーターたちが立ち去ったせいで、あいた空間ができているのが感じられた。それで身体の向きを変え、何度か大きくジャンプして走りはじめた。子供たちがひとつに融け合った叫び声をあげ、手を伸ばして数歩、一緒に走った。『そいつをつかまえろ！』警官はそう叫ぶと、ほとんど人がいない長い道を下り、等しい間隔を置いては同じことを叫びながら、足音は立てず、強靭な体力の持ち主であり練習を積んでいることをうかがわせる歩調でカールのあとを追った。カールにとって幸運だったのは、追跡劇がおこなわれた場所が労働者の多い地区だったことだ。労働者は公務員を嫌う。カールは車道の真ん中を走った。というのは、そのあたりがもっとも障害物が少なかったからだ。いま彼の目には、警官が『そいつをつかまえろ！』と叫んでいるのに、あちこちの歩道の縁に労働者たちが立ちどまって動かないのが見えていた。警官は賢明にも平坦な歩道を走り続け、そのあいだずっとカールに向かって警棒を突き出していた。カールはほとんど希望を抱いてはいなかったし、パトロール隊がいると思われる横道が近づいてきたので警官が笛を吹き、まさしく気が遠くなりそうな音を出したときには、ほぼ完全にあきらめた。カールに有利だったのは、軽装だったことだ。彼は飛んで行った、あるいは換言すれば、さらに下っていく道を落下して行った、眠気のせいでぼんやりした気分のまま、カールは時間を浪費するだけの、意味のない高すぎるジャンプを繰り返したのだった(2)」。

この場面の滑稽さは、イメージの連続化と冷静な省察とのコントラストから生まれる。逃走する主人公に再三再四、外界の刺激が無秩序に襲いかかる(3)。カールは周囲の世界を、連続して並べられたスナップショットとして把握する。そこには、一緒に走る子供たち、道路の端に立っている労働者たち、すぐうしろで追いかけてくる警官といったものが写っている。語り手は、現実を動きのあるイメージの連続体に変換することによって、カメラに似た視点から状況を描写する。逃亡場面の作劇的構成は、視界を人工的に狭めることを通じて観客を驚かす効果と興奮を生み出すという、映画的な作用計算に従っておこなわれている。この領域における早い時期の試みとしては、すでに言及した、『観察』に収められた一九〇七年の散文、やはり追跡場面を想定した『過ぎ行く者たち』がある。映像を順番に並べる純粋に映画的な観察方法は、右に引用した、カールが外界を反映する箇所において対比的な働きを見せる。つまり、それは状況を分析的に把握しようとするが、印象のあふれんばかりの流れに直面し、挫折してしまう。決定を下すのは不可能だ。なぜなら、走行の速さのせいで、どんな行動をとるかという選択を慎重に考慮することができないからだ。すなわちその場面は、運動を機械のように連続させることによって、人間の自由の限界を明示している。同時にそこでは、叙述の戦略とは逆なものとして立ち現われるメタ詩的な構成要素が明らかになる。原因と結果の分析を経て成立し得る逃走経路に光を当てる伝統的な語りは、諸状況の強迫的特質を明らかにするキネマトグラフの表現形式によって相対化される。物語の古い模範が、それ自身が自立しているというフィクションを生み出すのに対し、映画的叙述は、極度に不自由な空間として現実を提示する。

過去のカフカ研究は、フリードリヒ・バイスナーが代表するように、そのような表現の戦略を、単一の視点への傾向を有する「一義的な」原則と評してきた(4)。メディア的な模範および条件調整に関しては、私たちは映画の〈カメラ・アイ〉のテクニックへの接近について論じるべきだろう。そのテクニックは、ほとんど気づくことができないような立脚点の変化、カメラの水平方向の回転、縦方向の移動についての語り手の事前の知識を明示することを可能にする。事象に対してカメラの絞りにも似た姿勢をとることにより、あたかも語り手が、彼自身が提示しているもの以外は何も知らないかのような錯覚が生じる。だが実際は、語り手がもたらすのは、自らが意のままにできる場景全体のなかから意識的に選択した、いつでも訂正できるひとつの断片である。視点の移動、照明深度の修正、カメラの向きの変更をおこなえば、場面の新しい眺望がもたらされ、それによって、選択された断片の修正が可能となる。強い影響力を誇るジェラール・ジュネの叙述理論は、アメリカでの先行研究を踏まえて、バイスナーがまったく無視していた〈見ること〉と〈語ること〉の差異への注意を喚起した。(5) 語る者（語り手）は、見る者（主要人物）の狭められた視界を受け入れられるが、それと同時に決定的な箇所においては、もっと広い視点を使えることを暗示できる。カフカの長編は、カメラ技術の表現形式を利用する映画美学的な叙述のモデルの助けを借りて、そのような暗示をおこなう。カフカの小説では、語る者が見る者よりも多くのことを知っているという事実が、主人公の視点を補完する知覚の第二の形式を通じて伝達されるのである。

右で検討した引用箇所においては、とりわけ以下の部分が、視覚が叙述の技巧として全体を補強する作用を理解しやすいかたちで記録している。「彼は飛んで行った、あるいは換言すれば、さらに下っていく道を落下して行った。眠気のせいでぼんやりした気分のまま、カールは時間を浪費するだけの、意味のない高すぎるジャンプを繰り返したのだった」。(6) 描写すべき対象——走っているカール・ロスマン——に向かっての、語りにおける三重のアプローチは、三つのカメラアングルに相当する。最初のひとつは、〈中間的距離〉の位置から猛烈な走行を、ふたつめはもっと遠ざかった視点からロングショットで彼の前で下って行く道を、そして三つめは、人物の全身をとらえる——それはジャンプというモティーフとともに、ジョルジュ・メリエスがすでに一八九六年に開発していた、撮影をいったん中止し、いくつかの道具等に変更を加えたのち、その前の撮影フィルムにつなぐ〈ストップトリック〉の技法そのものである。(7) これらのショットのいずれもが、そのつど焦点を当てている運動に特化した供述をおこなう。それは走行、落下、跳躍という三つの運動だ。それと同時に、それぞれ異種の描写が、逃亡者、不安を抱く者、我を忘れている子供、といったようにさまざまに変わる役割のうちに現われるカール・ロスマンの態度を明らかにする。目につきにくいかたちで実行される視点の変化は、語り手が主人公の状況に関して正確な知識を有していることを示している。しかし語り手はその知識を、作家としての演出によってではなく、映画美学から借用した技術的術策を通じて送り出す。その際に、視角の修正――対象に焦点を定めること――は、それ自体が目的であるわけではなく、登場人物の状況、その社会的条件づけおよび精神状態についての供述をおこなう。映画から手法を学んだ作家として、カフカは叙述の立脚点の移動をフィクションの構造のなかに埋めこむ。キネマトグラフ的な語りに関する知識は、その語りが生み出す幻影のなかで保持される。

カフカは、逃亡するカール・ロスマンを、走っている途中で予想不能なかたちで次々と現われる障害に直面させる際にも、映画という模範に従った手法をとる。「速く走ろうという決心をしたあと、彼は交差する最初の大通りを急いで通過するために、まさに意識を集中しようとした。というのは、前方のあまり遠くないところにひとりの警察官が見えたからである。警官は影に覆われた建物の暗い壁に身体をぴたりとつけ、適切な瞬間にカールに飛びかかるために待ち伏せしていた。いまや横の小道に逃げこむよりほかに手はなかった。そして、その小道からまったく無害な感じで名前が呼ばれたとき――最初それは彼には錯覚のように思えた、というのはそのあいだずっと耳鳴りがしていたからだ――もはやそれ以上は躊躇することはなく、警官たちをできるだけ驚かせるために、片脚で立って直角に向きを変え、小道へと曲がったのだった」[8]。運動の速さは、時間の節約とそれによる決定の強制を明示する事件経過の劇的構造のなかに委ねられる。ここでも、カフカが力動性と視点の変化を叙述によるフィクションの要素として使用しており、その力を借りてストーリーの緊迫化もしくは急変を記録していることが見てとれる。

この場面の外面的な運動の経過——走ること、停止すること、急に姿勢を変えること、方向転換——は、最初にロバート・W・ポール（『ザ・モータリスト』、一九〇六年）が、そして少し遅れてスラップスティック・コメディーの創始者マック・セネットが定番的なスタイルの要素として定着させた、初期の映画のグロテスクで滑稽な追跡場面を想起させる[9]。一九一一年以来、セネット率いるカリフォルニアのキーストーン・スタジオで生み出された諸作品は、過不足なく描かれたストーリーの範例を提供した。それらのストーリーは、それ自体が作品の目的であるといってよいほどの魅力を持つ走行および高速化のシークェンス——消防車の走行、犯罪者の追跡、自動車レースといったような——のための枠組をなすものである[10]。そこでは映画的叙述は、機械による運動のドラマトゥルギーの作動要因を生み出すだけなので、二次的なものにとどまる。事件の中心に位置するのは登場人物の心理ではなく、彼らの身体的演出だ。チャーリー・チャプリンは自伝において、「あらゆるアクションが素早いものでなければならなかった」と述懐する。「走り、屋根の上や市電の上によじ登り、水に飛びこみ、橋から墜落しなければならなかった」[11]。アルフレッド・ヒッチコックは一九五〇年に『ニューヨーク・タイムズ・マガジン』のインタヴューで、追跡場面こそが「映画というメディアの決定的表現」[12]だと述べている。ヘルマン・ヘッセの小説『荒野の狼』（一九二七）は、「自動車での狩

マック・セネットのキーストーン・スタジオ所有の車両

猟」が上映される「魔法の劇場」を描写する際に[13]、映画美学的な力動性のモティーフを、近代の交通技術の省察と結びつけた。しかし、その振りつけ演出の構造は、スラップスティックではなく暴力のドラマトゥルギーに従うものである。それは空想的な方法によっており、近代におけるさまざまな成果とは反対の方向を向いている。

断片的に残されているカフカの一九一五年の短編『ブルームフェルト』では、映画に典型的な追跡場面がグロテスクに応用されているのが見てとれる。そこでの主人公、変わり者のブルームフェルトはある夜、自分の部屋に「小さくて白い、青い縞模様のセルロイドのボールふたつ」を発見する。それらは、外から力を加えなくても「自律的に」動く[14]。彼がいつもの時間どおりに横になれば、ボールはベッドの下へ跳ねていってそこで休息をとり、朝はブルームフェルトと一緒に目覚めてあらたに活動する。ボールが飛び跳ねることによって、主人公はたえず邪魔をされているように感じる。怒ったブルームフェルトは、その敵との戦いを開始する。「彼はひとつをつかもうとするが、ボールはうしろに下がり、彼をうしろの部屋へ誘いこむ。ブルームフェルトは『ボールのあとを追っていくなんてあまりにも愚かだ』と考えて立ちどまり、ボールの方に目をやる。ボールは追いかけっこを中断したようで、同じ場所にじっとしている。彼はふたたび、『でも僕は、あいつらの捕獲を試みよう』と考え、急ぎ足で近づく。ただちにボールは逃げるが、ブルームフェルトは伸ばした足でそれらを追い立て、置かれていたトランクの前でひとつをつかまえることに成功する[15]」。この場面の滑稽さは、映画での追跡のドラマトゥルギーを、人間と物体の戦いに転用したことから生まれている。とりわけカフカのシークェンスがグロテスクな効果を発揮するのに貢献しているのは、ブルームフェルトのスラップスティック的な身体言語である。

長編小説『城』（一九二二）にも、右の例に匹敵する滑稽な運動の美学の要素が現われている。痛風に苦しんでいる村長が、村役場で書類の流れを描写する章の最後では、以下のように書かれている。「Kはうしろを振り返った、助手たちは一貫して不適切な勤務意欲から、Kの言葉を聞くやいなや、両側の扉を開けていた。強力に侵入してくる冷気から病室を守るためには、Kは村長の前でのお辞儀をあわただしくおこなうことしかできなかった。それから彼は、助手たちを引き立てるようにして部屋から走り去り、すばやく扉を閉めた」[16]。測量士の出発は、個人が身体の力動性によって決定づけられるスラップスティックのあわただしいドラマトゥルギーを忠実に守っている。Kもまた、アメリカ小説のカール・ロスマンと同様、彼という人間を当人から運び去ってしまうように見える運動の対象である。開けられたドアを通って吹く風は、主人公を文字通り内部にとりこみ、消し去ってしまうというこの運動にとっての換喩的記号を形成している。

チャプリンが「道化芝居の粗野な変種」[17]と評したセネット的な追跡場面では、追われている者の驚くべき救出劇において、ラストにクライマックスと決着が見出されるという、かならず同じ展開が見られる。カフカの『失踪者』は、ドラマルシュが逃亡中のロスマンを最後の瞬間に引っ張りこみ、追跡者を欺くことによって、そのような〈ラスト・ミニット・レスキュー〉のモデルを反復する。「(…)そのとき、ある家の小さなドアからカールに手が伸びてきて、『静かにしろ』という言葉とともに彼を暗い廊下へ引きずりこんだ」[18]。ドラマルシュは疲れ切った主人公にドアのほうを指さし、警官たちが捜索の相手が身を潜めている場所に気をとめることなく、特に不審に思いもせずに彼らのそばを通過したことを示唆する。この場面の喜劇的結末も、映画的構成から影響を受けている。カフカはここで、セネットの初期のスラップスティック作品が豊富なヴァリエーションで提示した〈ラスト・ミニット・レスキュー〉のモティーフと戯れている。最後の一分間での救出は、追跡劇を終焉させ、クラカウアーの言葉によれば「緊迫感のある物理的アクションをひとつの連続体として現出させる」[19]ことを目標とする力動的なドラマトゥルギーを鎮静化させる。

『失踪者』の逃亡のシークェンスは、カフカがある映画を研究したことを示している。その作品については、私たちはハンス・ツィシュラーの記録によって詳細を知ることができる[20]。一九一一年九月一〇日、二度目のパリ滞在時に、カフカはマックス・ブロートとともにオムニア・パテの豪華な飾りつけのなされた上映ホールで、風刺映画『ニック・ヴィンテールとモナリザの盗難』を観た。五分間の長さのこの作品は、当時パリ全市の関心を集めていたテーマ、すなわちレオナルド・ダ・ヴィンチのジョコンダ（モナリザ）の盗難を扱うものだった。その絵画は一九一一年八月二一日に、きわめて厳しい監視下に置かれていたにもかかわらず、ルーヴルから持ち去られたのであった。ゲオルク・ハイムは同年に散文作品『泥棒』で、事件の経過を脚色して描き出した。そこでハイムは、容疑者がイタリアで略奪物を持った状態で逮捕される様子を描写し、慧眼にも、のちの事件の解明を予言した[21]。実際には、盗難から二年半が経過した一九一三年一二月一一日、装飾画家ヴィンツェンツォ・ペルージャがその絵画をフィレンツェの画商に売却しようとし、ようやく実行犯として逮捕されるにいたった[22]。わずかな日数で製作されたニック・ヴィンテール映画は、パリの美術館の安全基準の甘さを問題視する、遠慮のない風刺を提供する。そこでは、新聞各紙が世界的に有名な絵画の紛失の責任を負わ

『ニック・ヴィンテールとモナリザの盗難』(1911)の一場面

せていたルーヴルの館長、オモルが笑いものにされる。映画のなかでは「クルモル」という名前にされているオモルは、当人の知らないうちにグロテスクな取り違えの物語に巻きこまれてしまう。彼は誤った証拠に基づいて疑いをかけられ、警察が彼を追跡し、百貨店のなかで追いかけ回すのである。

パリ旅行の五か月後、マックス・ブロートがオーストリアの雑誌『ディー・メルカー』の文芸欄に書いた詳細な内容紹介は、カフカがカール・ロスマンの逮捕および逃走を描写するに当たって、ニック・ヴィンテールの滑稽な追跡劇からインスピレーションを得たのではないかという推測を成立させる。そこで目を惹くのは、友人ブロートの原稿に明確に記録されている、テーマ的および映像美学的な関連性である。カフカによるケルナー映画の簡潔な描写と同様、ブロートの報告文も、電報のスタイルで映像の連続をとらえようとする。「驚愕、滑稽な探偵の召喚、クルモルの靴のボタンという誤った手がかり、靴磨きとしての探偵、パリの百貨店のなかを通っての追跡劇、自分で靴を磨かされる通行人、クルモルが不運にも逮捕されてしまうのは、犯行現場で発見されたボタンが当然のごとく彼の靴のボタンと同一のものだったからだ[23]」。

まず明らかなのは、その映画と『失踪者』のテーマが類似していることである。つまりどちらにおいても問題となっているのは、誤って着せられる罪、まちがった解釈をされる証拠品、そして容疑者の追跡である。しかし、それよりも重要な意味を持っているのは、カフカがオムニア・パテで観た短い探偵ドラマの素早い展開と、アメリカ小説のグロテスクな逃亡場面との構造的同一性である。あとにまで影響を及ぼすニック・ヴィンテールの効果的な手段は、映像が流れる速度を上げられる映写装置の特別な調整によって強化されていた。上映速度を上げることによる効果については、ブロートはやや皮肉めいた口調で「もちろんパリでは、すべてがよりよいものであるにちがいない。私たちの国と同じ映画が上映されているように見えるにもかかわらず、ひょっとするとここでは封切り作品だけがかけられているのかもしれない。同じように、上映方法もよりよいものであるようだ。ある映画が封切り作品として、批評家たちを前に上映されると、特別なものになるのだろうか？　私たちはまずそのように主張してみて、次にそれを信じる。パリに対して私たちが抱く、皮肉まじりではあるが真実の驚嘆を抱きながら（…）その映画は実際、よりよく上映されている、つまり、より速く上映されているのだ[24]」と記している。このような背景のもとに、パリでの映画体験の重要な特質が追体験される。ここでカフカはいま一度、イメージの加速によって高度化された映画形式とめぐり合い、それを一年後に、長編小説の逃亡場面のなかに登場させる[25]。進行の速度を上げるという技法が、追跡場面を文学として構築するための前提となるのである。

『失踪者』にとってのふたつめの手本となるのは、アウグスト・ブロームが撮ったデンマーク映画『白い奴隷女』である。カフカはその作品を一九一一年二月半ばにプラハで観て、強い印象を受けていた[26]。半年後にブロートと一緒に書いた小説の草稿『リヒャルトとザムエル』では、主人公たちが列車のなかで知り合う若い女性が、ポルノグラフィー的な傾向を有する『白い奴隷女』のヒロインと比較される箇所において、その作品の魅力が反映されている[27]。『白い奴隷女』で特にカフカが興奮を覚えたのは、天下の公道で誘拐され、売春を強制されていた婚約者を若い男性が解放しようとする自動車での高速の追跡劇であった[28]。このシークェンスを際立たせている機械による運動の論理を、カフカのアメリカ小説は、外面的な現実をカメラのように捕捉する視点から叙述をおこなうという手段によって置き換えようとする。映画的に構成された逃亡場面は、運動それ自体を叙述の経過の中心的対象、中心点となす[29]。このような機械的表現が典型的に現われているのは、すでに引用した箇所の終わりで、カール・ロスマンについて「(…)警官たちをできるだけ驚かせるために、片脚で立って直角に向きを変え、小道へと曲がったのだった[30]」と書かれている箇所である。ここでの描写が、初期の映画の滑稽でグロテスクな場面を想起させるのは、走っている人間の方向転換をきわめて明瞭に強調し、運動のメカニズムそれ自体へ読者の意識を集中させることに成功しているからだ。ダイナミックなシークェンスは、電報のスタイルで映画を要約した日記での記述とも似た、パントマイム的な印象をもたらす個々の映像をスピード豊かに並べることにおいて成立する。

映像の力動化は、たいていはカメラ・アイの位置に相当する特別な観察の視点によって生み出される。その視点は固定された地点から出発し、カメラを水平方向に回すことやアングルを変化させることによってかなり自由なものとなるが、主人公の進路から逸れることはめったにない。カフカが描写のスタイルを崩すのは、カメラのレンズのピントを修正し、主人公の知覚の視点を超えられるように視角を広げる場合だけである。しかしそのような干渉をおこなったからといって、叙述から多くの知識がもたらされるわけではなく、むしろ認識に信頼が置けないことが明らかとなる。あらゆる観察内容は、そういった視点から観察され、修正され、完璧にされたうえで保存される。語りの展開は、信頼に足る認識や確信といったものとは無関係に、持続的な自己訂正の滑らかに進行するプロセスに似たものとして実行される。この手法のとりわけ典型的な例を提供しているのが、『失踪者』の導入部である。そこではカールがニューヨークの象徴を、最初はあまり関心がなさそうに、接近しつつある大型船の距離から眺め、しかし次にはぐっと近づいて、圧倒され、呆気にとられて見つめる。「(…)すでに長いあいだ観察していた自由の女神の像を眺めると、とつぜん強さを増した陽光を浴びているかのように見えた[31]」。ここでは語り手自身が、より正確な視野を得るために、固定されたカメラのまなざしを鮮明なものにすることによって自己を修正している。カール・ロスマンはその前から自由の女神を知覚していたが、まだその壮大なるサイズにおいては把握していなかった。この小説のカメラ・アイは、現象の多様性に適応するために、たえずアングルを変更する必要がある。事物の世界には、確かな客観性は存在しない。むしろそこにあるのは、映画的な叙述に一面的もしくは静的な視点を採用することを禁じる、眺望における多様性なのだ。

過去の研究では見過ごされてきたことだが、運動の表現という領域だけでなく主題のアレンジにおいても、カフカの『失踪者』は〈旅を描く教養小説〉という点で映画的な物語であるといえる[32]。主人公の冒険的なニューヨーク到着、都市、交通および通信技術の激しく脈打つような神経過敏状態[33]、ホテル・オクシデンタルの超現実的な空間構造、地方裁判官選挙の群衆場面、〈オクラホマ〉の野外劇場の空想的世界などが、窃盗、虚偽の容疑および告訴などを含む探偵小説的ストーリー要素と同様にそのことを明示している[34]。大金持ちの伯父という人物、巨大なポランダー氏、大資本家グリーン、新即物主義的でスポーティーな少女という人物設定がなされたクララ、元娼婦のグロテスクなブルネルダ、あつかましくて滑稽な身振り言語を駆使する放浪者ロビンソンとデラマルシュ、といったような小説内の登場人物だけを見ても、とりわけ映画的であるという印象を受ける。映画との符合は、事件のさまざまな舞台の幕開けの部分にも見られる。大型蒸気船、大都市の道路、ホテルや歳の市は、冒険、都会のスピード、記録およびセンセーションをまとめて独自の混合物となしていた同時代の映画を想起させる。[35] とりわけ映画的要素が顕著に感じられるのは、カフカの小説が描写する小道具類においてである。グリーンの大きな葉巻、叔父がカールに貸した巨大な机(一九四〇年にクラウス・マンは、アメリカ版の序文においてこの小説を「超近代的」と評している[36])は、映画における誇張癖を思わせる。他方では、新聞、タイプライター、双眼鏡、ポスターは、映画が提示するのを好む近代的メディアの共演といえる。

『失踪者』が映画的な出来事、人物、舞台および小道具によって規定されているとするなら、ある局所的な特徴への注意を向けることが必要となる。カフカの小説では、映画は語りの構造のみならず、典型的な娯楽的テーマにおいても存在感を発揮する。ひょっとすると映画との関連性は、ある直接的な受容体験からもたらされたものかもしれない。もっとも、その体験を正確に再現することはもはや不可能である。一九一二年七月二七日、ベルリンの映画会社ゴーモンは、『ある失踪者の物語』というタイトルの作品の公開を告知した。広告文に「劇的」と書かれたこの作品をカフカが知っていたかどうかはわからない。ネガもプリントも、すべて失われてしまっている。[37] ただし一九一三年七月はじめに、彼が『黄金の奴隷』という映画を観たことは確実である。それは、米国西部での無法者たちが暮らす環境を舞台とし、カフカの小説がポランダー、グリーンおよび伯父という人物像で描写した億万長者たちが主要人物となるドラマだった。カフカのテクストでおなじみであったことを、映画があとから確かなものであると保証する場合もあったのである。[38]

アメリカ小説に再三再四、見ること、傍観すること、観察することというモティーフが現われることは、キネマトグラフ的な視点が保持されていることと連動している。ロスマンがバルコニーから路上の選挙キャンペーンを目で追う場面では、演説者について「はっきりとその様子が見えた、というのは、演説のあいだ、すべての車のライトが当てられ、彼はひとつの明るい星の真ん中にいたからだ」[39]という描写がなされる。ブルネルダがいま一度、尋ねる。「『オペラグラスで見てみない？』カールは『十分によく見えます』と答えた。『ちょっと見てみればいいのに』と彼女はいった。『よく見えるんだから』」[40]。カフカはこのようなシークェンスのなかに、徹底的にアイロニカルなやり方で観察の美学を反映させている。アメリカという世界が、バルコニーの視点という距離から、技術的メディアの助けを借りて、カール・ロスマンの前であらわになる。小説が語っている映画的ストーリーは、一貫して見ることおよび観察の物語でもある。カフカ作品において私たちがニューヨークを把握するさいに頼りにするまなざしは、高い位置で回されるカメラに似ている。「そして朝でも夕べでも、あるいは夜の夢においても、この道路は、ますます混み合っていく交通に支配されている。上から見ると、たえず新しいきっかけから、たがいの内部へと浸食している人間の歪んだ姿とあらゆる種類の車両の屋根の混合物が現出し、そこからさらに騒音と塵と匂いの、多層的で荒々しい混合物が立ち上がった[41]（…）」。

マックス・ブロートは、カフカの長編小説の企画がすでに頓挫していた一九一三年の末に、脚本の草稿『若き理想主義者キューネベックの人生のある一日』において、『失踪者』の映画美学的要素を数多く採用している。ここにもひとりのギムナジウム生徒と裕福なアメリカ人の伯父が登場し、追跡劇、乗り入れてくる蒸気機関車、走る警察官、そしてニューヨークの「地下酒場」[42]について語られる。カフカのテクストが提供する映画的な力動性が、ブロートの短いシナリオのなかで繰り返される。その脚本は、『失踪者』が提示するもの、つまり叙述と映像の力動性の結合について注釈を加えるものである。しかし、ブロートが提出する文学としての脚本は、シークェンス的な叙述の形式を避けているという意味において、カフカの小説ほど技巧的ではない。そこでは映画というメディアへのアプローチは、叙述の構成の水準における変換はなされぬまま、因習的な語りの技法、描写の技法のもとで実施されている。カフカの描写が力動性そのものを対象とするのに対し、ブロートの各イメージは、想像力の内なるまなざしの運動がなければ、「とつぜん現実が立ち現われる」(43)と評せるような、映画のシークェンスとして想像できるものとはならない。

映像の力動性から生を授けられた、映画的特徴を備えた叙述形式の例としては、『失踪者』のほかに、カフカが一九一四年に、おそらく第一章と平行して書いたと思われる小説『審判』のラストが挙げられる。オペラのテノール歌手のように登場する処刑人によるKの逮捕と拘留を描く場面では、力動性の要素は、映像を連結させる構造それ自体のなかに移管されている。「遠くであったりすぐ近くであったりしたが、警官があちこちに立っている、もしくは歩いている上り坂の道を、彼らは何本か通った。濃い口ひげをはやしたひとりの警官が、片手をサーベルにかけ、何の疑わしさもないわけではない集団に、あえて意図的にそうしているかのように近づいてきた。男たちは立ち止り、警官がすでに口を開けているように見えたとき、Kは力をこめてふたりを前方に引っ張った。警官がつけてきていないか、彼はしばしば慎重にうしろを振り返った。だが、警官とのあいだが曲がり角によって隔てられたときにKは走りはじめ、ふたりの男性は呼吸が苦しかったにもかかわらず、一緒に走るしかなかった」[44]。一文ごとになされる加速化において、映画における映像の力動性――モンタージュの速度を上げていく手法――が模倣されている。駅での撮影場面の観客と同様、この箇所を読む読者は〈身体をこわばらせる〉だろう。叙述の諸要素のなかからひとつのシークェンスがつくりあげられ、そこでの構成要素が内なる秩序の形成を可能にする。『審判』の場面を『失踪者』の追跡劇のドラマトゥルギーと比較してみるなら、そのキネマトグラフ的な性格が完全に明らかになる[45]。どちらの場合でも私たちが直面する構造においては、運動が叙述の進行の内容的要素であるだけでなく、中心的な形式的要素をなしている。どちらにおいても、状況的な枠――逮捕、逃亡、警察の取り調べ――が、映画特有のテーマを指向している。

最後に、映画と繋がるもうひとつの共通性に言及したい。『失踪者』と『審判』は、ひとつひとつの章が内的に閉じられている傾向を持つ、エピソード小説〔それぞれが完結したエピソードを積み重ねるようにして構成された小説〕である[46]。そこではつねに、それぞれの章の秩序のなかで物語の糸が束ねられ、凝縮されている。カール・ロスマンの到着、叔父の家での暮らし、ホテル・オクシデンタルでの経験、ブルネルダのもとでの召使としての生活、そしてオクラホマの野外劇場は、かなりの独立性を保ちながらも特有の叙述形式をつくり上げる連合体として把握できる。『審判』にも、同じ判定を下せる。ヨーゼフ・Kの逮捕、屋根裏部屋での裁判における弁護、弁護士のもとでの審理、聖職者と画家ティトレッリとの話し合いは、高度な自律性を持った叙述の複合体を代表している。それは、キネマトグラフの用語でも〈章〉と呼ばれる、映画の場面を重ねて大きな構造をつくり上げる作業と似ている。このような意味で、カフカのふたつの小説はマクロ的構造、ミクロ的構造のいずれの秩序においても、映画の構成技法に依拠している。脈絡のない出来事の連続、個々の段落の内的完結性、さらには内部において力動性を強化する特別なシークェンスの構成は、キネマトグラフの語りの様式からの影響を如実に示すものである。

第五章　ドッペルゲンガー――『審判』

大学生であった一九〇四年に書きはじめた『ある戦いの手記』に見られるように、カフカは若い時分から人間の分身というテーマにとり組んでいた。テクスト内の各エピソードを構成する人物たち――知人の男性、太った男、祈る男、酔っ払い――は、一人称の語り手の自我のさまざまな面を反復することによって、彼の多層的な気質を映し出す。語り手がこれらの人物と展開する闘争のようなせめぎ合いは、語り手という個人の分裂の戯画でしかない。その人物は、もはや分割不能な個体ではなく、多層的な存在であるようだ。カフカがここでとりあげているのは、ロマン主義以来親しまれてきた――シャミッソー、E・T・A・ホフマンやポーが想起される――ドッペルゲンガーのモティーフである。ドッペルゲンガーは世紀末文学、とりわけスティーヴンソン、ワイルド、ミュッセおよびホーフマンスタールの作品において、物語の基盤となる分裂体験の記号として特別な重要性を獲得していた(1)。フロイトの教えを受けたオットー・ランクは、一九一四年にこのテーマに関して先駆的な学術論文を書いている。そこには当然ながら、主題となる物語と精神分析的な還元主義との不一致に関する驚くべき例が書かれている。ランクは自我の分裂というイメージへの親和性を、白昼夢と不安状態として立ち現われる〈神経障害的〉気質を有する傾向が作家にあることの徴候と見なす(2)。それによって文学テクストは、強迫的イメージの文字によるヴァージョン、神経症的な過誤行為の明瞭な変種となる。その際に美学的形式が、構成面での固有の方法論において大まかなかたちにおいてでも認識されることはない。

カフカの作品でドッペルゲンガーのモティーフが明確に現われるのは、登場人物たちに、いってみれば正反対の人間を肉体的に自己の内部へとりこむことを可能にする独特の共生関係においてである。一九一〇年に書かれ、二年後に『観察』に収められて公表されたテクスト『不幸であること』は、人格の二重化というモティーフを典型的な方法で加工している。というのは、そこに登場する幽霊は、一人称の語り手の役割を果たす孤独な若者の、まさに分身として現われるからだ。「おまえの性分とは私の性分だ」と若者は語る。「そして私が性分としておまえに親切に振る舞うなら、おまえも異なった振る舞いをしてはならない(3)」。アドルノによれば、カフカの主人公たちは、神話の登場人物と同様、「敵の力を吸収すること」によって魔術的なかたちでの「救出」を実現しようとする(4)。この意味においては短編『判決』も、分身譚の変種としての、人物たちの弁証法的結合によって規定されている。分身の存在は、反復ではなく補完を意味する。一九一三年二月一一日のカフカの日記への書きこみが語っているように、友人という人格の内部に、ゲオルク・ベンデマンと父親が同じように複写される。「友人は、父と息子を結びつけるものであり、両者の最大の共通点である。ゲオルクはひとりで窓辺に座り、狂喜しながらこの関係性に思いを馳せ、父が自身の内部にいると考え、逃避的な哀しい沈思黙考にいたるまでのあらゆることが平穏であると感じる。いまや物語の展開が提示するのは、ふたりの共通点、すなわち友人のなかからどのようにして父親が立ち現われ、敵対者としてゲオルクと対峙するかという過程だ[5]（…）」。古めかしい印象をもたらす極端なかたちで出現するロマン主義的なドッペルゲンガーのイメージは、もはや統一体をなしていない主体の比喩となっている。ゲオルクと父親は、分裂して数多くの自己という形象になる。それらは、そのつど敵対している人物と溶け合い、つねに暫定的なものでしかない統一体をつくり出す。

主体の分裂というテーマがテクストにおいて有する優位性を考慮すると、そのモティーフが中心的な役割を果たす映画にカフカが関心を抱いていたことは理解しやすい。一九一三年には、文学として書かれたドッペルゲンガーというテーマを扱った二本の映画が映画館にかけられた。それはすなわち、すでに紹介した、一八九三年に発表されたパウル・リンダウの戯曲に基づく——リンダウ自身が脚本を担当した——マックス・マックの『分身』と、シャミッソーの『ペーター・シュレミールの不思議な物語』（一八一三）に基づいてハンス・ハインツ・エーヴァースが脚本を書いたシュテラン・ライの『プラークの大学生』である。[6]ジークフリート・クラカウアーが、そこでのドッペルゲンガーというテーマがドイツ映画における〈強迫観念〉を創始したと評した[7]二本の映画の特徴は、映画の演出という手段を利用して先行する文学に忠実であろうとした姿勢にある。それらが斬新だったのは、ふたりの有名作家が参加し、脚本に対する責任を負ったことであった。リンダウは一九〇三年までベルリンのドイツ劇場を率いていたし、エーヴァースは『悪魔の狩人たち』（一九〇九）、『アルラウネ』（一九一一）以来、同時代の読者からE・T・A・ホフマンの伝統の継承者と見なされていた空想文学の旗手であった。[8] 同様に一般大衆に異例な事態として受けとめられたのは、アルベルト・バッサーマンおよびパウル・ヴェーゲナーのような著名な俳優が映画の仕事に手をそめたことだった。『分身』で主演をつとめたバッサーマンは、一九一一年以来、ラインハルト゠アンサンブルの誉れ高きメンバーであり、〈イフラントの指輪〉〔アウグスト・ヴィルヘルム・イフラントの遺言により、ドイツ語圏でもっとも重要な舞台芸術家が受け継ぐとされている指輪〕の保持者であった。ヴェーゲナーもベルリンのドイツ劇場の一員で、芸術家として輝かしい名声を得ていた。新聞や雑誌の学芸欄がはじめて映画をめぐって深い記述をおこない、封切よりも前に両方の映画について報じたのも当然であった。カフカが少なくとも『分身』を観たことは確実なので、ここではまずその題材、ストーリー、演出について確認しておきたい。

映画の主人公――バッサーマンが演じた――は、弁護士のハラースである。プロローグ的に置かれた冒頭の場面で、ハラースは隣人である判事アーノルディとの議論において、同時代のイポリット・テーヌの心理学が精神的外傷の結果であると説明している深刻な人格障害が、犯罪を過小評価する原因となり得ると主張する。[9] 落馬事故のあと――リンダウの戯曲では、神経に過重な負担がかかったためと説明される[10]――ハラースはそれまでのようには自己をコントロールできなくなり、やがて自我分裂の症状に見舞われる。等しい間隔の時間を置いて彼は眠りに落ち、夢遊病の状態でもうひとりの自分に変身し、人格の暗黒面をあらわにする。〈分身〉の状態にあるハラースは犯罪者たちが棲息する世界へ入っていき、法を犯す計画を練る。泥棒のディッカートとともに、彼はそれが自宅であるとは考えもせず、ある屋敷に忍びこむ。犯行現場に警察が現われ、共犯者を逮捕する前に、主人公

『分身』(1913) でのアルベルト・バッサーマン

は短い眠りを経て、もうひとりの自分のことを何も知らぬ弁護士ハラースに変身する。かつてハラース家で働いていたが、時計の窃盗をめぐってあらぬ疑いをかけられ、解雇されていた女中のアマーリエが、問題の解決に貢献する。その若い女性は、ハラースの犯罪者たる分身が出入りする悪名高き酒場で、ウェイトレスとして職を得ていた。彼女は医学参事官とともにハラースに熱心に問いかけることにより、前夜に関する記憶を呼び覚まさせる。保養地での療養ののちに主人公は通常の生活に戻り、アーノルディの妹アグネスと婚約する。

リンダウは『分身』の脚本――彼にとっては『父と息子』（一九一一）に続く二本目の映画の仕事だった――において、いくつかの役割に変更を加え、当初は論理的にもっと整合性のあったストーリー展開を単純化している。[11] 戯曲では、神経に負担がかかった状態であるためにずっと以前から病んだ状態にあったハラースが、〈分身〉の役割において時計を盗み、その件に関して女中アマーリエに罪が着せられる。いかがわしいことに、ハラースは自身に罪があるにもかかわらず、弁護士という職権を利用してアマーリエに数か月の禁固刑が下るように仕向ける。[12] 映画での窃盗という主題の利用は、やや説得力を失っている――アマーリエは夜中に眠気に襲われた状態で時計をふところに入れ、高価な時計を持っているところを発見された末に解雇される。ハラースがのちに同じ時計を〈分身〉の役割において身につけていることに関しては、映画のストーリーは踏みこんだ説明はおこなわない。脚本はその小道具を、第一の容疑者としてアマーリエを追及する弁護士の幻想的な自我分裂の象徴としてのみ使用する。

心理的人格形成の問題、なかでも責任能力と精神的分裂の問題に取りくんだイポリット・テーヌの論文『知性』(一八七〇)は、演技および映画にとっての知的な源泉となっている。映画の挿入字幕では、精神的外傷をもたらす経験から自我の二重化が起こることに関する一文が置かれ、明確にテーヌの研究への言及がなされる。戯曲では、医師フェルダーマンが、理論の主導者が誰であるかを明かすことなく、「交互に現われる意識[13]」の諸事例について解説をおこなう。リンダウの戯曲は、近代文学における人格分裂の代表的なストーリーを語るスティーヴンソンの小説『ジキル博士とハイド氏』(一八八六)を視覚化したものだ。その題材において初期の映画に強い影響を与えたスティーヴンソンと同様に、リンダウは人間の内に眠っている悪のひとり歩きをもたらす人格分裂を提示する。戯曲『分身』はこのモティーフに、近代的な神経症をめぐる厳しい批評を結合させる。医師フェルダーマンは、その神経症を以下のように説明する。「私たちの大都市文化の、感覚を麻痺させる騒音、車によるうるさい物音、機械のブザーのように鳴り続ける音、叩きつける音、足を踏み鳴らすような音、蒸気機関車のシュッシュッという音、ゴロゴロという音のなかで自分の意思を伝えたいと思う者は、大太鼓とタムタムを打ち鳴らすしかない(…)それに加えて、私たちの全存在の速すぎるスピード。熱病のようなあわただしさ。毎日、都市間で交わされる何千通もの電報、電話での会話[14](…)」。映画のヴァージョンは、新しいメディアではほとんど表現不可能な理由づけを放棄し、ハラーの自我分裂を事故の結果であるとする。しかし、リンダウがヴィルヘルム二世治下の観客に提示した月並みな結末は、映画版でも保たれた。すなわち、スティーヴンソンが選んだ解決法——自己が分裂した主人公の自殺——は回避され、その代わりに、愛の祝福を受けたセンチメンタルなエンディングが提示される。

『分身』は、多くの新聞広告や告知の応援を受けて、一九一三年三月七日からプラハの映画館ビオ・ルツェルナで上映された[15]。すでに封切の三日前には、カフカはブロート、その妻エルザおよびフェーリクス・ヴェルチュと一緒に最新の上映プログラムを見た際に、ショーウィンドーのなかのポスターをじっくりと眺めた[16]。三月一四日の夜、彼はヴェルチュと『分身』の上映に立ち会い、同じ夜のうちにその結果をフェリーチェ・バウアーに宛てて書き記す。一週間前、しかめっ面をした主演俳優が描かれたヴィタスコープのポスターを見てカフカが抱いた懐疑的な印象は、少なくとも手紙のはじめの部分では、妥当性を証明されている[17]。彼は作品全体を、アルベルト・バッサーマンにどれほど讃嘆の念を抱いていようとも批判的姿勢をとらざるをえないほど「悲惨」だとみなす。カフカが記すところでは、バッサーマンは通俗的作品で自己を「濫用」することによって芸術的名声を傷つけているというのだ。しかし手紙の終わりには、主演俳優については「とても多くのことを語れます」と書かれている――それは、少なくともその作品がカフカに強い印象をもたらしたことを示す譲歩である[18]。この所見は、バッサーマンが彼を「わずかに変身させた」[19]という発言によって立証される。『分身』のテーマを考慮すればきわめてアイロニカルなこの表現は、カフカがその映画の題材および演出に見出した想像力の潜在能力を明らかにしている。このときの映画鑑賞は、深層において分身というテーマに合致したものとなった。観客に変身をもたらすような効果が、カフカが二年以上前の一九一〇年一二月六日にベルリンのドイツ劇場で見たハムレットの公演から受けた印象と似通っていることはまさに驚異的である。マックス・ラインハルトの演出のもとで強烈な身振り表現で主人公を演じたバッサーマンについて、当時のカフカは、プラハにいたマックス・ブロートにうっとりした様子で「一五分間にもわたって、僕は別の人間の顔をしていた、正常な状態を回復するために、ときどき舞台から目をそらして無人の桟敷席のほうを見なければならなかった」と報告した。[20]

映画『分身』は、巨額の広告費が投じられていたにもかかわらず、同時代における受容はおおむね芳しいものではなかった。[21]数多くの批評家がバッサーマンの演技を賞賛したが、ストーリーに心理学的根拠が欠如していること、そしてその題材を映画というメディアに変換したことの失敗を問題視した。[22]ウルリヒ・ラウシャーは、カフカが一九〇〇年から一九〇四年まで定期購読した『クンストヴァルト』に寄せた批評において、そのテーマに純粋に文学的な魅力があることを論証する。「私はその人物を、小説よりもはるかによく思い描くことができる。というのは、ここでは作家は、病んだ頭脳の内部での進行を提示するのに十分な時間と機会があっただろうし、この題材にはたしかにきわめて明白な事象が含まれているとしても、ひとりの人間を別人と結合させるなどということは、心理学的に緻密な構成をおこなう場合以外は許されないからだ。しかしこの題材は、映画ではまったく処理できない」。[23]ラウシャーは新しいメディアへの移行に反対する根拠として、主人公の内面における変身が、映画では外面化の傾向のせいで信じがたいものとなったと強く主張する。フェリーツェ・バウアーに宛てた報告が暗示しているように、カフカも同様な留保を心に抱いていたようである。しかし、「悲惨な作品」[24]という表現を用いるとき、彼は原作、脚本あるいは映画のどれを念頭に置いているかを明らかにはしない。悲惨であるという見解は、映画に特有の変換だけでなく原作の戯曲にも向けられているのかもしれない。カフカが、脚本のセンチメンタルな結末を気に入っていなかったという可能性はあるし、テーヌに関連づけて科学を装った枠の部分の展開、あるいは変身譚という典型的なロマン主義の不吉な世界に違和感を抱いていたとも考えられる。カフカがそのような否定的な姿勢をとったにもかかわらず、マックの『分身』は、彼のテクストに痕跡を残した。それを示すのは、一九一三年の夏以後に日記のなかに書かれた短編小説の断片である。それらは、カフカが一九一四年八月一一日に書きはじめる長編『城』の企画と、看過できない線で結ばれている。

『分身』から刺激を受け、のちの『審判』へと継承されていく語りがなされた記述としては、四つのスケッチが存在する。『分身』への最初の反響が見られるのは、一九一三年六月二一日に書かれた、若者の友情をテーマとするわずか数行の断片においてである。最初の一文は、「ギムナジウムの生徒だったころ、僕は亡き父の友人だったヨーゼフ・マックという人物をときどき訪ねていた[25]」というものだ。つまりこの断片の主人公には、カフカがポスターをじっくりと観察して記憶に刻んだ映画『分身』の監督、マックス・マックと同じ姓を与えられている。映画を観に行ってから七か月後の一九一三年一〇月一四日には、カフカは日記のなかで、テーマという点でもバッサーマンの主演作を想起させる以下のような場面を描写する。「老いた商人は『私を狂気から救い出してくれ!』と叫んだ。眠くなって夕べにソファーに身を横たえたのだが、夜中になったいま、すべての力をふりしぼっても身を起こすことが難しかった。ドアをノックする鈍い音が聞こえた。『入れ、入ってこい、外にいるものはすべて!』と男は叫んだ[26]」。この短いシークェンスは私たちに、ハラースの運命、精神的外傷を受けて眠っているあいだに別の人格に変わってしまう男の「狂気」を思い出させずにはいない。未完のままに終わったカフカの習作は、理性の喪失というテーマを扱い、それをマックの映画の特徴でもあった不安のファンタジーへと凝縮するものである。

次の例は十日ほどあと、一九一三年一〇月二六日の日記に見られる。カフカは再度、自己同一性の混乱という主題を扱った夜間の訪問場面を描く。「『いったい私は何者なのだ？』と私は叫んだ。膝を曲げてソファーに横になっていたのだが、身体を起こし、背筋を伸ばして座った」[27]。この状況は、自分が誰なのかわからず、睡眠中の意識のない段階で第二の自我へ変身してしまうハラーの境遇と一致している。カフカのこの日記では、夜遅い時間に訪れた者は、三年前に書いた習作『不幸であること』に登場した幽霊にも似た、無害で目立たない若い男性であることが判明する。しかし一人称の語り手は、それ以前に書かれたテクストに登場するモティーフと同様、その男に対してひどくうろたえ、しかも攻撃的な反応を示す。「彼の時計の美しく頑丈な黄金の鎖が目についた。私がそれをつかんで下方へ引っ張ると、鎖が結びつけられていた時計の上部のリングが引きちぎれた」[28]。マックの映画の作劇における中心に位置するショットでは、ハラースが犯罪者である分身として、かつての女中アマーリエとレストランのテーブルに座っており、以前はアーノルディの妹アグネスの所有物であった金時計の鎖を指で回している姿が提示される。すでに触れたように、この時計はアマーリエが盗んだとされたものなので、とつぜんその娘は、ハラースが日常的な自我とは切り離された暗黒面を持っていることを理解しはじめる。配給会社ヴィタスコープは、くっきりとした照明の当てられたこの場面のスチル写真を宣伝に使用した。カフカは、映画を観る前の一九一三年三月四日の夜に、ビオ・ルツェルナのショーウィンドーに飾られたその写真を見て、同じ夜のうちにフェリーツェ・バウアーに宛てた手紙でそれを細かく描写した[29]。このようにして、疾病的な人格変容というライトモティーフだけでなく、バッサーマンの大げさな身振りによって支えられた小道具の記号言語が、カフカの文学的想像力の保管庫にたくわえられたのである。

　九か月後、カフカの日記はマックの映画から刑罰というテーマをとり入れる。短いシークェンスのなかで、一人称の語り手は、自分が窃盗の疑いをかけられて上司に解雇されてしまうと報告する。上司からの非難に、彼は精力的に反論する（「僕は盗んでなどいない」[30]）が、否定できない証拠をつきつけられ、降伏せざるをえなくなる。ラストでは、語り手に罪があったことが明らかにされる。「僕の最初の言葉は『盗んでなどいない』だったが、五グルデン紙幣が手もとにあり、金庫は開いていたのだ[31]」。マックの映画のハラースと同様、一人称の語り手は、責任能力のない状態で犯した罪を、あとになって認めざるをえない。その罪は、文学が好んでテーマとして扱う分裂によって引き起こされた、無意識の産物である。自我の分割は、文学では悪魔との契約として表現されることもある、善良な面と邪悪な面が分離する瞬間を捕捉するものだ。『分身』の封切の少しあと、一九一三年六月に映画化された『プラークの大学生』におけるエーヴァースの脚本が、シャミッソーのドッペルゲンガーの物語を、ファウスト神話の悪魔との契りというモティーフによって補完したのは偶然ではない。

　ここで注目した断片での刑罰をめぐるファンタジーによって、カフカはマックの映画との接点を驚くほど有する、ふたつめの大規模な長編小説に向かって進んでいく。過去には見過ごされてきたことだが、『審判』は、明らかに『分身』との親縁性を有するいくつかのモティーフを提示している。それはすなわち、当人も知らない犯罪というテーマ、自身の罪を知らない被告の自己弁護、法曹家の世界、人物の鏡像化とドッペルゲンガーの登場といったものである。「誰かがヨーゼフ・Kを中傷したにちがいなかった、なぜなら、何も悪いことをしていないのに、ある朝逮捕されてしまったからだ[32]」。

『分身』(1913)

すっかり有名になったその小説の最初の一文が描くのは、マックの映画でのハラースの状況を想起させる状況である。たくみに使用された接続法が、この陳述を事実確定でも可能性提示でもないものとする。かくして私たちは、ただちに了解する。自らの第二の自我がおこなった侵入強盗のあとのハラースと同様、ヨーゼフ・Kには罪をおかしたという意識がない。人格の一体性が崩壊し、信頼に足る審議機関としての意識が機能しなくなるとすれば、もはや悪という概念を成立させる客観的基盤が存在しなくなる。このことを、映画『分身』は明瞭に演出された分裂の物語として提示し、カフカの小説は、ヨーゼフ・Kが裁判所の命令から逃れようとする精妙な紆余曲折を通じて示すのである。

その小説の、のちにカフカが削除した一文は、映画との関連を深めるものである。見張りの男との会話で、ヨーゼフ・Kは「誰だったのかはもう思い出せませんが、誰かが僕にいったのです。人が朝、目をさますと、少なくとも全体としては、すべてのものが動くことなく、前夜あったのと同じ場所にあるのを見出すのは奇妙なことである、と。しかし人は、眠っていて夢のなかにあると、少なくとも見かけにおいては覚醒しているときとは異なる状態にあったのです。目をあけることによって、存在するすべてのものを、前夜に放置したのと同じ場所で把握したいのであれば、はてしなく精神を覚醒させておくこと、あるいは換言すれば、当意即妙であることが欠かせないのです[33]」と述べる。この文章が語っている所見は、マックの映画が提示する状況に合致するものである。ハラースもまた眠りのうちに変身し、目をあけるやいなや、もはや「変わりのない」ものなどないような状態になっている。カフカの小説の場合では、しめくくりとして「それゆえに覚醒の瞬間は日中のうちでもっとも危険な瞬間なのです。もとの場所からどこかに移動させせられることなく切り抜けられたなら、人は一日中安心していられます」[34]と書かれている。覚醒のリスクは、眠っているあいだに自分のアイデンティティーが取り換えられてしまうという危険の内に存在する。ヨーゼフ・Kが描写するのは、まさにマックの映画でハラースの身に起こったことだ。『分身』の主人公は、自身が事故を経験したあと、定期的に自分の居場所から移動させられ、第二の自我へと変身を余儀なくされるのである。

これまで、カフカが右に引用した部分を、補塡することなく単に削除したことに関しては、人々はそれがあまりにも明白で説明的な箇所だからであろうという理解によって納得してきた。しかし、バッサーマンの映画を背景に置いて見てみるなら、削られた段落が何を示唆しようとするものであったかが明らかになる。そこにははっきりと、どのような原典から刺激を受けたかが露呈しているので、カフカには、そこに十分なオリジナル性がないように感じられたのだろう。その箇所は、ヨーゼフ・Kの状況がハラースのそれと比較可能であることを確実に示しているがゆえに、説明過剰であるという印象を読者に与えてしまう。目をさまして自らの逮捕について知らされるKは、ひょっとすれば、前夜に眠りに落ちた者と同じ人間ではないのかもしれない。他方また、ハラースは自分の屋敷を泥棒として襲撃したあとで眠りに落ち、警察の驚くべき訪問を受けて、無罪と推定される弁護士として目をあける。Kが実行したかもしれぬ悪行は、目をさました者にとっては、もはや自らの知らない領域の内にあるものだ。そのことはけっして、Kがロマン主義的＝幻影的な物語の規範に従って自己の分身を見出したとか、彼の自我を分裂病的に分割してしまうといったことは意味しない。それが意味するのは、Kが背負った罪が、逮捕の瞬間においても身に覚えがないものだということだけだ。映画のドッペルゲンガーの物語から、カフカの小説は、無意識というテーマが支配するストーリーを生み出しているのだ。

『審判』が、ドッペルゲンガーというテーマを、自身が知り得ない罪という領域に移植した作品であるとしても、だからといって、カフカのキネマトグラフ的叙述が直前の歳月において別れを告げていた心理学的解釈のモデルが、そこで再生産されたわけではない。むしろおこなわれているのは、精神分析的なカテゴリーを叙述の動機づけの水準に移行させることである。無意識を、逮捕、起訴、弁護、訴追および判決という物語の前提とすること。それによって小説『審判』は、個人的領域を超え、物語の進行を条件に合致させる理由づけの枠組として無意識を利用する。[35] カフカは、フロイトの教義を治療として利用することに対する留保を、何度も文章として表現した。[36] 一九一七年一〇月には、彼はチューラウで「心理学とは鏡文字を読むことである。したがって骨の折れるものであり、どこにも破綻のない結果に関しては有益であるが、実際のところは何も起こっていないのだ[37]」と書いた。カフカの疑念は、心理学による発見的方法論の、自己確認を目指す循環的な傾向に向けられている。心理学に関しては、すでにニーチェが『善悪の彼岸』(一八八六)において、その学問の代表者が「深いところにまでは踏みこんでいない[38]」と評していた。カフカの見たところでは、近代の心理学の目的は達成されないままである。なぜなら、心理学とは人間としての自我の根本的な病いを、いくつかの点に絞って設定した治療方法によって治癒しようとするものであり、その結果として、必然的に挫折してしまうものだからだ。新たに心理学と結びつくのは、カフカの初期の散文における高速化の美学が、機械的進行の論理のために新しいまなざしを向けていた、因果論的解釈を拒絶する姿勢である。一九一三年一二月九日の日記には、「積極的な自己観察への嫌悪感。昨日の僕はこうだった、そしてそれゆえに、今日の僕はこうである、それゆえに、といったような精神の解釈。それは真実ではない。それゆえに、ではないし、ああだったからでもこうだったからでもない。だからこそ、ああでもこうでもないのだ[39]」と書かれている。諸要素の原因を探求するのではなく、疾病の諸症状が書きこまれた可視的な表層の真実として、それがどのようなものであるかが問題なのである。

小説『審判』は、心理学という手段を、隠された内面の葛藤に光を当てるのではなく、人間と事物の内部に同じように明白に現われる社会的構造、階層および依存関係を描くためにのみ使用する。そこには矛盾はない。小説に採用された、映画から影響を受けたドッペルゲンガーのモティーフは、刑罰のファンタジーに理由づけを与えるモデルに姿を変える。ヨーゼフ・Kの物語は、意識から無意識を、無罪から罪を切り離す事例である。カフカの小説は、自分では何も知らぬまま、第二の自我が悪事を働いてしまうハラースの責任能力の欠如を、忘却という問題設定と置き換える。ヨーゼフ・Kは、目覚める前に自分に起こったことを忘れてしまったように見える[40]。彼も睡眠中に、この点では弁護士ハラースと同じように、変身の段階を経たのである。だがその際に——『変身』のグレーゴル・ザムザのように——新しい姿をとる必要はない。小説『審判』は、分裂の物語を語るための空想的要素は必要としない。ドゥルーズとガタリがカフカの小説の法律体系を視野に入れてその存在を論じたような「超越的で認識不能な法律[41]」の代わりに、語りの規範として、精神面での変貌の論理が立ち現われるのである。

カフカは映画『分身』から二重化というモティーフを継承したが、それをリアルな物語のレベルでは使用しない[42]。その点で典型的であるように思えるのは、小説の最初の章の終わりでの、ヨーゼフ・

Kが夜、隣人のビュルストナー嬢に自分が逮捕された状況を芝居のように演じてみせる場面である。Kは、朝の審問のときに置かれていたように机の位置をずらし、状況を明確にするために、自分が見張り係の役を演じようと語る。彼は大きな声で自分の名を呼び、その響きは「次第に部屋のなかに広がって行くようだった」[43]。冒頭の章のエンディングの部分が、オープニングの部分を二重化し、それによってメタフィクション的要素をもたらす。つまり、それ自体が独自の物語となるような、一種の〈メイキング〉のヴァージョンが提示されるのだ。ヨーゼフ・Kが自我のドッペルゲンガーになるとすれば、そのことは陰鬱なロマン主義の様式でのファンタスティックな効果は生み出さず、小説『審判』がさまざまな状況において表現する分裂体験の演出に貢献するのである。

二重化というモデルは、ほかの点においても見てとれる。画家のティトレッリから、あなたは無実なのですかと尋ねられたあと、ヨーゼフ・Kは自分は無実だと答えるが、何かを予感しているかのようにそこにひとつの制限を加える。「僕が無実だとしても、問題は簡単にはなりません（…）問題なのは、裁判所があまりにも些細な点ばかりにこだわっていることです。しかし最後には、彼らは本来何も存在しなかったどこかから大罪を生み出してしまうのです」[44]。この小説が用いている「誰か」という語と同様に曖昧に響く「どこか」という語は、ヨーゼフ・Kが日常生活での彼とは別の者になるように思われる場所を表現している。Kの物語が進んでいくにつれ、彼の自我にはもうひとつの面があることがはっきりと意識されるようになる。あなたは無実なのですか、というティトレッリの度重なる質問に対して、Kは最初は明瞭に反応し（「そうです」とKはいった[45]）、やがて弱腰になり（「まあそうですよ」[46]）、最後にはいらいらした様子を見せる。「無実について繰り返し言及されることがKにはわずらわしくなった。画家がそのように述べるのは、訴訟が好ましい結果に終わることを協力の前提にしているかのように思えることがあった。もちろんそれによって画家の協力は根拠のないものとなってしまうのだ[47]」。大聖堂の章で、Kが聖職者に向かって自分は「無実です」と断言すると、相手は簡潔に「まさにそうです（…）しかし罪を犯した者たちは、そんなふうに語るものです[48]」と応える。主人公は、自己という領域の全体を完全に支配できていない場合、罪を否定しても無意味だということを認識せざるをえなくなる。マックの映画がスティーヴンソンの『ジキル博士とハイド氏』というお手本から召喚した自我の分割というモデルは、道徳的・法律的な概念理解が全体的に分裂してしまう小説『審判』の、構成における模範となる。

その小説が映画から決定的影響を受けたことをとりわけ明確に示すのは、刑場への歩行とヨーゼフ・Kの処刑を描く最後の章である。カフカは、おそらく『失踪者』を中断した場合と同じ挫折を避けるために、導入部と並行して描写を進める[49]。目を惹くのは、小説の最後の場面での演劇に似た様式だ――それはまた、身振り言語を用いる映画的技法に支えられたものでもある。三一回目の誕生日の前夜、彼を住居から連行する処刑人たちは「青白くて太って」おり、黒いフロックコートを着て、シルクハットをかぶっている。その帽子は、頭の上に「ぴくりとも動かずに」載せられている。Kは両者を「端役の俳優」だと考え、それゆえに「どこの劇場に出ているんですか?」と尋ねる[50]。草稿から削除される一文には、法律に従って派遣された両者について、「彼らの眉毛はつけられたもののようで、歩行運動とは無関係に上下に動いた[51]」と書かれている。ここで想起されるのは、一九一三年三月はじめにカフカがフェリーツェ・バウアーに伝える、ビオ・ルツェルナに貼られていた『分身』のポスターだ。バッサーマンが映画館の宣伝用写真で見せる「人間味のあるしかめっ面」[52]について語るとき、カフカはふたりの処刑人の相貌も提供する効果に触れる。映画のスチル写真は——すでに批評文に書きとめられていた[53]——バッサーマンの演技に見られる、誇張された身振りに走りがちな傾向を強調して提示する。そこに記録されているのは、とりわけ目を見開くことで眉のあたりを強調する表情だ——それは典型的な無声映画の表現であり、「つけられたもののよう」である眉毛についてののちにカフカが削除した注釈が表現しようとしたものである。

小説『審判』のラストは、身振りにおける映画美学とドッペルゲンガーのテーマの再度の翻案を結合させている。ヨーゼフ・Kは、自らの自我が統一体をなしておらず、多数の単独イメージから成り立っているという認識に至った。処刑場に向かう途中、彼は饒舌に「僕はいつもあの手この手を使って世のなかに入って行こうとしていた、しかもその目的はとうてい容認できないものだった。あれはまちがいだった。僕はいま、一年もの訴訟ですら僕に何も教えられなかったということを示すべきだろうか？　愚鈍な人間として消え去るべきだろうか？　僕がはじめは訴訟を終わらせたいと思っていたのに、終わりになってまたもう一度はじめたいと思っている、などということを、あとになって人々にいわせてもよいだろうか？[54]」と述べる。ヨーゼフ・Kは、まったく予測不能なやり方であらゆる束縛から逃れる変幻自在な存在である。ラストではいま一度、カフカがドッペルゲンガーのテーマをストーリー構成の統合的な水準に移行させていることが明らかになる。有罪と無罪が無意識と意識と等しい関係にあるKの自我が二重化されて現われるだけではなく、法廷、判決および刑罰が混ざり合っている現実も二重化されている。『審判』は、カフカが一九一三年三月に映画館で観た『分身』

『分身』(1913)

から生まれた。入眠中に覚醒する悪しき第二の自我の幻想が、意識と無意識、告訴と処刑のあいだで発生するたえまのない移行の物語に姿を変えたのである。[55]

一九一三年に『分身』と同じく自我の分裂というテーマを扱ったもう一本の映画は、シュテラン・ライの『プラークの大学生』である。多くの懐疑的な意見を招いたマックの作品とは対照的に、それは新聞各紙においてほぼ全員一致の賞賛を受けた。配給会社ビオスコープは、一九一三年八月二二日におこなわれたプレミア上映の直後、宣伝用パンフレットにおいて、二二四もの――そこには誇張もあっただろう――好意的批評が書かれたと発表した。[56]とりわけ賞賛の対象となったのは、ドッペルゲンガーの撮影における洗練された技術であった。カメラマンのギード・ゼーバーは、『分身』での演劇のような演出に別れを告げ、自我分裂というテーマを映像編集の水準に移行させた。[57]ゼーバーは、カメラを止めることによるトリックと、別々に撮影した個々の映像を組み合わせる作業を通じて、パラレルワールドの存在を暗示した。その世界は、もはや芝居に頼るのではなく、現実を虚構として二重化する手段によって具現化されたものだ。バッサーマンが弁護士ハラースのふたつの面を、誇張したしかめっ面に代表されるわざとらしい身振り言語で表現したのに対し、ゼーバーのカメラ操作は、編集を施した映像の組み合わせと多重露光によって、バルドゥインと彼の第二の自我を提示する視点を確保したのである。

ジークフリート・クラカウアーが「真の映画的感覚[58]」を認めたハンス・ハインツ・エーヴァースによる一九〇頁の梗概は、主人公が悪魔に売り渡す影を、学生バルドゥインが十万グルデンで悪魔のごとき詐欺師スカピネッリに預ける鏡像に変更することによって、シャミッソーのペーター・シュレミールの物語を独創的に書き換えるものだった。[59] そのようにして、E・T・A・ホフマンの『悪魔の霊液』（一八一五／一六）、ミュッセの『十二月の夜』（一八三五）、ポーの『ウィリアム・ウィルソン』（一八三九）、ワイルドの『ドリアン・グレイの肖像』（一八九〇）等に代表されるドッペルゲンガーの物語の模範例が改造されたのである。[60] スカピネッリがバルドゥインと結ぶ契約というモティーフによって、この映画にファウストを想起させる要素が付与されたことに関しては、すでに封切前に何人かの批評家が指摘していた。[61] さらに、文学と映画の親縁性がそこに加わった。それを強く示しているのは、ストーリーおよび脚本テクストである。エーヴァースの梗概では、第二の自我は終始一貫して「分身」と呼ばれており、そのことはマックが数か月前に完成した映画から文学的・映画的影響を受けたことを示している。[62]

映画『プラークの大学生』の文学的な暗示能力の密度は、『分身』におけるよりもはるかに明確に観察可能な、テーマの心理学的な深層構造と結びついている。バルドゥインのドッペルゲンガーは、自己破壊的で攻撃的であり、それゆえに性的にも解放されている自我の側面を体現している。このような構図に最初に注意を喚起したのは、フロイトの弟子オットー・ランクである。彼は一九一四年の――ところどころで単純化が見られる――ドッペルゲンガーについての論文の冒頭に、『プラークの大学生』のストーリーのかなり詳細な梗概を置いた。ランクは作家エーヴァースを、「現代のE・T・A・ホフマン」[63]だとして賞賛している。それ以前に同じテーマで実験を試みたことがあるカフカは、少なくとも自分に関わりのある映画ストーリーの内容に注目していたかもしれない。その前に『分身』から刺激を受けとっていたように、カフカが『プラークの大学生』を文学に応用したという可能性は否定できないが、それを精密に実証することはほとんど不可能である。バルドゥインが第二の自我、悪魔のごとき鏡像につけ回されるという展開は、カフカののちの小説、無意識のなかに定住している把握しがたい罪の影が主人公ヨーゼフ・Kを処刑にいたるまで悩ませる『審判』の状況を暗示しているように思われる。とはいえ、カフカが実践した叙述方法における客観的な印象をもたらすリアリズムと、象徴的なライトモティーフを操る映画の新しいロマン主義との様式における差異は、この上なく大きい。

『プラークの大学生』の撮影作業は、一九一三年六月に――作家エーヴァースの立ち会いのもとに――ベルヴェデーレ城、フュルステンベルク宮殿、フラドシン、錬金術師通り、ラウレンツィベルク、ツィツコウのユダヤ人墓地でおこなわれた[64]。これらの多くは、カフカが散歩で好んで訪れていた場所であった。それゆえに、仕事のあとで長い散歩をすることを常としていた遊歩者カフカが、映画撮影を目撃した可能性は十分にある。その映画はプラハでは、一九一三年八月二五日に――ドイツでの封切より三日遅れて――オリエント劇場で封切られ、たいへんな数の観客がつめかけた[65]。すでに一九一三年八月一五日には、ヨハネス・ガウルケが『ボヘミア』に、この時点ではまだ発行されていなかった映画プログラムに依拠した詳細な予告の文章を書いていた[66]。高額の広告費が投入されて告知がなされていたその映画を、カフカが観たかどうかはわからない。なぜなら、その作品については日記や手紙に何も書かれていないからである。一九一三年の晩夏には、彼は荒廃した精神状態にあった。フェリーツェ・バウアーと結婚して市民的生活を送りたいという希望と、自らの文学作業の中心的な前提と考えていた絶対的孤独への憧れのあいだで引き裂かれていたのである（一九一三年八月

『プラークの大学生』(1913)

二八日には、カフカは「僕は無口で人づきあいが悪く、不機嫌で、心気症で、実際のところ病気なのだ」と書く[67]。九月六日には、彼はオットー・ピックとともに〈救護制度、事故防止および衛生のための会議〉に参加するためにウィーンに旅立った。九月一四日には、ひとりでトリエステ、ヴェネツィア、ヴェローナ経由でガルダ湖畔リーヴァに向かい、一九一三年一〇月一二日まで同地で過ごすことになる。W・G・ゼーバルトはエッセイ『K博士のリーヴァへの湯治旅行』において、カフカが一九一三年九月二〇日にヴェローナで『プラークの大学生』を観たであろうと推測しているが、そこにはいかなる根拠も存在していない。というのは、その映画はその時期には同地で上映されていないからだ[68]。いずれにしても、『分身』の受容のように大きな影響をもたらした可能性のあるライの映画をカフカが検討したことを、明確に示す証拠は存在しない[69]。もちろん、カフカの文学的記憶が語りの模範としてのキネマトグラフの映像によって培われたことは、推測による仮説に頼る必要のない事実である。以下で明らかにするように、日記と手紙から映画の痕跡が消えてしまう一九一三年以後になっても、そのメディアは彼のテクストのなかに余波を残すのである[70]。

第六章　身振りの映画劇場――『兄弟殺し』

『田舎医者』（一九二〇）の一冊に収められている、一九一七年はじめに執筆された短編『兄弟殺し』は、映画と文学がメタ美学的水準においても協力し得ることを明示している。同作品は、無声映画の脚本として読むことができる。そこでは、身振りとアクションによる表現、舞台となる場所、事件の経過がキネマトグラフ的な演出方法に依拠している。短編小説と映画の類似性は、初期の映画では場面ごとの見出し（「挿入字幕」）によって表現されていた言語的レベルにまず見出せる。カフカの登場人物の発言は、映画での音のない映像のあいだに挟まれる字幕の暗示的な修辞法に似ている。「ヴェーゼ！　ユーリアが待っていても無駄なのだ！」、「完了」、「シュマー！　シュマー！　すべて気づかれているぞ、何も見落とされてはいない！」[1]。これ見よがしの感嘆符の使用が、制限されたスペースで表現力のエネルギーを最大限に発揮させようとする挿入字幕の様式との関連性を生み出す。映画は、カフカの短編でのこのような言語的要素において、表現媒体として現存している。

映画が上映される場で、挿入字幕に託された音声に相当するのは、しばしば芝居のような熱意をこめて発せられる弁士の大声であった。ジャーナリストのウルリヒ・ラウシャーは一九一二年一二月三一日の『フランクフルター・ツァイトゥング』に、弁士の登場に関して「弁士が純粋な道徳的感情から湯気を吹き上げている(2)(…)」と書いている。しかし、カフカの短編において情熱的に高められた挿入字幕の役割を担うのは、直接的な描写をおこなう文章である。「冷たい、すべての者に寒気を覚えさせる夜の空気」、「舗石がただちに彼のすべての歩数を数える」、「パラスは満足する、シュマーは終了していないのだ(3)」。こういった文章の断片および文章が、まばゆい発光信号のように書物の頁の上に立ち現われる。それは、スクリーンに書きつけられた文字に似ている。その機能は、カフカの物語が無声の芝居として場面化する出来事の局面に解釈を加えることにある。さまざまな意味を文字通り輝かせる簡明的確な供述によって、一連の記述は、詳細にコメントを加えるという任務からテクストを解放する。『兄弟殺し』の表現における独特の的確さは、叙事的なストーリーと分析的説明を分ける、初期の映画を想起させる作業の分割によって生まれている。

カフカの短編『兄弟殺し』は、映画特有の挿入字幕のレトリックだけでなく、ほとんど映画の場面のように表現された身振りにおいて、映画との結びつきを示している。テクストは再三再四、無声映画の俳優の身体言語そのものの身振りを描き出す。該当する例は多く、また印象深いものである。「だがシュマーはひざまずく」、「月光にかざしてナイフを観察した」、「彼は顔と両手を石に(…)押しつける」、「彼は少し持ち上げた帽子の下の髪を撫でる」、「不吉な前兆に満ちた横道に耳をすませる」、「首を振りながら、彼は下方を見る」、「パラスは腰を曲げて大きく身を乗り出す」、「指先立ちをして、腕は伸ばしていた」、「毛皮の前が開かれ、彼女はヴェーゼにのしかかり、寝間着を着ていた身体は彼のものとなる」、「唇は警官の肩に押しつけられている」[4]。こうした身振りは、想像上の挿入字幕として光り輝く文字のようにゆらゆらと燃え上がる、登場人物たちの叫びに該当する。身振りは、心理的関連性から切り離された美的自律性をわがものとする。ベラ・バラージュは映画での俳優たちの演技を、言語体系がいわば仮想的に設定され、まだ完全な表現の実現までは展開されていない「生まれざる言葉」であると評した[5]。記号としては、身振りは単独で存在している。なぜなら、それらは背景にあるストーリーの主題を示唆することがなく、純粋な表現そのものだからだ。つまり身振りとは、複合的な解説をおこなうという性格を持たない表現なのである。

カフカは、中心的な練習場所であった日記において、短編『兄弟殺し』で実践する身振りの描写を試した[6]。そのような習作のための外面的な刺激が、映画によってもたらされることは珍しくない。一九一三年七月一日の日記には、「映画『黄金の奴隷』の映像での億万長者。彼を捕捉すること！落ち着き、目的を自覚したゆっくりとした動き、必要とあらば速くなる歩み、腕をぴくりと動かすこと。金持ちで、甘やかされ、なだめすかされる。だが彼が下男のように跳び上がり、監禁されている森のなかの酒場の部屋を調べている様子[7]」と書かれている。初期の映画は、身振りを独立した表現手段として使用するという意味において、特別に身振りを重視していた。身振りは、副次的な機能として発話内容を強調することはないが、音声が存在しないがゆえに、観客の注目の中心点に位置することができる。他方ではカフカの描写は、身振りに含まれる要素を別々にとりあげ、それらが属している叙述の文脈から解き放つことによって、もともと映画のなかで中心的なものである身振り言語をいっそう輝かせる。それによってカフカはさまざまな身振りを「捕捉」し、それらを蓄積して文学的想像力のために活用することができるのだ。

ヴァルター・ベンヤミンは『兄弟殺し』をめぐって、身体的な記号言語を重視するそのような手法が、表現手段として特殊なものであることを強調した。「カフカはあらゆる身振りの背後で——エル・グレコのように——天を切り開く、だがエル・グレコ——彼は表現主義者の守護聖人であった——の場合のように、決定的なもの、すなわち事件の中心には身振りがある[8]」。それに対してアドルノは、すでに紹介した、一九三四年の末にベンヤミンに宛てて書いた手紙において、カフカの散文作品が、あらゆるものが身振り的な要素に集中する「無声映画と結びついた、消失しつつある最後のテクスト[9]」であると述べ、それによってベンヤミンの下した診断をさらに深めた。『兄弟殺し』は、初期の映画に典型的な、グロテスクに誇張された身振りの芸術によって、アドルノの——とりあえずは長編作品に向けられた——所見を裏付ける。登場人物たちは俳優のごとくに、彼らを内部で突き動かすものを身体言語によって表現する。この手法で特徴的なのは、俳優たちの身振りがわずかな変異によって異化され、叙述の視点に導かれて注目を集めて、自立した記号としての性格を獲得することだ。ローベルト・ムージルは同様な文脈において、「それが持つ意味によって世界に知られているひとつの身振りが、外見における些細な斬新性によって全世界を夢中にさせるような映画[10]（…）」の記憶を呼び覚まさせる。

最後の大規模な文学の企画、すなわち一九二二年の長編『城』においても、カフカは登場人物たちの身振りを映画美学的視点から描写する。あこがれに胸を焦がして待ち続ける旅館の下女ペーピについては、「両手を心臓の上に置いて[11]」廊下に立っていると書かれている。この身振りは、同時代の無数の映画女優たちのお決まりの動作のひとつであった――好例として挙げられるのは、のちに言及するムルナウの『吸血鬼ノスフェラトゥ』（一九二二）において、苦悩し、最終的に犠牲となってしまうエレンを演じたグレータ・シュレーダーである。[12] アドルノは、『城』でのペーピの描写をカフカの「素晴らしく抑制された」表現主義の例として挙げた。[13] このような表現主義の美学は無声映画にルーツを持つものであり、小説『城』はその身振り言語を模倣しているというのだ。「ペーピは誇らしげで、頭をうしろにそらし、永遠に変わることのないほほえみを浮かべ、明らかに自らの品位を意識しており、向きを変えるたびにお下げ髪を揺らし、ときどき早足で進んだ[14]（…）」。身振りはここで、読者のすべての注意を惹きつける表現メディアとなっている。身振りは、先へ先へと進められる陳述の表現手段とはならず、ベンヤミンが表現したように、「事件の中心に」位置する。それによって身振り言語は映画に典型的な機能を獲得する。なぜなら、身振りは会話の言語にとって代わり、それ自体で完結している記号の論理を構築するからだ。ベンヤミンは一九三四年に、カフカについての論文用のメモに「この表現方法の光のなかで、事件はその起源に忠実に、雷雲に覆われた空のように透き通ったものとなった[15]」と書いている。

身体の力動性は『兄弟殺し』において、カフカがさまざまなレベルで試みた映画的叙述を反映したものとなる。犯人のシュマーについては「（…）彼もまた、たえず動いていた[16]」と書かれている。はっきりと見てとれる神経過敏状態が、休止のない美学、一時的な瞬間の記号として立ち現われる。その目的は第一に、とにかく力動性を表現すること（初期の映画で好まれた鉄道場面の、自己目的的な性質が想起される）にある。シュマーは、火花が飛び散るほどの勢いで短刀を路面の舗石に突き立てる。

ムルナウ『吸血鬼ノスフェラトゥ』(1922) でエレンを演ずる
グレータ・シュレーダー

のちに彼は同じ石に、犯罪のせいでほてった顔を押し当てて冷やす。犠牲者ヴェーゼは、ためらいながら夜間の静かな通りへ歩み出る。そこでは殺人者が彼を待っており、澄んだ空を「無意識に」眺めている。しかし、この記号は何も語らない。「(…)すべてのものがそれ自体の、意味のない究明不可能な場所にとどまっている」[17]。『失踪者』の映画的な路上描写の場合と同様に、このテクストは諸事象の表層を前景に押し出しているが、深層構造は曖昧にしている。のちにクラカウアーが展開する表層の美学の要素を先取りするこの手法は、心理学的、因果論的、あるいは決定的な意味において形而上的な視点に頼らずに現象を提示することに役立つ[18]。キネマトグラフ的なまなざしは動機や原因、あるいは運命的な連鎖を明らかにはせず、相貌、身体および物体の可視的な見本を提示する。ジェルジ・ルカーチが一九一三年に、映画は「魂のない、純粋に表層から成る生」を見せると書く[19]のは、この意味においてである。同様にクラカウアーは、初期の映画に対しては権限を持たない心理学的美学とは決然と一線を画しつつ、「映画は事物の表層に固着する」[20]ことを強調する。

金利生活者パラスとヴェーゼの妻は、無声演劇の観客であるかのように、窓から事件を観察する。ドアの釣鐘が鳴るやかましい音が、その芝居の開始を告げる。さまざまな出来事の歯車のなかにはまり込むのではなく、両者は自らを、殺人を芝居のストーリーとして眺める窃視者の役割に限定する。このような視点もまた映画に由来するものだ。一九一三年一一月二七日に、カフカは日記に週間ニュースの一場面をメモしている。週間ニュースは、オーストリア＝ハンガリー帝国の映画館では、一九一一年以来おなじみのものとなっていた。「映像——赤道を通過するときの見習い水夫たちの洗礼。水夫たちのぶらぶら歩き。彼らはあらゆる方向、あらゆる高さによじ登り、船のいたるところに座れる場所がある。梯子からぶら下がり、力強い丸みを帯びた肩を船の窓に押しつけ、足を交差させ、その光景を見下ろしている」[21]。カフカがスチル写真のように記録する週間ニュースの映画の場面は、観察それ自体を観察する機会をもたらしてくれる。カフカがパラスとヴェーゼの妻を殺害場面の観客として提示する――それは文学というメディアの自己省察に使われる構図だ――とき、小説テクストはこれと同じ注視の方向性を採用している。観察をメタ美学的に処理するそのような形式は、まさに映画を規定するものである。注意深い映画ファンであるカフカは、そのことを意識していただろう。

『兄弟殺し』のラストシーンは、またしても身振りの言語に集中し、警官の肩に口を押しつけている殺人者を提示する。殺人者は、血が流れている死体のおぞましさから動揺し、公衆の面前で連行される。「シュマーは歯を食いしばって最後の吐き気をこらえながら、口を警官の肩に押しつけ、警官は敏捷に彼をそこから連れ去る」[22]。エーゴン・フリーデルは一九一二年に、初期の映画の表現手段に関連して「今日では、人間のまなざし、人間の身振り、ひとりの人間のあらゆる姿勢が人間の言語よりも多くのことを語れる場合がある」[23]と書いている。モーリッツ・ハイマンは一九一三年に『ノイエ・ルントシャウ』に寄せた批判的エッセイで、映画は「パントマイム」となるときにのみ芸術として正当化されると主張する[24]。出版業者マックス・ブルンスは一九一三年に、『ベルゼンブラット・フュア・デン・ドイチェン・ブーフハンデル』のアンケートに答えて、「映画のドラマのもっとも近い親戚はパントマイムである、そしてその特殊な点とは、一方では痙攣のような動き、素早い移動、夢のように速い交換であり、他方では映像全体における光の流れである」と述べる[25]。パウル・エルンストは同

ニュース映画『国王陛下』（第一次世界大戦直前）の水夫たち

年に、映画とパントマイムの関係性を強調する。その関係性とは、両者にとって共通する第三者、つまりグロテスクな喜劇との親縁性から生み出されるものだ。エルンストの見解によれば、そこでは同時に、非現実的な誇張をおこなったり機械のような印象を生んだりするために、個々の人間の心理の表現は廃止される。[26]パントマイム的な傾向を特徴とする美学的レベルにおいて、短編『兄弟殺し』も新しいメディアと結びつく。[27]自律的な記号言語を表現の技巧へと人為的に高める作業は、明らかに映画に由来するものである。アドルノは、カフカの物語が表現主義そのものであることを証明した。そして表現主義とは、映画の必須要素である様式の外面化を基盤とするものなのだ。[28]

『兄弟殺し』では、身振りだけでなく、特定の物体が独自の生を獲得している。つまりナイフ、ドアの鐘、ガウン、毛皮が、さまざまな事件の作劇的進行に付き添う映画の小道具的な性格を得ている。カフカのカメラ的まなざしは、クロースアップによってそれらに特別な注意を喚起し、人物と同じように登場させる。月光を浴びて輝くナイフ、ヴェーゼの事務室のドアの下に取り付けられた鐘、嘆き悲しむ犠牲者の妻の毛皮は、象徴ではなく、独自の表現の特質——身振りの美学とも比較可能な——を備えた記号である。カメラの視点が登場人物に向けるのと同じ注意を払うかぎり、それらは事物ではなく俳優として登場する。一九一〇年一二月二五日の日記への書きこみにおいて、カフカが片付けられていない書き物机を劇場の観客席として描写した部分は、小道具を用いたドラマのための習作となっている。机の上では、日常的に使用される物体——定規、手紙、洋服ブラシ、財布、鍵束、ネクタイ、髭剃り用の鏡——が、空想上の観客の前に登場する俳優の役を引き受ける。この短い習作は、映画によっても可視化されるような、事物への権限移譲を扱うものだ。[29]ジークフリート・クラカウアーはこのことについて、初期の映画では「帽子と椅子」が主役俳優の地位にまで高められていたと書いた。クラカウアーによれば、それゆえに「無機物の世界が背景としての役割しか果たさない」作品は、今日においても「徹底的に非映画的」なのだという。[30]

一九一四年二月二日の日記に見られる、犯罪をテーマとする場面の構成要素を記録した書きこみには、短編『兄弟殺し』の小道具の世界の痕跡が直接的に残されている。「ドアが開けられ、狭い隙間ができた。リヴォルヴァーが現われ、そして伸ばされた片腕」[31]。ここで私たちが遭遇する空想上の映画のイメージは、すでに紹介した、ヤーコプ・ファン・ホッディスが一九一三年に（カフカがときどき読んでいた）『アクツィオーン』に発表した詩「キネマトグラフ」が描き出すものと似ている。「音もなく荒れ狂う家族のドラマ／道楽者たちと一緒に、そして仮面舞踏会／リヴォルヴァーがすばやくとり出され、嫉妬が激しくなる[32]（…）」。とはいえ、ファン・ホッディスが提供する描写が映画に典型的なテーマの表層にとどまっているのに対し、カフカの短いシークェンスは、カメラのまなざしを模倣することによって、映画に似た視点を提供する。カメラのまなざしは緊迫感を高めるために、最初に物体——それは武器である——を、そのあとようやく人物を知覚の対象領域に入れる。キネマトグラフ的叙述は、映画の話法に安住するのではなく、あらたにその叙述テクニックをとり入れるのである。

『兄弟殺し』のテクストの、メディアを越境する複合的な方法にとっての重要な源泉は、すでに言及したヴォルフ出版の『映画の本』である。[33] 編集顧問クルト・ピントゥスが集めた寄稿者のなかには、とりわけ若い世代を代表する作家たち——マックス・ブロートのほか、アルベルト・エーレンシュタイン、ヴァルター・ハーゼンクレーファー、オットー・ピックおよびハインリヒ・ラウテンザックら――がいた。彼らのような作家連中の大半と個人的交流があったカフカは、ブロートを通じてその一冊を知っていただろう。そこに集められた映画ドラマのアイロニカルな傾向は、カフカの短編のなかでたやすく再発見できる[34]。特徴的なのは、そのような傾向がブロートの草稿だけでなく、オットー・ピックのスケッチ『フローリアンの幸福な時代』においても明らかになっていることだ。ピックのシナリオのラストでは、主人公をめぐって以下のように書かれている。「私たちには、彼が日没時に畔に座っているのが見える。彼はひどく疲れているが、ブリギッテのことを考えているので、希望に満ちた様子だ。そこに、空席のある車が近づく。ゆっくりと走っている。フローリアンは運転しているのが伯爵であることを認識する。そして、伯爵にもたれかかっているブリギッテに気づく。フローリアンは泣きながらよろよろと倒れる[35]」。

クラカウアーは、大衆小説とは「大きな対象を、通俗的な平面へと投影するもの[36]」であると記した。この意味において、ピックの素描は、同時期のメロドラマ的題材の人気に拍車をかけた大衆向け映画のパロディーとなっている。しかしそれと同時に、短編『兄弟殺し』の最後の文章が採用したリズムが、ピックのシナリオの全体を貫いていることも容易に認識できる。ピックの脚本とカフカのテクストを結びつけているのは、連続的に並べた場面を生み出しやすくする、切り詰めた叙述形式だ――カフカはこの手法を、すでに『観察』で試していた[37]。短編『兄弟殺し』は、脚本のように構成されているという意味で映画を応用している。脚本の機能とは、連続する状況を描写し、その連続性を明確化して内的な力動性をとらえることにある[38]。『兄弟殺し』の脚本のごとき構造は、ベルクソンが別の水準で、「内的シネマトグラフ」[39]の意味において精神の作用であると説明した、イメージの活性化から生じている。

『兄弟殺し』のテクストは、それ自体がすでにパロディー的なプロートおよびピックの脚本スケッチのアイロニカルな模倣である。その事実を明示している間テクスト的状況と並んで重要なのは、映画、脚本、小説および演劇を引き合わせる〈ブリコラージュ〉の美学だ[40]。この手法はカフカに、人々の心に訴えかける罪と罰の要素を持った、短編小説として研ぎ澄まされた犯罪ストーリーを物語ることを可能にする。そのストーリーは「前代未聞の事件」(ゲーテ)を描写すると同時に、古典的悲劇の戯画を提供するものだ[41]。この戯画化を代表するのは、犯行のあとでシュマーが自己を解き放ち、熱狂的な調子のモノローグにおいて明らかにするカタルシスの感情の描写である。「人を殺す喜び!安堵、他人の血が流れることによる鼓舞!」[42]。しかし、舞い上がるような熱情は、物語の連続するイメージにコメントを加えることにおいてしか機能しない。シュマーの叫びは、またしても挿入字幕の性格を帯びることになる。その字幕は悲劇を、メロドラマ的な映画の題材を表現するためのメタファーとなす[43]。最終的に、映画の映像は言語に勝利を収める。描写されるのは、ラストで犯行現場に匿名の告発者のように集合する大衆の、無言の暴力である。

フィナーレの演出は、古代悲劇のような合唱から、初期の映画が好んで描いた、沈黙する大衆の登場を生み出す[44]。ここで具体的に目にできるのは、オスカー・カネールが一九一三年に明瞭に言及したような「映画と演劇の親縁性」ではなく、演劇の美学を運動の美学へ移管させるという映画特有の作業である[45]。犯行現場は、ヴァルター・ベンヤミンがウジェーヌ・アジェのパリの写真を眺めながら書いたように「人の気配がない」[46]わけではなく、音もなく――映画的演出のうちに――大勢の人々を集めてしまう公共の空間なのである。

イヴァン・ゴルは、一九二〇年に『ノイエ・シャウビューネ』に寄せたエッセイのなかで、「映画は戯曲的なものであって、それ以外の何ものでもない。叙事的なのは写真である」[47]と書く。カフカの物語が提供するのは、小説と演劇の統合のうちに立ち現われる映像美学的方法の混合物だ。[48]ただしその混合物は、ゴル以外にも賛同者がいるジャンルの図式的な分類に対して、組み合わせの結果という点から疑問を呈する。結果的にはその混合物は、書き割り、身振りおよび小道具のそれぞれに静的な状態の効果を得ようとすることによって、映画のイメージも動かないイメージも同じように独立したものとなす。『兄弟殺し』は、それ以前のカフカの試みとは異なって、キネマトグラフ的叙述の領域内で運動のフォルムを表現しようとはせず、場景をとらえた写真――映画スチル――のような傾向を持つ、映画的性格のスナップショットを指向する。イメージが静止しているという点では写真のような特徴を有しているといえるが、イメージが召喚する、物語におけるアクションの枠を想起させるという点では、それは映画に似ている。[49]

その結果として短編『兄弟殺し』では、たがいの姿を反映し合っている異種メディア同士の表現の規範が結合している様子が見られる。写真における静止状態は、物語の力動性によって相対化される。個々のイメージでの瞬間撮影においては、スピードは、息をつく間もなく語られる物語に従う。記録文書のスタイルでの叙述の構造は、悲劇のパトスによって補完される。ドラマは、自らの優越性を誇示する挿入字幕のレトリックに支えられていることを明らかにする。とはいえ、あらゆるジャンルの内での中心的メディアは、やはり映画であり続ける。映画はカフカのテクストにとって、決定的な視点を生み出している。『兄弟殺し』において活性化されたすべての文学形式――対話を用いた語り、短編小説、悲劇――は、そもそも文学を参考として規範と常套手段が形成された映画の中心的演出の支配下にある。悲劇的結末のメロドラマ的な演出方法だけでなく、犯罪というテーマの通俗的性格、身振りのうちに設定された小説構造、あるいは動作と小道具に集中する演劇美学が、そのことを明らかにしている。

文学のジャンルを徹底的に映画に適用しようとするなら、やはり心理学および形而上学を拒絶する姿勢に行きつく(50)。行動する人々の動機を問うても無駄である。なぜなら、登場人物は精神的な深層構造を扱うことがなく、表現主義の身振りによる芝居のなかで行動しているに過ぎないからだ。ここではカフカの登場人物は振る舞いにおける表現機能のみによって規定され、その背景に心理的な因果関係が現われることはない。一九〇七年に執筆された、純粋な運動の知覚から物語を導き出した散文『過ぎ去る人々』が、すでに同様に機能するものであった。しかし、伝統的に悲劇と結びついている――まさに一九一〇年から一九二〇年までの時期にマックス・シェーラー、ジェルジ・ルカーチおよびヴァルター・ベンヤミンが著した、悲劇的なものに関する多くの歴史哲学的美学研究が、この結びつきを示唆している(51)――形而上学の決定的な秩序のシステムも崩壊している。罪と償いをめぐる形而上学は、カフカの短編においては、諸記号の浅薄化された合理的使用へと譲り渡される。観察者パラスが殺人者に向かって、満足げに「すべて気づかれているぞ、何も見落とされてはいない(52)」と告げるとき、拠りどころとしているのはそのような構図である。もはや天からは犠牲者ヴェーゼへの警戒信号は送られてこない。同様に道徳の領域も、評価を下す視点に依拠して事件を把握する判断システムとしては崩壊してしまう。カフカが荘重であると同時に写実的に描き出す殺人（「そして喉の右に、そして喉の左に、三度目は腹の奥深くに、シュマーは刃を突き立てる」[53]）は、神の摂理という視点からも、倫理的あるいは心理学的視点からも説明がつかない。その犯罪は、自動化された一貫性に基いて描写される映画的事件に限定されていた。ベンヤミンが述べたように、その中心には身振りの芝居が位置している。

マックス・ブロートは、カフカと訪れたパリの映画館で受けた印象を反映した一九一二年の映画エッセイにおいて、真の「キネマの様式」は「自然主義から距離を置く」[54]ものだと書いている。クルト・ピントゥスは、一九一三年の映画アンソロジーの序文で、脚本というジャンルは「魂の芸術」をもたらすものではないと述べる。同年にユーリウス・ハートは、映画は「私たちの内なる心的・精神的な想像上の生」を目指すものではないと断言する。カーロ・ミーレンドルフは一九二〇年に、「自動化された人間」の演出が映画のきわだった特徴であると見なす。同様にパウル・コーンフェルトは、映画は、形而上的な視点を欠いているがゆえに悲劇とは異なるものであり、独自の手段によってその欠落を補わなければならないと主張する。[55]『兄弟殺し』のようなキネマトグラフ的な物語のテクストは、個人心理学の次元を超越した知覚の偏在を明示することによって、そのような映画の特質が実際に有している一貫性を提示する。テーマとされるのは個人の物語ではなく、視覚、身振り、身体言語の現象学である。脚本という模範、初期の映画の暗示的な演劇性への依拠のおかげで、カフカは叙述の進行を「魂の芸術」から解放できる。映画という新しいメディアは、ルカーチが「非形而上的」と評した運動の美学の快感のうちに「魂の芸術」を解体してしまう。(56) カフカの表現主義とは、映画の表現主義なのである。(57)

第七章　ステレオスコープ的視覚――『猟師グラッフス』

世界大戦前の数年間においては、カフカの関心は、より古い技術を用いたイメージの産物にも向けられていた。一九一一年二月はじめ、出張で訪れた北ボヘミアのフリートラントではカイザーパノラマに足を運び、日記に簡潔に「唯一の娯楽」と記す(1)。それは円筒形の構造によって、等しい時間的間隔を置いて静止画像を連続的に提示するという、当時すでに時代遅れになっていた装置（ステレオスコープ）だった(2)。最初のこの種の装置は一八二二年にパリでダゲールによって考案され、一八三八年には彼のサロンで一般の人々に公開されていたが、それ以後はほとんど変わっていなかった(3)。カイザーパノラマに関しては、ヴァルター・ベンヤミンは幼年期の経験の回想において、「ここで長生きしている芸術は、十九世紀とともに興ったものだ(4)」と書いている。時代精神から刺激を受けとっており、近代的メディアの観察者であったマックス・ブロートは、一九一二年にカイザーパノラマを、映画に満足しない人々、映画の映像の休むことのないゆらめきから逃れたいと願う人々にとっての「象徴的な避難場所(5)」であると評する。

パノラマのモティーフで人気があったのは、異国情緒豊かな風景、南方の観光地および自然の風景といったものだった。カフカはフリートラントで、イタリアの諸都市を撮影した写真と大伽藍の写真を目にする。それらは彼に、一九〇九年にマックスおよびオットーのブロート兄弟と一緒にガルダ湖周辺の地域を探索した休暇旅行の印象をよみがえらせる。「ブレシア、クレモナ、ヴェローナ。そこに見える人々は、足の裏を舗道に固定された蠟人形のようだ[6]」。パノラマが喚起する知覚は、映画が呼びさます知覚の形式とは明らかに異なっている。カフカは、「キネマトグラフよりも生き生きとしたイメージ」と書きつける。「というのは、それらはまなざしに現実の安らぎをもたらすからだ。キネマトグラフは人々が見つめる対象に運動による落ち着きのなさを与える。僕には、それよりもまなざしの安らぎのほうが重要に思える[7]」。パノラマはまなざしに刺激を与えるので、「生き生きとしたイメージ」を生み出す。知覚する主体を活性化することによって、スナップショットの静止状態を超克する（この意味では、「現実の安らぎ」は見せかけのものに過ぎない）。それに対して映画は、ダイナミックなイメージを提供するとはいえ、観察者のまなざしを休止状態に置いてしまう。人々を圧倒する映画の演出は、いってみれば瞳を麻痺させることによって、ものを見つめる目の活動を固定化するのである[8]。フーゴー・ミュンスターベルクも映画をめぐる一九一五年の習作で描写しているこのような図式は、映画館のスクリーン上を走り過ぎる列車を目にした観客が「身体をこわばらせる」ことを記録した、カフカの一九〇九年の日記への書きこみが標的としたのと同じものである[9]。

一九一六年の終わりから翌年の二月にかけて書かれた『猟師グラックス』をめぐる断片の導入部には、カイザーパノラマの方法が再生産するイメージの美学が見てとれる。「男の子がふたり、川の堤

カイザーパノラマ

防の上に座ってサイコロで遊んでいた。ひとりの男が記念碑の階段で、サーベルを振り上げた英雄の影のなかで新聞を読んでいた。噴水のところでは女の子が桶を水で満たしていた。果物売りは商品の脇で寝そべり、湖のほうを眺めていた。ある酒場では、開いたドアと窓の隙間から、奥でふたりの男性がワインを飲んでいるのが見えた。店の主人は手前のテーブルに座って居眠りをしていた。一艘の小舟が、まるで水よりも高いところで何者かに運ばれているかのごとくに、漂うように小さな港に入って行った。青い上っ張りの男が陸に上がり、縄を輪に通した。銀ボタンのついた暗い色の上着を着た別の男ふたりが、甲板長のうしろで担架を運んでいた。担架の上には、花の模様の刺繡がなされた、房飾りのついた大きな布の下に人間が横たわっているようだった」[10]。この冒頭の九つの文章は、それぞれくっきりとした輪郭を持つスナップショットを記録したものだ。遊んでいる男児、新聞を読む男、働いている女の子、果物屋の男、酒場の客、店の主人、接岸する小船、甲板長と担架を運ぶ者たちは、明確な叙述的構成を欠いた順番で現われる、完結した静止画そのものだ。パノラマ的イメージ同士の関連性は読者の頭のなかではじめて生成されるのであり、読者は個々の部分を連結して全体像をつくらなければならない。それは、カフカがパノラマの写真が「現実の安らぎ」を目指すと記したときに描写した、ステレオスコープの手法と一致する。

分析的に組み立てられた観察、中心的アイディアに沿って構成された観察の対照的な例を提示するのは、一九一一年九月九日にパリで記されたメモである。そこでは、空間の幾何学的秩序のまっただ中で、都市のさまざまな印象がまとめられ、ひとつの調和体となる。「(…)特徴的な表面の状況。シャツ、各種の下着、レストランのナプキン、砂糖、たいていの場合は二輪馬車のものである大きな車輪、一頭ずつ連なるようにつながれた馬、セーヌ川に浮かんだ平坦な蒸気船。バルコニーが建築物を水平方向に分割し、家屋の平らな横断面を広くしている。平べったく横に広がった煙突、折りたたまれた新聞」[11]。短編『猟師グラッフス』の場合、カイザーパノラマの被写体のように、独立して捕捉された数々のイメージが独自の生を展開するのに対し、パリのメモでは、イメージの機能は従属的である。なぜなら、それらのイメージはもっぱら、都会の真実の無数の要素が幾何学的構造に従属しているという、すでに挙げた仮説を裏付けるものだからだ——それは、やはりクラカウアーの「表層の美学」を先取りする姿勢である。カフカが短編『猟師グラッフス』を開始するにあたって用いたステレオスコープ的手法は、外的な精神的秩序ではなく、知覚および記憶の内部構成への注目を喚起する。パノラマ写真というメディアは、記憶術の次元と結びついている。カフカは、ひとつの遠回りを経て記憶術の次元の問題性に気づいたのである。

まずは、一九〇九年と一九一三年の二度のリーヴァ滞在時の地誌的記憶が、『猟師グラッフス』の冒頭部のなかへ入りこむ[12]。ハルトゥンゲンのサナトリウムから戻ったあとの一九一三年一〇月二一日に、カフカはすでに短編の冒頭部を書きつけている。それは小さな漁村の港を描写するもので、眠っているようなのんびりとした雰囲気は、イタリアの保養地の記憶から生まれたものかもしれない[13]。このスケッチは、マックス・ブロートとフェーリクス・ヴェルチュがリーヴァの回想を例にとって「ぼんやりとした記憶のイメージ」の構造の解読を試みた『観察と概念』での検討から刺激を受けている。そこには「私たちには不可能だろう」と書かれている。「市が立つリーヴァの広場のイメージを、細部にいたるまで思い浮かべることは。まるでその広場を完全に忘却してしまったかのようなのだ。

しかし、ぼんやりとした記憶のイメージが蘇った。その広場の周辺の何か、たとえばある家屋の色合いが変えられるなら、ただちにそのイメージの力は違和感となって立ち現われる」[14]。グラッフスの物語の冒頭を構想した段階において、カフカが友人たちの研究を熟知していたことを裏付ける有意義な状況が存在する。すでに引用した短編の冒頭が誕生するのと同じ日に、カフカはプラハの哲学者クリスティアン・フォン・エーレンフェルス主催の、『観察と概念』について討議するゼミナールに参加しているのである[15]。

ブロートとヴェルチュが展開した「ぼんやりとした記憶のイメージ」をめぐる説は、その時代に典型的な問題提起と接点を持っている。十九世紀初頭以来、脳生理学者、医学者、心理学者および哲学者は、人間の脳のなかで映像から文章へ、想像力から言葉への変換の際に起こるプロセスを集中的に検討してきた[16]。ヴィルヘルム・ヴントの研究、ヘルムホルツ学派の論文集、カール・シュトゥンプフとアンリ・ベルクソンの著作は、グスタフ・テーオドーア・フェヒナーの精神物理学に触発されて、さまざまな方法論的視点から、構造上の機能として視覚がどのようにして物質的な記号の生産に転換されるかという問題を探求した[17]。そのような問題の考察は、カフカの知的環境においてはとりわけ身近なものだった。カフカが哲学の講義――アントン・マーティーと、すでに名を挙げたクリスティアン・フォン・エーレンフェルスによる――だけでなく、ルーヴル・サークルを通じて知識を得ていたプラハのブレンターノ学派の代表者たちは、主観的知覚の問題に特に熱心に取り組んでいた。

ブレンターノが展開した記述心理学は、外的な印象を精神の働きによって変換する視点、内的視点から、知覚の過程を分析的に記述することを目標とする[18]。医学的な心理学とは異なって、ブレンターノの心理学が検討するのは、感覚的刺激の受容の生理学的条件ではなく、精神という装置のなかでのあらゆる受容行為に共通する加工と変形のプロセスである。そこでは判断の形成、意識的な決定、知的な（内的な）視覚の過程だけでなく、刺激を想像力によるイメージに転換する方法に対しても特別な注意が払われる。ブレンターノは、感覚的経験の対象が何かということには関心を払わない。それは彼が、対象は偶然的で不確実なものだと考えているからだ。ブレンターノの思考体系においては、現実とは、個々の人間が取り組む、新しい認識の発見を助長する関係性の大きさを表わすものであって、明確な輪郭を見せることはない。諸事象の意味と実体は、刺激を行動の指示、判断の方式および価値へと変える、精神の内部における変形作業を通じてのみ把握される。[19]ブレンターノの理論は、意識による形成作用に集中しているという点においてきわめて重要な意味を持っており、とりわけエトムント・フッサールの現象学研究に決定的な影響を与えた。[20]ブレンターノの理論がカフカの仲間内で強い影響力を持っていたことは、カフカの幼馴染であるフーゴー・ベルクマンの研究論文が示している。ベルクマンは一九〇七年に、ブレンターノの統合感覚についての学説に基づいて書いた博士論文『内的知覚の自明性の問題についての研究』によって、プラハのカール大学で学位を取得したのである。[21]

ブロートとヴェルチュも、記述心理学から影響を受けた方向をめざし、ブレンターノの主張を守り、その方法論を模範として踏襲した。[22]ブレンターノとマーティーの学派は、とりわけ知覚と統覚、視覚と意識の発生との関連性を吟味するという部分で、両者にとって決定的な意味を持っている。『観察と概念』が特に関心を寄せるのは、不鮮明な知覚の問題と、そこから派生する、どのようにしてデータが精神的器官内で理性的な方法で処理されるかという問題である。ブロートとヴェルチュが記憶および想像の働きを例にとって検討する中心的対象を特徴づけているのは、「ぼんやりとした」知覚イメージだ。両者が目指すのは、述語として整理される以前の観察が、人間の判断の基盤をなす特権的メディアであることを証明することだ。[23]彼らにとっては、「比喩的な意識」の意味は、それが明晰さと散漫のあいだで主張している（「比喩的な意識」は、部分的にしか制御できないという点において、フロイトの無意識とは一線を画すものである）アンビヴァレンスの内に存在する。「比喩的な意識」の、明瞭であるにもかかわらず不明瞭な――理性的に持ち出されたものではない――イメージは、原則として以下のように定義される。「内的知覚の対象としての精神活動は、たいていの場合、すべての内的観察のうちの比喩的に意識された部分である。内的観察においては、未整理の抽象的な段階、つまりあらゆる行為がぼんやりとした資料としてしか与えられていない段階が生じるのは、外的観察の場合よりもはるかに持続的で徹底的な習慣である[24]」。

主張されるところによれば、「ぼんやりとしたイメージ」が生まれる原因は多種多様である。それは視覚の不明瞭さと経験不足によって、また他方では、対象への空間的距離もしくは不十分な注意によって生み出される。個々のイメージが想像されたものに過ぎないかぎり、その曖昧さは記憶および想像力の強度が薄れていくことに起因している。しかしながら、その論文が規定するところによれば、一般的に「ぼんやりとしたイメージ」では、境界が不鮮明であったり、周囲との境界が曖昧であったりするわけではない。むしろブロートとヴェルチュは、「ぼんやりとしたイメージ」の現象学を、映像記憶的構造の生産に精神がどう関わっているかを可視化したものであるとする。ふたりの著者は、何度も繰り返して、「印象」、「覆い」あるいは「生彩のなさ」といった概念の根拠となる特徴の描写に取り組む。[25]普通は「ぼんやりしていること」は、視覚もしくは想像によるあらゆるイメージ生産の基本的特徴である。イメージの調整および鮮明化は、通常は瞳が視線を濃縮するという修正、あるいは想像という活動自体が濃密化されるという修正を通じて実施される。定義によれば、「ぼんやりとしているとは、想像力の漸次的な段階に区分された特性のひとつである。想像力の高まりは、器官の張り詰めた働きの高まりに呼応する」。[26]

ひとつのイメージの「総合的表象」が生ずるよりも前に、さまざまな段階の印象と記憶が駆けめぐる。[27]知覚の印象は、抽象的な構造によってはじめて研ぎ澄まされ、十分なきめの細かさを付与される——この部分は、ブロートとヴェルチュがベルクソンに断固として異を唱える見解である。[28]視覚にも想像力にも、弁別的な性質はない。視覚と想像力には、概念的定義として、ぼんやりとしたものを的確なイメージに変える識別能力が備わっていないのだ。ブロートとヴェルチュはハインリヒ・ゴムペルツの『世界観論』(一九〇五／〇八)を引き合いに出して、外見に反応するのではなく、匂いをもとにして見知らぬ者に吠えかかる犬の識別能力不足を、知覚装置の細分化能力が不足している例として挙げる。[29]人間の場合でもイメージ生産の機能は、前意識的に、いかなる概念とも無縁に、データと材料を迅速に省察抜きで収集する作業として展開される。この点においてカフカのカイザーパノラマ体験は、プラハの友人たちの知覚理論と関わりを持っている。

カフカが、一九一三年のはじめにブロートとヴェルチュの研究を読んだのは確実だ。彼はその論文の抽象的な傾向に対しては抵抗を覚える(「僕は自分を抑えて読み、理解しなければならない」[30])が、それによって疑いなく、映像的記憶の可能性と限界についての意識を深めたことだろう。『猟師グラッフス』の導入部は、カフカの場合にはメディア的、記憶術的および理論的なインスピレーションが執筆のプロセスを同じように推進させ得ることを示している。一九一一年二月、フリートラントのカイザーパノラマは、一九〇九年の最初のリーヴァ滞在時の記憶を呼びさまさせ、ステレオスコープの写真の機能への深い洞察を誘う。『観察と概念』を読んだことは——まさしくリーヴァの記憶の例に見られるように——「ぼんやりとしたイメージ」の合理的使用の理論的モデルをもたらす。そして一九一三年秋の二度目のリーヴァ訪問は、『猟師グラッフス』の早い時期の構想を得るきっかけとなり、そのテクストは一九一六年の終わりに改稿され、加筆されることになる。

カフカにとって、ステレオスコープ的手法と「ぼんやりとした」イメージの援用は、テクストの第二稿においてはじめて完全なかたちで実現する。すでに最初の原稿で連続化の手法が使われているが、次の稿では複数のイメージを時間的な順番に並べることにより、イメージ同士がさらに強く結びつけられている。第一稿においてイメージの叙述的（連続的）連結を生み出していたふたつの文章が、次の稿で削除されているのは特徴的なことである。「ふたりの老人が桟橋まで袋と箱を運んでいき、そこでは大柄な男が両足を突っ張ってすべての荷物を受けとり、小船の暗い内部から伸びてくる誰かの手に引き渡すのだった」。このあとには、「ぼろぼろのズボンをはいた男がときおり彼らのところにやって来ては挨拶をし、膝のところを叩いていた」[31]という文章が続く。第二稿の冒頭になってようやく、各イメージを持続的な語りの流れのなかに組み入れず、静止状態で並べるというやり方でパノラマの方法が反復される。かくして右に引用した、叙述における時間と因果関係の原理に従ってイメージを内的に段階づけようとしたふたつの文章は削除された。カフカは一九一一年にフリートラントで、「単に物語られるのを聞くこととパノラマを見ることとの隔たりは、パノラマを見ることと現実を見ることとの隔たりよりも大きい[32]」と書く。ここから、叙述とステレオスコープの差異が、イメージを連結することと孤立させることとの差異に相当するという結論が導かれる。

『猟師グラッフス』導入部のふたつの原稿を比較すると、のちの稿は基本方針に忠実に、それぞれのイメージ間に明確な区切りがつけられ、それらをひとつの物語の秩序構造によって結びつけることは放棄されているのがわかる。本来の物語は、表現に時間的要素が付与される瞬間にようやく開始される。右に引用した導入部のあとには、ステレオスコープの形式を連続化のテクニックで補う文章が続く。「突堤では、到着した者たちに注意を払う者はおらず、まだロープの処理をしている甲板長を待つために男たちが担架を下に置いたときですら、彼らに何か質問をする者もいなかったし、まじまじと見る者もいなかった[33]」。この一文は対象の時間的・空間的分節化を企てており、それによって時制、目的、因果関係の次元での叙述が可能となる。知覚されたものは統語論的構造を通じて判断のレベルに移行され、知覚の対象間の理性的関係が生み出される。それに対して、パノラマ写真を模範として整えられた短編の冒頭部は、すでに引用したブロートとヴェルチュの言葉を借りれば、「未整理の抽象的な段階、つまりあらゆる行為がぼんやりとした資料としてしか与えられていない段階[34]」を記録するものだ。ある意味では、第二稿で実行された各イメージを徐々に切り離す方法は、まずは個々のモティーフの鮮明化をもたらす。しかし別のレベルにおいては、まさしく隔離化によって、ぼんやりとした状態が生じる。隔離化は、各イメージに夢のような性格、非現実的性格を付与するのである。叙述のプロセスがイメージ同士を結びつける糸を用意することはないので、スナップショットの集合体のなかで分裂した雰囲気の印象が生まれる。その雰囲気は、やはりカイザーパノラマが叙述のモデルにされていたことを示すものだ[35]。

カフカにはこのほかにも、ステレオスコープの技術を模倣することによって「ぼんやりした」イメージという問題に取り組んだテクストがある。たとえば、長く続けられる、コンマもしくはセミコロンで分けられたふたつの文章において、それ自体が完結した個別のイメージを提示する習作『桟敷にて』も、同じ方法で構成されている。ふたつの原稿で異なった描き方がなされている曲馬師の女、ふたつの役において登場する団長、馬、オーケストラおよび観客は、ブロートとヴェルチュが「ぼんやりとしたイメージ」と呼んだ典型的な内的イメージそのものだ。カフカはフリートラントのカイザーパノラマのひとつの写真をめぐって、「蠟人形のようにそこにいる人々[36]」と書きつける。この印象は、最後に「両手を広げ、頭をうしろに傾けて自らの幸福をサーカスの全員と分かち合いたいと願う[37]」女性曲馬師という人工的なキャラクターにもよく当てはまる。現実とは不鮮明でぼんやりとしたものであり、観察者の目を通してはじめて運動性を認められるものだ。カフカはフリートラントでのパノラマ体験を生かし、ステレオスコープ的な描写をおこなうことによって、そのような現実から受けた印象を結束する。『桟敷にて』の最終段落も、まさにそのような活性化の機能を要求している。それは私たちに隔離化された個々のイメージを提供する。読者はそれぞれのイメージを想像力のなかで結合し、内的な結びつきを通じて理性的に鮮明化しなければならない。

このような状況から、それまで何度も謎を投げかけてきたテクストの、最後の一文も生み出される。その文章は、サーカスの女性曲馬師の幸福を目の当たりにして忘我の境地に至る観客のイメージをとらえる。「(…)そういうことだったので、桟敷席の客は顔を自らの胸に載せ、最後の行進のときにはすっかり夢のなかにいるかのようであり、自分でも気づかぬうちに泣いている」[38]。この最終場面では、観察者は自我の外部に位置しているせいで、自分が泣いていることを知覚していない。彼は、ものを見て感じてはいるが、熟考することがない装置だ。その内部には意識も判断能力もないので、各イメージが彼に到達するとしても、彼がそれを加工することはない。ステレオスコープ的視覚がもたらす現実の個別要素への分割化は、テクストのラストシーンにおいて最後の効力を発揮する。観察者は、諸々のイメージに従属し、自己を忘却するほどに身をゆだねる。イメージ群が何を意味するかを理解することはできない。カフカがフリートラントのカイザーパノラマに確かに存在すると感じた「現実の安らぎ」[39]は、ここではその統一性の崩壊と結びついている。

アンリ・ベルクソンは『物質と記憶』(一八九六)で、「私たちの内部に生起するものに集中するなら、そこには完全なイメージがあるが、それはきわめて移ろいやすいものであって、私たちの運動性に関連する機能がその輪郭を固定しようとするまさにそのとき、消え失せてしまうと感じられる」[40]と説明する。ブロートとヴェルチュは『観察と概念』において、この文章を一九〇八年のドイツ語版から引用している。ルーヴル・サークルを通じて得たベルクソンについての知識が不十分なものに過ぎなかったとしても、カフカがこの文章を読んでいたことは疑いがない[41]。カフカはベルクソンが記憶について書き記したことを、現実に転用する。現実は多くのイメージに分裂しており、それらのイメージ群をすべて捕捉することはできない。さまざまな記号が私たちの手からすり抜けていくような現実の亡霊的要素は、カフカの数多くの短編でテーマとされている。

『猟師グラッフス』導入部のパノラマと『桟敷にて』でのスナップショット群は、ブロートとヴェルチュが現実の「分解的展開の傾向」と呼んだものに相当する。「きわめて多くの不一致点への分解。不一致点のいずれもが、等しい量の一致点によって補われ、まさにそれによって把握することが可能となる」[42]。知覚の過程でおこなわれる「分解」は「総合的観察」[43]、ブロートとヴェルチュが省察と判断による概念的加工のレベルで成立すると主張する諸現象の関係性において補完される。このような二重化をメディア的表現のレベルに還元するなら、カフカの評価という意味では、純粋な知覚の「分解的」傾向はパノラマに相当し、選択的であると同時に結合的であるような判断行動の構成は映画に相当する（それはベルクソンの内的な映画の映写機に関する記述を想起させる）[44]。カフカは一九一一年二月にフリートラントで、「キネマとステレオスコープの結合」が存在しないのはいかなる理由のせいだろうかと自らに問いかける[45]。カフカ自身はその問いに答えようとしないが、それに対する回答は難しくはない。つまり、結合は不可能なのだ。なぜなら、結合が可能となるには、映画には、映像における運動性が不在であることが要求されるからである。運動性の欠如は、静止したカメラでの近距離撮影においてもスナップショットにおいても、見る者に違和感をもたらすにちがいない[46]。カフカの問いかけは、ここでもやはりゼノンのパラドクス、人々を錯覚させる静止のイメージを媒介する〈飛んでいる矢〉をめぐって戯れるのである[47]。

第八章　トランシルヴァニアの測量士――『城』

一九二二年一月二七日、カフカはプラハからリーゼンゲビルゲのシュピンデルミューレに旅をした。高地の空気が、疲弊した肺によい影響を与えることを期待したからだった。三週間、エルベ右岸のフリードリヒスタール地域にあるホテル・クローネに宿泊した。ときおり周辺を散歩し、スキーのジャンプ大会の様子を眺め、ソリで滑ったが、それ以外は室内にこもり、ほかの宿泊客とは友好的な距離を置く関係を保った(1)。一月最後の数日には、白い山々から受けとった印象をもとに、夜の宿泊の場面についての習作を書きはじめた(2)。その習作が描き出す状況には、最初の部分において、雪で覆われた冬のシュピンデルミューレに彼自身が到着したときの様子が反映されている。「到着したときには夜も遅くなっていた(3)」。まもなく短いスケッチから、のちにカフカが『城の物語(4)』と呼ぶことになる長編小説の草案が生まれる。一九二二年二月一七日にプラハに戻ったとき、彼は大きくふくらみつつある物語の企画の、かなり分量のある最初の二章を書き終えていた(5)。それから数週間も経過していない一九二二年三月四日、ベルリンで完成披露上映を迎えた一本の映画があった。成立過程がカフカの小説の計画と奇妙に結びついているその作品は、フリードリヒ・ヴィルヘルム・ムルナウが監督した『吸血鬼ノスフェラトゥ』〔以下『ノスフェラトゥ』と記す〕である。初期ホラー映画の傑作からカフカの『城』の断片へとつながる道筋は、過去には発見されていないものなので、まずは包括的で系譜学的な再構成をおこなう必要があるだろう。

ムルナウは一九二〇年から、ブラム・ストーカーの一八九七年の小説を下敷きとするドラキュラものの映画化を計画していた。同作の映画化には、すでにユニヴァーサルをはじめとするアメリカの映画会社数社が興味を示していた。(6) ストーカーの未亡人が映画化に難色を示していたため、パウル・ヴェーゲナーと一緒に『巨人ゴーレム』(一九二〇)の脚本を書いた実績のある作家ヘンリク・ガレーンとムルナウは、回り道を進むことを余儀なくされた。(7) その主な目的は、原作小説への過度の接近を避け、予想される未亡人からの法的請求を免れることにあった。(8) 結果は、あらゆる点において素晴らしいものとなった。脚本は、テーマのレベルにおいてはストーカーの原作の内に用意されたさまざまな走路のなかを動き回るものであったが、それによって数多くの新しいモティーフの道筋が生み出され、それを踏まえて美的に独立した作品が誕生することになった。ガレーンがもたらしたのはオリジナル性のある神話の混合物、ヨーロッパの伝説、文学、造形芸術およびオペラからの借用物を投入してドラキュラという素材を加工したものであった。それにより、メタ美学的に構成された映画の成立が可能となった。その参照の密度、暗示の充実、省察の文化は、ホラー映画というジャンルにおいて今日まで他の作品の追随を許さずにいる。ガレーンとムルナウが企てたいかなる修正も、偶然におこなわれたものではない。両者が原作に手を加えたことにより、『ノスフェラトゥ』のほとんどすべての場面に第二の意味が隠されているような、諸芸術からの引用の緊密なネットワークができあがっている。

ガレーンの脚本では、トランシルヴァニアのドラキュラ伯爵の代わりにオーロク伯爵が登場する。その名前は、英語の「ウォーロク」(魔法使い、魔術師)を想起させずにはいない。[9] 映画のメインストーリーに関しては、ムルナウとガレーンは一八九〇年代のヴィクトリア朝の英国を一八三八年のビーダーマイアー時代の北ドイツへ移し、ロンドンはバルト海沿岸のヴィスマーを思わせる虚構の街ヴィスボークに変更された。ストーカーの小説は、戦術的には劣勢にある吸血鬼との戦いで鍵となる機能を、タイプライターからパーログラフ〔口述録音機〕にいたる近代のメディア技術的成果のみならず、催眠状態での新しい治療法に与えた。[10] それに対してガレーンの脚本は、古代文化とロマン主義がせめぎ合う場である古いヨーロッパの神話、すなわちギリシア民族の伝説、中世の魔神論、キリスト教の悪魔信仰およびジーベンビュルゲンの説話や伝説に材を求める。そこには間メディア的暗示のレベルにおいて、造形芸術、文学およびオペラ――カスパー・ダーヴィト・フリードリヒの風景画、テオフィル・ゴーティエの吸血鬼小説『死霊の恋』(一八三六)、ワーグナーの『さまよえるオランダ人』(一八四五)といったような――などのロマン主義的テーマへの言及がずらりと並んでいる。[11] 吸血鬼ノスフェラトゥ(「疫病を運ぶ者」)[12] の外見的形象においては、テーマの脱理性化が模範的なかたちで明らかになっている。吸血鬼はマックス・シュレックのみごとな演技において、邪悪な存在の空想的であると同時にもろい仮面をあらわにする。ストーカーの原作では、世才のある教養人ヴァン・ヘルシングが体現する、[13] 完成形として堂々と前進する近代の啓蒙が、理性という手段によって吸血鬼を打ち負かす。それに対してムルナウの映画では、最後にヒロインの情熱が勝利を収める。つまり、ノスフェラトゥは陶酔状態のまま、犠牲者となる女性のもとに夜明けまでとどめられ、射しはじめた陽光によって――いわば自我忘失への罰として――破滅させられる。

『ノスフェラトゥ』では、ムルナウのカメラマン、フリッツ・アルノー・ヴァーグナーがそれまで知られていなかった種類のリアリズムで提供する自然風景の多様性も注目に値する。その映画のショット構成に注目すると、当時としては例外的に多くのロングショット（全ショットの九パーセント）とミディアムショット（三〇パーセント）が含まれており、ジークフリート・クラカウアーが主張したように、看過しがたいほど連続的な「トリック」が全体を覆っているわけではない[14]。批評家ベラ・バラージュは、ウィーンでの封切の数日後、ある批評文において「この映画の新しい点、他を凌駕している点は、自然の潜在的な詩情が生かされていることだ。それはこの映画の特別な芸術的意義でもある。つまりこの作品の特殊に映画的な点とは、寓話の空想的内容ではなく映像の雰囲気的内容を通じて最大の効果を発揮していることにある」[15]。実際のところムルナウの映画では、抑制を受けず調教もされていない自然の風景こそが尋常ならぬ効力を生んでいる。山岳地帯の岩だらけの峡谷、カルパチア山脈を激しい勢いで流れる川、荒々しく波打つ海は、人工的な書き割りではなく、まったくの独自性を誇る絵画をつくり上げる[16]。多額の資金が投入され、屋外撮影は一九二一年の七月と八月にリューベック、ヴィスマー、ジュルト島のリスト海岸およびタトラ山系西部でおこなわれた。ムルナウはシナリオに作業ごとの舞台となった場所を詳細に記録しており、そのおかげで私たちは、撮影チームが残した足跡を正確に再現できる[17]。その旅行のすべての滞在地を追っていくと、カフカにつながる驚くべき発見ができる。すなわち、ムルナウがオーロク伯爵の城の撮影をおこなった場所に、カフカの最後の長編企画についての新しい認識をもたらしてくれる痕跡を見出せるのだ。

一九二一年八月の前半、ムルナウのスタッフは、海および海辺の場面を撮影したジュルト島のリストを発ってヴィスマーに戻り、そこからプラハ経由でタトラ西部に赴き、『ノスフェラトゥ』のトランシルヴァニアのシークェンスを撮影した。プラハでは、数日におよぶ滞在を余儀なくされた。というのは、チェコの税関で、彼らの一台しかなかったカメラが没収されてしまったからだ。五千クローネを供託することによって、ようやくカメラはとり戻すことができた。官僚主義的な障害が克服されるやいなや、撮影隊はドルニー・クビーンまで旅をし、そこからさらに十キロ北にあるオラヴァ城に足を運び、第二幕の城の場面とそれ以外の屋外場面を撮影した。[18] ムルナウのチームがトランシルヴァニアのシークェンスを撮っていたころ、カフカは、オラヴァ城から百キロメートルしか離れていないマトリアリの肺病専門サナトリウムに滞在をはじめてから八か月が経過したところだった。ムルナウの作品が映画館にかかる直前の一九二二年の晩冬、カフカは『ノスフェラトゥ』と同じく不気味な城を扱う物語を書きはじめる。ひょっとすると、ムルナウの撮影地からカフカの最後の小説に通じている道があるのだろうか。

一九二一年八月八日、カフカは患者仲間たちと一緒に、タトラ山系に最初で最後の長めの遠足をおこなった。朝、少人数のグループは一台の馬車に乗り、二キロ先の、鉄道の駅があるタトランスカー・ロムニツァに向かって出発した。一時間後、狭軌の列車は旅行者たちを、チルム（今日のシュトルバ）湖畔の高地療養所、センティヴァーニ・チョルバトーまで運んだ。[19] その地でカフカは、プラハにいる妹オットラに絵葉書を書いた。その葉書には、一緒に旅行をしていた患者のふたり、アニー・ニットマンとエレーナ・ロートも署名している。[20] それに続いて、一行がオラヴァ城を訪れたことは大いに考えられる。その城は、西部タトラでもっとも重要な観光地のひとつであり、一八六八年に建てられた博物館の存在もあって、当時の人々にとってはとりわけ有名な小旅行の目的地となっていた。シュトルバ湖から城のあるオラフスキー・ポザーモク（ハンガリー語ではアールヴァヴァールアッヤ）地区までは、九二キロしか離れていない。[21] シュトルバ湖には、シュトルバまで十二キロの区間を走るアプト式鉄道があった。さらにシュトルバには、一八七二年に操業を開始した、コシツェとジリナを結ぶ鉄道の駅があった。列車でクラリョヴァニまで行き、そこから馬車に乗れば、アールヴァヴァールアッヤ経由で城のふもとまでたどり着けた。列車がシュトルバとクラリョヴァニのあいだを走る距離は八〇キロメートルしかない。合計しても、サナトリウムからシュトルバ湖経由でオラヴァ城付近までは、片道で三時間もかからなかった。チルム湖畔にかなり長く滞在したと想定しても、城を見物し、列車で戻る時間は十分にあった。鉄道では、急行に乗ってノイマルクト／ノヴィ・タルクを通り、ザコパネ（そこからマトリアリまでは、馬車で十二キロメートル走る必要がある）に至るというルートが考えられる。

タトラでの交通の状況が悪くなかったことは、カフカが一九二〇年一二月二一日に書いた、冬のマトリアリへの到着についての報告（「旅行はとても簡単だった」[22]）が示している。以後の数か月間においては、深い雪のせいで、その地域を探索することはできなかった。夏のあいだ、カフカはほかの患者たちと周辺の散歩に出かけるのを習慣としていたが、行動半径は限られていた。一九二一年六月には

オラヴァ城

はじめてタライカの山々へ大規模なハイキングに出かけ、マックス・ブロートに報告したところでは、そこである旅館に宿泊した（そして、旅行者向けの民俗的な余興に遭遇して反感を抱いた）[23]。それに対して八月八日の小旅行は、まる一日を当てて計画されており——オットラへの葉書には、この計画について「僕のはじめての遠足[24]」と書かれている——より広い周辺地域を探索することを目的としていた。直接的な証拠がないとしても、カフカが実際にオラフスキー・ポザーモクに行き、そこにあった城を訪ねていた可能性を完全に否定することはできない。わずか二週間後、ムルナウはまさにその土地で『ノスフェラトゥ』の撮影作業を開始する。そのとき、カフカは数キロメートル離れたマトリアリで、すでにプラハに戻る計画を練っていた。その旅は一九二一年八月二六日に、ヴルトキ経由の満員の列車によって実現されることになる[25]。

右に記した仮説を支えてくれるのは、カフカの小説における城の描写である。そこでは、城は山上に建てられており、いくつかの個別の建物から構成され、中央では塔の「ぎざぎざの壁」が空に向かって突き出しているとされる[26]。「それは古い騎士の居城ではなく、新しい豪華建築でもなく、いくつかの三階建ての、といってもくっついて建てられた低い建物から成る、拡張された施設であった。城であることを知らない者なら、小さな町だと思ったかもしれない。（…）ここで上に見える塔は（…）単調な円柱状の建築であり、一部は寛容にも木蔦に覆われることを許し、いくつかの小窓は、いま陽光を浴びて輝いていた（…）そして先端は露台のようで、ぎざぎざの壁は臆病な子供、もしくは投げやりな子供が描いたかのように、不確かで不規則で壊れかけており、青空に向かってぎざぎざに切り込んでいた[27]」。これらの記述をオラヴァ城の様子と比較してみると、そこには注目すべき類似点があることがわかる。小説の描写と同様にアルヴァの城は拡張された施設であり、いくつかの三階建ての建物の集合体であって、地平線の手前に数多くの岩石によるぎざぎざの輪郭を浮かび上がらせている。とりわけ目につくのは「露台のような先端」である。それはまさしく、トーマス・フッター(ストーカーの原作ではジョナサン・ハーカー)が最初の夜のあと、オーロク伯爵のすぐそばで妻のエレンに手紙を書くところをムルナウが撮影した、城の部分そのものである[28]。城のモデルをさぐる過去の試みにおいては無視されてきたことだが[29]、城という施設の本質的要素は、それがかなりの高い場所に建てられているという事実だ。最初の章には「いまや上方に、澄んだ空気のなかに城はくっきりと見えていた」とあり、また「(…)山の上では、すべてのものが自由で、しかも軽やかにそびえ立っていた。少なくとも、ここから見るとそんなふうに思えた[30]」とも書かれている。むき出しにされた城の眺めは、第八章――おそらく一九二二年四月の前半に書かれた――の冒頭において、それがまるで「物静かに座っていて、ぼんやりと前方を見ている[31]」かのようだという印象によって強調される。城は、村の生活よりもはるかに高い場所という空間的にも特筆すべき位置にあるが、それと同時に、それが示す擬人化された特質によっても特殊な存在である[32]。カフカの虚構の建築物と、モデルとして考えられるオラヴァ城は、城を山頂の館として顕現させるという基本姿勢において共通している[33]。

注目に値する共通点を示しているのは、外面的な眺望だけではない。ここに浮上するのは、小説の構造にとって重要なひとつの間接的事実である。城のふもとの地区の名前、ポザーモクは「城の下部」を意味する。この含意は、カフカの村も基本的に城の「下部である」という側面のみを形成していることを想起させる[34]。Kは、「この村は城の所有地です。ここに住む者あるいは宿泊する者は、いってみれば城のなかに住んでいる、あるいは宿泊しているのです[35]」と聞かされる。そして教師は、「農民たちと城のあいだに相違点などありません[36]（…）」と説明する。小説のなかでは、村はいってみれば「城の下部」を表わすに過ぎないので、ふたつの領域の差異は無視される。Kはすでに城のなかにいるにもかかわらず、一貫して城を自らが到達すべき遠い目的地と定義している。そのかぎりにおいて、Kは小説のなかで、オラフスキー・ポザーモクを思い起こさせる地勢的構造を誤認し続け、そのことが彼自身に大きな影響を及ぼす。

ムルナウの西部タトラでの撮影作業から伸びている道筋の探索は、ひとまず驚くべき地点に到達した。私たちに提示されているのは、映画と文学――ムルナウの『ノスフェラトゥ』とカフカの小説――を同じように刺激した可能性がある場所の象徴的機能である。もっとも、城と周辺地域の環境に由来するものかもしれぬインスピレーションは、映画と直接に結びついているわけではない。なぜなら、カフカがムルナウのスタッフよりも二週間前にオラフスキー・ポザーモクにやって来ていたという想定可能な事態には、偶然の産物という側面があるからだ。映画（撮影は一九二一年七月～九月）と小説（執筆は一九二二年二月～八月）はほとんど平行して生み出されており、映画がカフカの小説企画にとって直接的な影響をもたらしたとは考えにくい。しかしその成立時期の近さは刺激的に思えるし、私たちが正確にテクストを読むための重要な挑発をもたらす。映画のことを知らずにテクストを書きはじめた作家の文学的想像力を導くのは、城のイメージのみである[37]。

カフカの小説の開始場面は、近代の物語文学でもっとも有名な冒頭部のひとつである。「Kが到着したときには夜も遅くなっていた。村は深い雪に覆われていた。城の山はまったく見えず、霧と闇に包みこまれていた。大きな城の存在を示すかすかな明かりすらもなかった。Kは街道から村へ通じている木の橋の上に立ち、見たところ何もないように思える方向を長いあいだ見上げていた」[38]。この導入部の模範は、ウォルポールの『オトラントの城』（一七六五）、アン・ラドクリフの『ユードルフォの謎』（一七九四）からマシュー・グレゴリー・ルイスの『マンク』（一七九六）を経て、E・T・A・ホフマンの『悪魔の霊液』（一八一五／一六）、そしてまさしくブラム・ストーカーの『ドラキュラ』（一八九七）へと至るゴシック小説の伝統の内に見出せる[39]。しかし同時に『城』の冒頭部は、ストーカー作品を参考として構想された、フッターがオーロク伯爵の城に到着する様子を描く『ノスフェラトゥ』の第二幕をも想起させる[40]。フッターはKと同じように、まずは木製の橋の上に立ち、高いところを見上げながら、門が開けられるまで待つ。Kがこれから体験することに、フッターはすでに遭遇していた。Kが「寝床」[41]を得る村の旅館での休息。Kが体験するのと同様に、フッターは農民たちと知り合い、彼が呼ばれている城についての話を聞く。この点において、カフカの小説と映画とのパラレルな関係は終了する。つまりフッターは不気味な人狼および夜の恐怖についての話を聞かされるのに対し、Kは彼がそれ以上進むことを阻む官僚主義的抵抗に遭遇する。フッターとは異なってKは招待されてはおらず、自由意思で村にやって来た。オーロク伯爵との取引を成立させようとするヴィスボークの不動産業者に派遣されたフッターとは異なり、Kは到着後にはじめて城の存在を知る（「ところでここには城があるんですか？」[42]）のである。

すでに強調したように、小説の導入部が書かれた時点で決定的な影響をもたらしたのは映画ではなく、現実の経験である。カフカは、『ノスフェラトゥ』を見なくとも、自らの小説を開始し、類似点

『ノスフェラトゥ』でオーロクの城の門前に立つフッター

のある場面を書くことができた。なぜなら彼は、フッターが到着する高くそびえる城と岩だらけの風景を知っていたと思われるからだ。文学と映画を豊かにした想像力の貯蔵庫は、ここでは同一のものだったようである。シュピンデルミューレの寒い冬は、叙述の構想における変換がなされた結果として存在している。つまり、小説『城』にとって決定的な働きをおこなうべく、夏の自然から、果てしない雪の広がりへ変えられている。(43) しかし、小説内の外景的な情報は、カフカがサナトリウムでの最後の日々を送っていたのと同じころ、ムルナウが撮影をおこなった城によって、すでに与えられていたものと推測される。

映画『ノスフェラトゥ』は、一九二二年三月四日にベルリンのプリムス・パラストで完成披露上映がおこなわれ、二週間ほどあとにドイツ全土で公開された。製作会社プラナ映画のポスターには、スチル写真ではなく、長い触角を持った醜い甲虫の姿を描いた絵が使われた。甲虫は、輪郭だけが見える本の山の上に座っている――それは、カフカが書いた物語から抜け出してきたかのような奇妙な存在のイラストだ。映画の封切は、この企画の中心人物で、ムルナウの美術監督でありプロデューサーでもあったアルビン・グラウが『ビューネ・ウント・フィルム』に寄稿した、かなり長文のエッセイによって予告されていた。そこには映画の内容紹介と数枚のスチル写真、そして高飛車な調子の宣伝文(「恐怖のシンフォニーをご覧になりたいですか? それ以上のものを期待していただいてよいのです。ご注意ください、ノスフェラトゥは月並みな意見を述べられるジョークなどではありません」(44))が添えられていた。「吸血鬼」というタイトルが冠されたグラウの原稿では、彼自身が、戦争中に知り合ったセルビア人農夫から聞いてはじめて知ったという吸血鬼の伝説について報告がおこなわれる。

『ノスフェラトゥ』の1922年3月4日における
ベルリンでの封切に際してのポスター

一九一九年、その物語を一緒に聞いた男とプラハで再会したあと、グラウは吸血鬼伝説の秘密を徹底的に究明することを決意した。吸血鬼神話の起源と関連するさまざまな迷信について知識を得るために、彼はタトラの高地へ旅をする。陰鬱で荘厳な風景のまっただなかで、グラウは不滅の存在であるノスフェラトゥを扱う映画の計画に着手した(45)。

グラウの地誌的な言及は、そこで名指しされた土地をよく知っているカフカのような映画ファンに好奇心を抱かせたことだろう。しかし、『ノスフェラトゥ』がプラハの映画館にかけられたのは、ベルリンの封切から一年近くもあとのことだった。一九二三年一月二七日、フェルディナントシュトラーセのルーヴル・カフェで上映がはじめられたという事実は、同日に発行された『ボヘミア』の批評文に記録されている(46)。それを書いた批評家はムルナウの作品を賛美し、その監督が恐怖の新しい美学を生み出したと熱く語った。「人は目にするだろう、ストーリーの直線性においても際立っているこの映画が、いかなる脆弱さとも無縁だということを。恐怖、不気味さ、亡霊的なものといった要素の集合体が、映画で好まれる感傷性によって弱められることはない。むしろ恐ろしさは映像が進むほどに高められ、恐怖と不気味さが最初から最後まで観客を離さない。E・T・A・ホフマンを三倍も上回る効果、それがこの恐るべき映画への正当な評価だ(47)」。プラハでの上映期間を考えると、ムルナウの『ノスフェラトゥ』が、カフカが一九二二年八月の終わりに未完のまま中断した小説(48)『城』に影響を与えた可能性はないということになる。また、カフカはその後、原稿にほとんど修正を加えていないため、中断したあとに何らかの重要な決定を下したという可能性もない。とはいえ、ここに至っても、カフカが一九二三年の冬にムルナウの映画を観たのかどうかという疑問は解けぬまま残る。

『ノスフェラトゥ』の1923年1月27日における
プラハでの封切に際してのポスター

この時期には、日記においても手紙においても、映画館訪問を記録する明確な記述は現われない。一九一三年以後、カフカは映画の受容についてはごく散発的にしか書かないので、ほとんど証言は得られないのだ。とはいえ、文学作品の執筆においては、『ノスフェラトゥ』との親縁性を裏づけるかもしれぬ徴候が存在している。プラハからベルリン南部に引っ越していたカフカは、一九二三年から翌年にかけての冬、一連の物語のスケッチにおいて、驚くべきかたちでムルナウの映画に由来するイメージ群からインスピレーションを得ていることを明らかにする。それらのテクストの校訂版の編者であるヨースト・シレマイトは、「ここに何度も登場する亡霊のような存在」について書きとめているが、それらのルーツが映画にあるとは認識していなかった[49]。短編集の最初の短い場面が焦点を当てているのは、『ノスフェラトゥ』において、椅子に崩れ落ちているフッターに吸血鬼がはじめて接近するときに生み出される脅威の雰囲気だ。「夢の主、偉大なるイサカルが鏡の前に座わっていた。背中は鏡面にぴたりとつけられ、うしろに傾けた頭は鏡のなかに深く沈みこんでいた。そこに闇の主であるヘルマーナが来て、イサカルの胸のなかに身を沈めていき、ついにはすっかり入りこんでしまって姿が見えなくなった[50]」。敵対する二者の名前は、明白な神話的背景を明らかにするものではない。というのは、両者には、考え出されたもの（ヘルマーナ）という要素と、聖書に起源をもつもの（イサカル[51]）という要素があるからだが、ふたりがつくり上げる構図は、直接的にムルナウの『ノスフェラトゥ』から招かれたものであるように思われる。文学の場景と映画との類似性は、身体的演技によって生み出される。うしろに身を傾けることと身体を沈めることは、まさしく犠牲者の肉体に侵入していく吸血鬼の攻撃を想起させる[52]。カフカが選んだ異名は、ここでどうしても頭に浮かんでくる映画との関連性をいっそう明らかにする。オーロク伯爵が闇と結びつけられていたように、フッターは夢に帰属する者であるように見える――彼は夢のなかで、不気味な招待者にその身を委ねるのである。

カフカの書いた短い場面は、脅威が迫っている雰囲気を生み出す。それは、「ついにはすっかり入りこんでしまって姿が見えなくなった」という表現でクライマックスを迎える。短編と映画との類似性は明らかである。というのは、ムルナウの映画においても、吸血鬼が犠牲者の肉体に沈みこんでいくような印象が生じているからだ。フリッツ・アルノー・ヴァーグナーによるカメラは、卓越した技量によって、その印象を影絵芝居として暗示する。そこでは、まずは壁面に映る影として爪が強調され、次に身体全体の影が見える。続いてオーロクは影によって前にいる人物を覆いつくし、滑るように相手のなかに姿を消す。ここに挙げたフッターの場面のほかでも、その映画はラストのエレンが吸血鬼に襲われる箇所において、いま一度、影絵芝居の美学を提示する。オーロクが彼女に襲いかかる前に、ベッドの上の壁に、やたらと爪が目立つ指の輪郭が現われ、身体の影がそれに続く。ショットが切り替えられたあとの映像も、カフカの物語の断片との明らかな相似性を見せる。ガレーンの脚本には、こう書かれている。「ノスフェラトゥは頭を上げる。彼は歓喜のあまり、ほとんどよろめいている――恐ろしい不安にかられたエレンの目。このままノスフェラトゥを去らせてはならない。彼女は両腕を吸血鬼にからませる。そして吸血鬼は抗うことができない。その頭はふたたび彼女に向かって沈められる[53]」。「闇の主」であるヘルマーナがイサカルの胸に「沈む」様子を描写するとき、短い場面であるとはいえ、カフカはそのような瞬間を再現したのである。小説の断片における言語と映

オーロク伯爵が犠牲者フッターに「沈みこむ」
(ムルナウ『ノスフェラトゥ』)

画『ノスフェラトゥ』の映像は、メタファーを通じて、同じ種類の性的ニュアンスを含む「侵入者」の暴力を明示している。ムルナウの場合は犠牲者の身体を覆う影によって、カフカの場合は出来事を二重化して提示する鏡を通じて、その表現はおこなわれる。

一九二三年秋に書かれた第二の断片は、ムルナウの映画のさらに明らかな痕跡を示している。それは、ある家具職人の話である。彼は棺をひとつつくり、いまは従業員と一緒に街を横切って発注者のもとへそれを届けようとしている。[54] 棺のなかからノックの音が聞こえたあと、不気味な荷物はおろされる。「とつぜんの決断を受けて、助手は棺の上にひらりと飛び乗り、すでに棺に腰をおろしていた。だがそこに座ることは、棺がひとりでに開き、ノックした者がなかから姿を現わす可能性に比べれば恐ろしくはなかった[55]」。ラストでは、読者は秘密が明らかにされるのを期待するが、その短編は筋の通った説明をつけようとはしない。「そのとき棺は、なかから強い力で持ち上げられたので、助手は脇へと滑り落ちた[56]（…）」。結末が暗示されたところで、テクストは打ち切られる。それ以上、棺のなかで動く吸血鬼が描かれることはない。あるいはカフカは、ムルナウの映画から受けた影響が強すぎるがゆえにこのテクストを中断してしまったのかもしれない。文学の原案が自伝的要素の影、もしくは手本にした映画の影のなかにとどまったとき、その執筆は打ち切られたのである。日記およびノート、そしてまさに『審判』の原稿において明らかになっているようなカフカの作業における創作の論理には、そのような一貫した姿勢が見てとれる。

同時期の散文の草案において、カフカはある男性が川べりの家に宿泊する様子を描いた。部屋には、紐で縛られた家具が置かれている。家屋の前面は広場に面しているが、その広場は「周囲をふさがれており、川の方にのみ開かれている」[57]。広場は「いつも無人であり[58]」、静かである。打ち捨てられた家と荒涼とした印象をもたらす広場は、『ノスフェラトゥ』での、オーロク伯爵がフッターから購入した屋敷に入居する場面を思い出させる。映画で伝えられる陰鬱な事態への期待を、カフカの描写も生み出している。その題材は牧歌的小説になることも可能だったはずだが、家屋の住人がナイトガウンに身を包み、暗くした自室をひとりで歩く箇所にいたって、恐怖のうちに終了する。カフカの初期散文作品で描写される独身男性たちの血縁者として、彼は夜に棲息する者であり、一九二三年秋にベルリンで書かれた小説群に奇妙な形態で住みついている「亡霊のごとき存在」（シレマイト）のひとつである。

『ノスフェラトゥ』の影響をうかがわせるベルリンでの連作は、やはり脅威にさらされた状況を描く、未完のかたちでしか残っていない短い習作によって終止符を打たれる。時間帯が変更されていることはさておき、すでに冒頭部が、フッターがオーロク伯爵に襲われる場面を想起させる。「部屋のドアは隙間程度に開いており、明るい日中であるにもかかわらず廊下は暗い。ぼんやりとだが、そこに暗い顔ひとつと、戸口の側柱とドアノブを握っている黄色く輝く二本の手が見える。まもなく幽霊は消えるだろう、それは現われた瞬間にすでに震えているように見えた[59]（…）」。この場面はきわめて映画的に構成されている。語り手のまなざしが向けられているのは、ぼんやりとしか知覚できず、暗い明かりのなかで輝きを放つ両手のおかげでかろうじて見える対象だ。この状況の緊迫感は、人物が鮮明には把握できないことと、遠くに認識される幻影のごとき特徴から生み出される。語り手が、「幽霊」が現われた瞬間に「震え」はじめると断言するとき、それは初期の映画の、静止しておらず、それ自体が揺れ動いている連続映像を思い起こさせる。すでに言及した『ノスフェラトゥ』の第二幕の場面で、編集のトリックによって開けられるドアの前に恐ろしい幻影として現われるオーロク伯爵もまた、輪郭だけで描かれた肉体のない存在としてスクリーン上で「震える」。ここでは小説の場面と映画のシーンが同調している。それはどちらもが、想像力の暗示として機能するイメージ演出を通じて、緊迫感の効果を生み出しているからである。

語り手に寄り添い、制限された知覚圏を――緊迫感を高める効果とともに――とらえる共有された視覚に、カフカの視点は集中する。叙述の表現は、ムルナウの『ノスフェラトゥ』がホラー映画の歴史に導入した連続化のテクニックという模範に従う。観客に脅威を感じさせる場面では、カメラマンのフリッツ・アルノー・ヴァーグナーは逆方向からの撮影を放棄して単一の視点を徹底し、観客をひとりの人物が感じる恐怖の証人にする。そのとき観客は、誰が事件の誘発者であるかを知らない。[60]私たちは再三再四、吸血鬼の犠牲者が恐怖のあまり身体を壁に押しつけ、膝を床につける、あるいは倒れこむ様子を目にする。だが、彼らに接近しているのが吸血鬼であることは推測するしかない。このテクニックによって、吸血鬼の姿を全身ショットでとらえたり、あるいは影によって間接的に提示したりする、長い時間にわたって交互に続けられる映像の効果がいっそう高められる。速度の遅滞によって生み出されるホラー映画の不安のドラマトゥルギーが、同ジャンルの歴史上はじめて、高度に徹底されたかたちで展開されたのである。[61]カフカの物語のスケッチも、共有視覚を制限するテクニックを使用している点において同じモデルに倣っていることが認められる。カフカのシークェンスも、室内での閉じられたドアのうしろにいる語り手の立ち位置は描写するが、恐怖の誘因そのものは幻のようにしか描かず、それによって反対方向からの視線ショットを回避するのである。

ここに引用した、一九二三年初冬のベルリンで描かれた四つの断片的テクストは、明らかにムルナウの映画の痕跡をとどめている。一九二三年一月の終わり、プラハでの『ノスフェラトゥ』の封切後に、『ボヘミア』の批評家は以下のように書いた。「亡霊的なものへ猪突猛進した映画である。それは、恐怖の色彩を並べたパレットの絵の具によって陰影を与えたり、節度を保ったりすることは拒絶する。だが、ときに滑稽な印象が生じ、それによって恐るべきものという幻想全体が破壊されるのを防ぐためには、むしろ体系的に強調し、高める必要がある。恐ろしい場面、亡霊的な場面のひとつひとつの映像を観察してみればよい。変装が施された馬車の、馬たちの息を切らせての突進、時計の上の装飾としての死神、猛烈な速さで棺を積みこむ際の吸血鬼、墓所の吸血鬼、切符なしで船に乗りこみ、棺に横たわる吸血鬼、それを取り囲む棺の山、そこから這い出して来る数百匹もの鼠、病んだ水夫の狂気の発作、海に落ちる最後の水夫、乗船員のなかでの最後の生存者としてわが身を操舵輪に縛りつける船長、船長から血を吸い尽くしたあとで船を操る吸血鬼。映画を満たしているあらゆる恐怖と戦慄を少しでも把握していただくためには、以上のわずかな場面を紹介すれば十分であろう」[62]。カフカのベルリンでの小説断片は、ムルナウの映画がここで証明されているのと似たような「亡霊的なものへの猪突猛進」を見せており、そこから『ノスフェラトゥ』の影絵芝居が作家の文学的想像力に残した痕跡を推測できる。カフカがムルナウにはっきりとした言及をしていないとしても、一九二三年のノートは雄弁に語っている。そこに集められた恐怖、不安、幻影の多くの場面は、映画というものがベルリン時代——死去する数か月前のことだ——のカフカの文学的想像力にインスピレーションを与えるような影響力を失わなかったことを露呈している。
最後に私たちは、ムルナウの映画に注がれるまなざしにとっての出発点をなしている『城』の原稿に立ち返ってみよう。カフカの最後の長編は、局所的＝テーマ的には映画的要素をほとんど含んでいないが、形式においては確かに映画的要素を備えている。とりわけ最初の二章の構造には、映画の様式によって決定づけられたと思われる連続化の手法が見てとれる。『失踪者』および『審判』と同様に、『城』も各章が完結した単位をなしているエピソード小説であり、ひとつひとつの章も、比較的独立性を持った場面に分割されている。彼の創作においてはあまり例のなかったことだが、カフカがその時点でストーリー全体を概観できていたと仮定するなら、おそらく一九二二年二月には小説冒頭の組み立てを終えていたと思われる。(63) はじめの二章のどちらにも見られる形式的な分割化と言葉による見取り図の表現は、映画の脚本を思わせる。この類似性は、カフカがテクストを——部分的には精密に——「場面」に分割しているという点で、とりわけ明らかになる。

到着
シュヴァルツァーとの場面
主人と
城への道
教師と
疲労

ラーゼマンのところで
通りにて
ゲルシュテッカーのそり
助手たち
助手たちと宿屋で
城との電話
バルナバス
手紙
熟考
ふたたび酒場へ
農夫たち
バルナバスとの会話
バルナバスとの出発
郷里の記憶
バルナバスの家庭で
失望
オルガとヘレンホーフへ(64)

カフカの作業方法においては一般的でないこのような見取り図は、執筆の開始時においてストーリーの各部分が形式的に完結していたことを明示している。ここに見られる、エピソードを積み重ねていく構造は、それ以前に書いたふたつの未完の長編と共通している。出来事の連続体としての秩序は、一貫して存在する主人公Kに集中することによって成立する数々の場面のあいだに、厳密な区切りをつけることによって生まれる。Kは、物語の最初から最後まで彼に随行するカメラの位置から捕捉された、諸事件の本来の中心点である。この手法には、省略的な編集技法も含まれている。その技法によってカフカは、個々の場面もしくは章の冒頭において、細かい説明を省略して場所の転換をすることができる。かくしてKは、第一章のはじめにおいて、どのようにしてそこへ行ったのかを読者に知らせることなく、移行段階ぬきで食堂のテーブル、酒場、宿屋、校舎の上階に姿を現わす[65]。それぞれが完結しているストーリーの各部分は、主人公ひとりによって結び合わされる個々の映像としての性格を持つ。それらはスナップショットとして、厳格に区切られ、分割されている。映画に典型的な語りの方法に対応するように、描かれる各状況は、滑らかに移行するのではなく、固い結合部をはさんで、また新たに開始されるのである。カフカの最後の小説は、テーマおよび視点だけではなく、構造的にも――とりわけ前半部において――映画の美学によって決定づけられている。冒頭の章の語りには、映画の脚本と同様に組み立てられた場面配列が見られる。

もっとも、テクストが先へ進むにつれて、キネマトグラフ的なエピソード構造は失われていく。それは対話小説へと変貌し、最後の三分の一ではそれが強化されて独白的傾向が明確になる。よそ者であるKは、オルガ、女主人、フリーダとペーピの談話によって、あるいは村長およびビュルゲルの説明によって村の物語を知らされる――それは彼が社会に組み入れられるための最初の一歩かもしれないが、効果があるかどうかはけっきょく曖昧なままに終わる。(66) 小説の構成におけるこのような変化は、創作の美学上のジレンマも生み出す。カフカは、迅速な場面転換というキネマトグラフ的な叙述形式を、広範囲にわたる構成のモデルとして貫徹することができなかった。映画の様式での叙述構成は、長編『城』のような大規模な企画では最後まで持続使用することができなかったようである。というのは、村の共同体における主人公の境遇を正確に描こうとすれば、回想、内的陳述（内的独白）、ほかの人物の会話の引用などが必要となってくるからだ。Kと村の世界との関わりが深くなるにつれて、因習的な語りの形式が無声映画の映像と場面の連続化に取って代わるのである。(67)

カフカが一九二二年六月の終わりに静養のためにプラハから片田舎のプラナーに旅行したとき、『城』の原稿は十六の章が書き終えられていた。(68) 八月までにさらに九章が書かれるが、やがて作業は停滞し、執筆をはじめたころの熱意も失われる。一九二二年九月のなかごろ、カフカはブロートに「どうやら城の物語は永遠に放置しておくしかないようだ(69)」と告白する。最後の長編の計画は、タトラ山系のまっただなかでカフカが荘厳な風景に魅せられ、想像力を刺激された結果として開始されたものと推測される。ここで問題となるのは、同時期にその地で『ノスフェラトゥ』の魅力的な導入部が撮影されているという地誌的関連性である。カフカの文学的想像力とムルナウの映画は、共通する第三者、つまり岩の上にあるオラヴァ城の現実の光景をよりどころとしていた。その結果として、以下のような印象が生まれる。つまり、測量士と思われた人物の物語は、タトラ西部の現実の風景を背景として、そして同時に『ノスフェラトゥ』における空想上の舞台において、生み出された。そして、『ノスフェラトゥ』のモティーフの世界は、『城』の原稿が中断されたあとではじめて作家の映像的記憶のなかに痕跡を残すことができた。Kが到達しない、遠い存在に感じられる城は、カフカの執筆を促進する想像力の座標系内にある、自身の経験を反映した地点である。だがそれは、キネマトグラフとも結びつきのある地点なのだ。

第九章　エンドクレジット

カフカが自らの生きた時代の芸術的に重要な映画作品に明確な言及をおこなわないことは、奇妙に感じられる。一九二三年初冬のベルリンで書かれた、すでに引用した草稿を通じてのみ受容したことが推測される『ノスフェラトゥ』だけではない。『プラークの大学生』（一九一三）、『巨人ゴーレム』（一九二〇）、『カリガリ博士』（一九二〇）もしくはフリッツ・ラングの『ドクトル・マブゼ』（一九二二）への言及もなされていない。カフカがこれらの映画にまったく気づかなかったなどということは考えられない。だが、それらを精密に検討したという証拠も存在しないのである。[1]全般的に、一九一三年以後の日記や手紙類からは映画の痕跡は失われてしまう。映画に直接的な言及がなされるのは、わずか三度である。一九二一年一〇月には、カフカは言葉少なに、パレスチナについての記録映画の上映に立ち会ったことを記している。その映画は、曖昧に模索していた移住への意欲を強めたかもしれない。[2]二年後の一九二三年一〇月一九日、すでにベルリンに移り住んでいたカフカは、「（…）僕は真剣に考えている、ひょっとするともう映画に行くべきではないのだろうかと」[3]と書く。そして一九二四年一月には、妹エリに宛てた手紙の裏側に、かつてカフカ家の家政婦だったマリー・ヴェルナーのためにチェコ語で数行を記している。「僕は映画のことは何もわかりません、ここでは映画についての情報が少ないのです、ベルリンはずっと以前から貧しい街でした、ようやくいまになって『キッド』を買うことができたのですから。それはここでは数か月にわたって上映されています」[4]。といっても、カフカがチャーリー・チャプリンの有名作品『キッド』を見逃したことを裏付ける証拠も確認されてはいない。カフカが一九二四年に、最新の映画に対する自らの禁欲を強調しなければならないと考えたとすれば、それはまさに彼が、直前の日々において定期的に最新の映画プログラムを見ていたからにほかならない。カフカがさりげない口調でもらした言葉は、否定を通じて何らかの肯定的発言をおこなうカフカの文章に典型的な特質のひとつによるものである。

一九一三年以後、カフカが映画の映像を精密に描写しなくなることは、同時代の映画製作に関する知識がなかったためではない。より決定的なのは、まさに初期の映画の演出において中心的役割を果たしていた、そのメディアの技術的可能性にカフカの関心が集中していたことである。それに対して、内容的な——より広い意味では物語的な——刺激、イメージ、モティーフといったものは、周辺的にしか彼の興味を惹かなかった。カフカは映画がもたらす物語よりも、そこで生み出される叙述と構成の形式に魅了されていた。一九一三年三月はじめ、彼はフェリーツェ・バウアーに、「ビオ・ルツェルナ」の宣伝写真の前に立っていたこと、しかし何枚かのスチル写真は「古めかしい映画の創造物」であるがゆえにほとんど魅力的に感じられなかったことを報告する[5]。この短い発言は、カフカが映画館訪問に関して、独自の視点をもたらしてくれ、技術的革新を伴っている「新しい創造物」を期待していたことを表わしている。ひょっとするとその時点で、ストーリーを重視する大戦後の映画は、一九一四年以前のトリック撮影や運動の遊戯性に特化した映画作品ほどの刺激はもたらさなくなっていたのかもしれない。しかしながらこの推測から、人生最後の一〇年におけるカフカの執筆が、もはや映画からの影響を受けていなかったと結論づけるのは誤っているだろう。都市と田園風景、交通とスピード、身振りと容貌についての感覚的知覚を指揮するメディアとして、映画は最後までカフカの文学的想像力に影響を与え、テクストのなかに痕跡を残すのである。

本書での検討から導かれるカフカのキネマトグラフ的な執筆に関しては、合計すると八つの特徴が確定できる。一、カフカがテクスト内でイメージ群を結びつけるとき、そこには映画に似た印象をもたらす連続化の構造が見出せる。二、カフカは映画の映像や連続映像をテクストにとり入れ、そのことが間メディア的な緊張関係を生み出す。読者はそれをすぐに認識することはできず、モデルを参照しながら再構築しなければならない。三、カフカは日常生活でのさまざまな知覚の印象を、テクストのなかで力動的な連続体として連結し、それによって映画の映像のように構成する。四、映画的イメージとテーマが、叙述のモデルとして引用される。それは文学作品のストーリーにフィクションの範例を提供し、その方法において新しいテーマを供給する。五、映画のモティーフを翻案することにより、しばしば観察のプロセスを表現することへの集中が生み出され、それによってメタフィクション的次元が獲得される。その次元は、映画の場面の中心的要素としての観察行為が、文学では観察の対象となるという事実の内にある。六、キネマトグラフ的叙述とは、反心理学的叙述である。それは初期の映画という背景のもとに、身振りと表情を通じて「表層の美学」（クラカウアー）を現出させることによって、人物を操る衝動を外面化するものである。七、本質的に映画は、カメラの視界という視点的要素を経由して叙述のなかに入りこむ。カメラの視界は、俳優の位置（物語論的にいえば、内的な焦点化の位置）を占め、コメントは加えず、さしあたっては〈冷たく〉事件を眺める。八、映画は人物の情動的状態への集中を可能にすることにより、文学テクストに緊張を高める新しいテクニックを贈与する。人物の情動的状態は、その原因をつくった者への〈リヴァース・ショット〉を用いることなく提示される。

カフカは、映画というメディアに特有の知覚テクニックを文学に援用することにより、〈キネマとステレオスコープの統合〉を放棄する。カフカ文学は、むしろメディアの純粋性に依拠している――彼のテクストには、パノラマの静止画もしくは映画の力動的な映像は存在しているが、対象とともに位置を変え、被写体の静止性を変化のうちにとらえる「解き放たれたカメラ」(6)の視点はない。本書で検討した例は、カフカが文学による運動の知覚の表現をおこなう際に、映画脚本や演劇だけでなく、テクスト、ステレオスコープ、映画のドラマトゥルギーのいずれを投入してもよいメディア間の差異の精密な省察をよりどころとしていたことを明らかにする。注目すべきなのは、カフカが選択した叙述の方法が、さまざまな映画形式（たとえば映画の前段階としてのカイザーパノラマ）の構造化の機能を吸収し、利用していることだ。このような方法で、加速された運動の映画における合理的使用が、初期の散文での交通の描写や『失踪者』の逃亡場面、そして『審判』のなかへ流れこんでいるのだし、『兄弟殺し』は、挿入字幕の文体、脚本の形式、演劇的身振りをグロテスク喜劇に変えるという映画特有の変換を反映した作品であった。『猟師グラッフス』の断片の冒頭部は、パノラマ写真の美学を受け継ぎ、リーヴァの港の停滞した雰囲気を描写するのに使用する。同じ意味において長編『城』は、緊迫感の構築と不安のドラマトゥルギーという映画美学的形式を採用する。それは、ショットの切り替えを遅らせ、視界を狭く限定することによって生み出される。このようなきわめて多彩な映画の応用の前提となるのは、カフカがキネマトグラフ的・ステレオスコープ的なイメージ生産のモデルを注意深く検討したということだ。その検討のおかげで、特殊なジャンルとテクニックについての正確な判断が可能になったのである。

カフカが映画的な執筆をおこなっていることは、モティーフとイメージのレベルよりもむしろ、叙述の構造の領域それ自体において明らかになる。何世代もの研究者たちがカフカ作品において、不審の念を抱かせるもの、グロテスクなもの、あるいは悪夢のごとき超現実的なもの、といったレッテルを貼ってきた要素は、映画の映像およびステレオスコープの写真を基本に忠実に叙述の進行に応用したことから生み出されたものであることが多い。カフカのテクストが解き放つ刺激とは、何よりもそのようなイメージの計画的使用に起因する知覚の刺激である。カフカの散文が、その内部においてさまざまな意味が永続的に循環しているかのような印象をもたらすとするなら、(7) その効果は語りの進行に密着する空想上のカメラアングルが変更された結果でもある。

映画がもたらした「途方もない楽しみ」とカイザーパノラマから生まれた「喜び」は、カフカの詩的想像力にとって、本質的な推進力となる刺激を生んだ。(8) マックス・ブロートが一九〇九年という早い時期のエッセイで言及した「キネマトグラフ的記憶(9)」は、同じように瞬間の捕捉、スチル写真および叙述のシークェンスをもたらした。日記および初期の散文は、映画から応用したテクニックをテストし、のちにそれらは、より大規模な作品のなかに移植された。映画的・ステレオスコープ的記憶は、実験的な中間段階を経て、カフカの物語のなかでよみがえる。それらが、ほかのジャンルもしくはモデル――演劇、スチル、挿入字幕、写真――と結びつくこともまれではない。ここで驚くべきなのは、映画がしばしば諸ジャンルの中心となり、視点の決定に関する文学的技術をテクスト内で調節する役割を果たしていることだ。詩的フィクションは、非日常的なまなざしを事物に向けることを可能にするために、映画的な観察方法に従属する。

カフカのキネマトグラフ的叙述は、複数メディアによる生産的な相互作用の結果であり、それは、文学的知覚の独自の流派を成立させている。[10] その流派は、多種多様な社会的地勢図の内部での運動の経過を新しい方法で眺めるという点において、近代の形而上学とも呼ぶべき心理学とは無縁である。そのような視覚は、主体と社会、時間と空間、感情と理性が過去に知られていなかった方法でイメージのなかに入ってくるような、詩的フィクションの変化形式をも生み出す。このことを明らかにするのが、カフカが映画的に叙述した物語の芸術革新能力である。そのような物語を書くことを可能とするために、カフカは一九〇八年に書き記したように、「キネマトグラフのために生き続ける」[11] 必要があった。

*

カフカ映画化の（不）可能性――解説にかえて

瀬川 裕司

フランツ・カフカが黎明期からの映画に親しみ、ある時期までは熱心に映画館に足を運んでいたことはよく知られているだろう。あまり見に行かなくなってからも、彼はポスターや広告に気を配り、どんな映画が街で上映されているかをつねに把握していた。カフカがじっさいにどのような作品を観たかについては、ハンス・ツィシュラーによる情熱的な研究（『カフカ、映画に行く』）があり、また多くの研究者が、彼の作品のなかに映画から受けた箇所を指摘する作業をおこなってきた。

たしかに、カフカを読んでいると、これはまるで映画そのままではないかと感じさせられるような描写にひっきりなしに出合う。クロースアップを思わせる異様な細密描写、滑稽な身ぶりの強調、前後とつながりのない風景描写の挿入、スラップスティック的な展開といった要素は、私たちにカフカが〈映画の時代〉の芸術家にほかならないと確信させるに十分である。またいっぽうで、〈夢の論理〉に導かれているカフカ作品の世界は、まさに夢に似ていることにおいて、映画芸術ときわめて近しい関係にあるように思われる。カフカの小説を読んだ映画監督とか製作者といった人々が、すぐにでも映画化したいという欲望にとらえられることは十分に理解しやすいし、まさにその通り、〈カフカ映画〉は数多く生み出されてきた。

だが、その作家の小説を下敷きに映画を撮れば、それだけで〈カフカ的〉な作品ができあがるかといえば、ことはそう単純ではない。たとえば、ペーター・ハントケのような作家の小説なら、『ゴールキーパーの不安』の校正ゲラを読んで「映画そのものだ」と感じた親友ヴィム・ヴェンダースが、一センテンスを一ショットに構成するというかたちで作品を映画化し、観客もまたそれを〈忠実な映画化〉として納得するといったことも可能だった。だが、これまでの作品を見るかぎり、カフカにおける文学から映画への変換は、そのようにスムーズには進行してこなかった。なぜ、一見すると「映画的な」カフカの小説を映画にするのが容易でないのか。代表的な〈カフカ映画〉を検討する作業を通じて、カフカ作品と映画の関係について考えてみたい。

誰もが知っているように、文学作品の映画化とは、監督や脚本家、あるいは俳優なども加わっての解釈の試みである。その解釈は、けっして時代と無縁ではありえない。さらに、のちにつくられた映画ほど、先行作の存在を意識しなければならないという宿命もあろう。いかなる文学作品にもいえることだが、とりわけ多様な読みを誘発してきたカフカ作品の場合、原作にどのようなスタンスで臨むかによってまったく異なった映像作品ができあがるのは当然のことだ。以下では、監督のスタイルに強くひきつけた例、原作に「忠実に」映画化した例、作家の実人生と作品のイメージを借用して〈カフカ映画〉をつくった例の三つの場合について考えてみたい。「忠実な映画化」をどう定義するかについては微妙な問題があるが、この点についてはあとでふれたい。

監督の作家性にひきつけた〈カフカ映画〉

まず、これまで一貫してもっとも有名な〈カフカ映画〉であり続けているオーソン・ウェルズ『審判』(一九六二)は、見逃しがたく時代の刻印を押されたフィルムとして知られている。つまり最初に書いてしまうなら、これは〈核の不安の時代〉に撮られた、実存主義的解釈に基づく作品だということだ。

強烈なコントラストの支配するモノクロ映像は、表現主義のそれを思わせる。人物は、つねに暗い室内から亡霊のごとく浮き上がって見える。頭がつかえそうなほど天井が低く見えるKのアパートの周辺は、爆撃を受けた直後であるかのような荒れ地だ。神聖なる教会には剝き出しの鉄柱が林立し、廃屋のように見える。多くの場面は、工場のような広い場所に人物がひとりかふたりだけ、といった空虚さを基調としているが、巨大コンピューターが君臨し、数百人もの社員が整然と並んだ机でタイプを打っているオフィス、立錐の余地もないほど多くの人々がひしめき合う審問の部屋など、息苦しいほど人口密度が高い空間もある。カメラはごく低い位置か、人物の頭上にあるかであり、いずれにしても極端なアングルからの映像が連続する。作品世界のすべてを技巧的な不自然なものとして構築したこの映画では、観客は最初から最後までおちつかない気分を強いられる。

また、ウェルズは原作のかなりの部分を削り、また変更を加えている。冒頭で数枚の絵とナレーションによって「掟の門」のエピソードを紹介し、さらにラスト近くで、立っているKに重ね合わせるかたちでスライド映写しながら、(聖職者ではなく)弁護士役のウェルズが解説をおこなうという構成にしていることは、その監督が「掟の門」を『審判』の解読法を示すものと考えて重視していることを示している。ふたりの処刑人が現われる門が、直前に示された「掟の門」と酷似しているのも当然だといえる。

それにしても現在の観客が驚くのは、当時の〈時代〉を感じさせる部分、たとえば、どう見ても強制収容所にしか見えない、半裸の痩せこけた老人たちが数字の書かれたカードを首にかけて立ちつくしている場面、処刑人が原作のようにナイフで刺すことをせず、Kに爆薬を投げるとものすごい煙があがり、ほかならぬ〈キノコ雲〉の静止映像が示されて映画が終了することなどであろう。このようなものに直面した観客のほとんどは、次のようなメッセージを受けとらざるをえまい。すなわち、この狂った世界に生きている人々は、すでに死刑宣告を受けていることに気づかないだけであり、核による〈審判〉のもとには等しく無力である、と。ウェルズは主人公Kの犠牲者性をもっぱら強調しており、喜劇性などはほとんど感じられない。

次に、映画作家が自らの独自の芸術世界にカフカ作品を強引に引き入れたことで知られるのが、ストローブ／ユイレの『アメリカ』（一九八四、原題は『階級関係』）である。この映画について語るのは、彼らの他の作品と同様、なかなか難しい。まず、「忠実性」についての判断が容易ではない。ストローブ／ユイレは人物が発する言葉にはほとんど手を加えずにシナリオを構成しているが、それらは異常なリズムとイントネーションで発話されるために、まったく血の通った人間が話しているように聞こえない。そもそも、ストローブ／ユイレなら、あの長大な原作のすべてを映画化することも不可能ではなかったようにも思われるが――テレビ局等の出資者がそれを許さなかったのであろう――全体は大幅に切り詰められ、ダイジェスト版のようになっている。また、冒頭にはニューヨーク入港の映像があるが、わざわざ現地で撮られた映像には、なんとヘリコプターが飛んでいる。しかもそれ以後の、ごく一部を除いてはドイツで撮影された部分では、どう見ても新大陸とは思えない環境のなかで主人公はさすらうことになる。人物たちの服装、家具調度なども二〇世紀はじめの米国のそれに合わせようとする努力はほとんどおこなわれていない。また、映像構成という点では、息苦しさのただよう室内場面を圧倒的に多くし、違和感があるほどにクロースアップとオフの音声を頻繁に用い、〈自然さ〉とはほど遠い印象が生じるようになっている。

その結果、観客はテクストそのものへの注意を余儀なくされ、ひとつひとつの言葉を聞き流せなくなる。また、俳優の硬直した演技は、よくいわれるような〈カフカ的身ぶり〉をいっそう際立たせる。こういった意味では、台詞の異常なリズムも、独自のかたちでカフカのテクストに「忠実に」あろうとした試みであるという評価も可能である。そしてこの映画は、〈文学の映画化〉といえば何よりも「忠実さ」という観点ばかりを基準として作品を見極めようとしがちな観客の姿勢に揺さぶりをかけているともいえる。ただし私たちは、ストローブ／ユイレはこうした創作原理を『アメリカ』以外の作品でもまったく同様に採用していることを知っている。硬直した台詞回しも、時代考証に無頓着な態度も、特にカフカ用に考案された手法ではないのだ。ストローブ／ユイレは、彼らの得意とする強固な前衛的スタイルのなかへ、カフカ文学を変換したというべきだろう。

「原作に沿った」姿勢での〈カフカ映画〉

一九九〇年代に入り、東西陣営を隔てていた〈壁〉が壊れたことは、二〇世紀はじめの面影を強く残すプラハという都市の映画背景としての価値を西側の映画会社に再認識させた。デイヴィッド・ジョーンズ監督、ハロルド・ピンター脚本による『トライアル』（一九九二）は、あとでふれるスティーヴン・ソダーバーグ『カフカ』（一九九一）とともに、このようなトレンドのうちに撮られた映画と理解されている。

『トライアル』は、わが国で公開されたさいにはほとんど話題にならなかったが、なかなか興味深い点のあるフィルムである。ジョーンズとピンターの目指したのは、カフカの『審判』を余計なイマジネーションをつけ加えずに再現すること、そして全体を今日の観客が楽しめるような娯楽的映画とすることだった。実在の歴史的建造物が多く背景を飾っているのみならず、室内装飾や衣装においても細部まで一九一〇年代のプラハを再現すべく努力がなされている。ウェルズ版のような歪んだ背景はなく、人物の設定や事件の順序も原作を尊重している。時間経過は矛盾のないものに感じられ、さまざまに裏で繋がり合っている役所等の驚嘆すべき空間構造も、日常的とはいえないとしても、不自然ではなく思える。〈どこでもない場所〉を空想するのではなく、カフカがじっさいに生きていた当時のプラハ——彼の作品中によく出てくる奇妙な建物や路地が、空想の産物ではなく現実としてその街に存在していたのは周知の通りだ——を再現することで、説得力ある作品世界が現出しているといってよい。

ここで重視されたのは、長年にわたる〈解釈〉によって厚みを増している神秘のベールをとり去り、剝き出しのかたちでカフカを映像化する試みだった。ジョーンズとピンターは、世の「カフカ的」と呼ばれる映画がしばしばそうであるような、「すべては夢のなかの出来事だった」という印象がけっして生まれないように強い決意をもっていたように見える。犠牲者として次第に狂気に駆り立てられていくウェルズ『審判』のアンソニー・パーキンスとは異なって、ここでのカイル・マクラクレンはつねに傲慢さを発散し、不可解な事件が連続するにもかかわらず奇妙な落ち着きを見せている。そのことがKという人物の本来の滑稽さを際立たせ、映画の全体は深刻ながらもかなり喜劇的な色彩を帯びることになった。

また、このフィルムで特に強く感じられるのは、女性の存在感が大きいことだ。もちろん、原作においても女性の役割は大きなものだったわけだが、『トライアル』の女たちは、Ｋが活動空間を変えるさいの実質的な導き手もしくは誘惑者として決定的な存在に感じられる。物語は、Ｋが次々と女性に誘惑されては、父親的な存在によって排除されるというプロセスの反復として展開される。いいかえれば、この映画は〈女性的なもの〉によって曖昧に惑わされ、そのたびに〈父権的なもの〉に敗北するという力学に支配されており、しかもその女性たちは、格別に魅力的に造形されている。その結果、『トライアル』は、数ある〈カフカ映画〉のなかでも突出してエロティックな映画になった。これもまた〈解釈〉のひとつにはちがいあるまいが、いずれにせよ、商業映画の制約のなかで「忠実さ」を実現しようとした成果は評価してよいように思われる。

それに対して、さらに「忠実さ」を徹底しようとしたのが、オーストリア人映画作家ミヒャエル・ハーネケによる『城』（一九九七）である。あらためてカフカの映画化作品を概観してみると、早い時期のものほど抽象的で強い〈解釈〉が感じられ、近年のものほど「忠実な」方向をめざしているという事実はまことに興味深い。多くの点で、『城』は目下のところもっとも「忠実な」映画化の試みといってよいように思われる。ハーネケは、わが国での知名度はあまり高くないが、現在のドイツ語圏で最高の評価を受けている監督であり、『城』はテレビ映画として製作され、限定的なかたちで一般映画館でも上映された。このフィルムも長大な未完小説を、場面を飛ばしながら再構成するかたちになっているが、台詞そのものはほぼオリジナルのままである。ここで重要なのは、ハーネケが〈カフカ映画〉としてははじめてナレーションを入れていることだろう。これは、カフカのテクストの

〈地の文〉を俳優ウード・ザーメルに淡々と読ませたもので、しばしば俳優たちの語っている台詞に覆いかぶさってしまうこのナレーションが、実に効果的であることには驚かされる。周知のように、カフカの小説で読者を困惑させ、それと同時に強く惹きつける要素のひとつは、主人公が事前に考えていたことや本当に望んでいたこととはまったく異なっていることを口にしたり、おこなったりしてしまうときの〈落差〉にある。この〈落差〉は、映像化をおこなう場合、単純に俳優に台詞を語らせただけでは、当然ながら消え落ちてしまう。ナレーションを入れることは、多少は説明的な印象を生むとしても、その〈落差〉を再現し、内心の葛藤の表現を可能とするのである。

この映画の大きな特徴は、つねに静けさが保たれているという点だ。音楽が流れるのは、飲食店の主人がラジオをつけたとき——このラジオは原作にはないものだが、聞く者をいらだたせるノイズとして強く印象に残る——と、村の楽師が演奏をする短い場面だけで、伴奏音楽はいっさい加えられていない。カメラは、Kが屋外を歩く場面を除いてほぼ固定されている。二〇年代の田舎の集落という設定の背景も、シンプルながら説得力がある。電灯や蠟燭以外の照明を用いなかった室内の映像も、演出と調和がとれている。俳優陣も、K役のウルリヒ・ミューエを筆頭に実力派で固められているが、特に素晴らしいのは女優のキャスティングである。やはり、主人公が女性たちに翻弄され続ける物語として読めるこの原作を映画化するにあたり、平凡な監督なら、ためらいなく〈美人女優〉を起用するところだろうが、ハーネケは、どちらかといえば貧乏くさい役を得意とする演技派、ズザンネ・ローターらをあえて揃えた。これにより、確実に物語に凄みが増した。主人公が典型的な〈美人女優〉の言葉に惑わされても観客は当然だと受けとめるだけだが、まったくそんなタイプではない女優に翻弄されてしまうことにより、横滑りばかりしているようなKの軌跡の滑稽さが鮮明となるのである。

なお、ここでは城とか集落の遠景はまったく示されない。それらしいものとしては、飲食店のドアに張られた町の絵が一枚、目にされるだけだ。Kが歩く場面は多いが、いつも同じ場所ばかり歩いているようであり、何らかの目的地に近づいているようには見えない。また、原作に関して議論されてきた最大の問題のひとつ、Kは本当に〈城に招かれた測量士〉であったのかという点については、ハーネケの映画では、Kはただの浮浪者であったのに、咄嗟についた嘘のために抜け出しがたい蟻地獄のような世界に幽閉されてしまったとしか感じられない。これは、監督が特にそのように意図して演出したというよりも、原作を字句通りに映像にしていった結果として生じた必然的な現象のように思われる。ハーネケがカフカをよく研究していることは、作品の随所にうかがわれる。原作をいわば圧縮しながら、重要な〈眠り〉という主題や、手紙や文書、電話といった〈通信〉の問題、Kという人間像の道化性などは鮮明に浮かび上がるように構成されており、熱心な読者であればあるほど期待を裏切られない映画作品だといえる。

イメージを借用した〈カフカ映画〉

映画史上には、カフカ文学とは直接の関係がなくとも〈カフカ的〉と呼ばれる作品が無数に存在してきた。カフカの作品世界が映画というメディアと特別に相性がよいことには誰もが気づいているだろうが、なかにはまったくカフカとは似ても似つかない映画がそう呼ばれているような例もないではない。ここでは一種特殊な作品、ソダーバーグの『カフカ』(一九九一)に言及してみたい。この映画はいわゆる〈文学の映画化〉でも伝記映画でもないが、フランツ・カフカという作家について一般に抱かれている印象が乱暴に投げこまれているという点で非常に面白いので、簡単に見ておこう。

カフカの日常生活は、彼の作品と同じように謎めいており、寓話的であったはずだと考えたというソダーバーグと脚本家レム・ドブスがたどり着いたのは、カフカの全作品と伝記的事実とをシャッフルし、それらしい一本の娯楽映画にまとめ上げることだった。主人公の、労働者災害保険協会に勤務する小説家カフカは、無政府主義者だった親友が殺害されたことから事件に巻きこまれる。街を見おろす〈城〉(!)に乗りこんだカフカは、恐るべき改造人間をつくろうとしている医師の陰謀を粉砕する……。このようなストーリー展開は誰の目にも愚かしいものだが、映像という点では、プラハ市街でのロケをたっぷりとおこない、曲がりくねった路地などを活用しているし、時代考証も精密におこなわれているようだ。室内の構造は、タイプライターの載った机が無数に並ぶオフィスをはじめ、ウェルズの背景を参考にしたと思われる部分がかなりあるが、非現実的な印象は薄められている。

ソダーバーグが「カフカ」というラベルの貼られた目録からとり出した雑多な要素、たとえば主人公が毎晩父への手紙を書き綴っていたり、ハンカチに血を吐いてみたり、アナーキストと交流があったりすること、婚約者らしき人物が現われたり、滑稽なふたり組の助手をつけられたりすること、エードゥアルト・ラバーン、グルーバッハ、ロスマンといったカフカ作品でおなじみの名前の人物が登場すること、いかにも〈官僚主義の象徴〉という感じの〈城〉の内部構造、街はずれの荒地でふたりの男がひとりをナイフで処刑する場面などは、カフカの読者なら既視感を覚えるものばかりであろう。作品を読んでいるさいに、私たちには主人公とカフカ自身とがだぶって感じられることも多いという意味では、この映画の主人公を〈カフカ的世界をさすらうフランツ・カフカ〉に設定したことは悪くないように思える。奇妙なアングル、繊細な照明も悪くはない。ずっとモノクロだった映像が、

〈城〉の場面だけ唐突にカラーになるというアイディアも捨てたものではない。だが、やはりこの映画が示しているのは、どれほど〈カフカ的〉要素をモザイクのごとくに隙間なく並べても、その総体はカフカ文学から遠ざかるばかりだったという残酷な事実ではないか。伝記的事実をたっぷりとり入れて人格化したはずの主人公は、最初のうちは容認できるのだが、途中からアクションスターのように振舞うために、違和感以上のものを生ぜしめてしまう。この映画は『トライアル』とは対照的に、露骨に〈悪夢的雰囲気〉とでも呼ぶべきものを全編に漂わせており、〈城〉で進行する陰謀もカフカの冒険もすべては夢かもしれないという可能性を残している。しかし、そのことと〈事実〉の部分がしっくりと適合しない。執筆に苦しむ作家の見た幻影という点では、やはり一九九一年に撮られた『バートン・フィンク』（コーエン兄弟）や『裸のランチ』（デイヴィッド・クローネンバーグ）のほうが、よほどカフカの文学世界には近かったかもしれない。

〈カフカ映画〉は可能か

ここで私たちは、人々がどのような映画を「カフカ的」と呼んでいるのかを整理しておくべきだろう。一般的に映画ビジネスの世界では、「カフカ的」という言葉は「悪夢的」「迷宮のような」といった意味で使われる場合がほとんどである。主人公の前に次々と奇妙な事件が起こり、どこまでが本当にあったことかもわからなくなる。時間や空間に対する感覚がすっかり狂い、何ひとつ確かなもののない世界で、主人公は際限のない不安の地獄へ沈んでいく、そんな感じが「カフカ的」とされているようだ。もうひとつの〈官僚主義による個の圧殺〉という要素は、必須条件ではない。さらに、やや濫用気味のものとしては、ある日、主人公が身に覚えのない罪を着せられるミステリーとか、酒類や薬物のために周囲の事物が生き物のように見える、といった物語にも「カフカ的」という言葉が冠されることがある。もちろん、こういった言葉の用法は、カフカ文学を〈あらすじ〉でしか知らないような配給会社の担当者や評論家、それに一般大衆が定着させてしまったものではあろう――そして、ソダーバーグの『カフカ』も、映画の出来はさておき、そのレベルのカフカ理解に立脚するもののように思われる。

では、過去のカフカの映画化作品は真の意味で「カフカ的」たりえただろうか。結論からいえば、「忠実な」ものにせよ、「作家性にひきつけた」ものにせよ、カフカの文学は映像化されるたびに驚くほど多くのものを失ってしまう、というのが率直な印象である。

まず、周知のようにカフカの小説は、主人公の視点から語られるのを原則とし、しかもときおり、何の断りもなく視点がずらされることにより、独特の〈揺らぎ〉が起こることを特徴としている。だが、そうしたものも映画にされると、全体に平板で客観的な印象になってしまう。主人公自身のナレーションでも入れなければ、〈揺らぎ〉も生じようがない。カフカの小説を読む者は、とりあえずまったく信頼を置くことのできない主人公への随伴を余儀なくされ、いってみれば彼の肩越しに世界を見つめる位置に置かれるが、それと同時に、作者自身もこの不安定な主人公と同様に物語の結末を知っておらず、試行錯誤しながら執筆を進めているにすぎないのではないかという感覚に襲われる。だからこそ、さりげなく挿入されているエピソードや、その時点では意味不明だが、伏線めいたものに感じられる出来事のひとつひとつ――それらは何の解決もつけられずに放置される場合が多い――にも、読者は気を抜くことができない。このように、カフカの読者は、どこまで自身の戦術を把握しているのか定かでない作家による情報操作とつねに戦わなければならないのだが、作品を映画にすると、そうしたいっさいは消滅せざるをえない。こうした意味では、カメラ位置すなわちアングルを同じにしたまま、レンズを換えた映像を重ねることで微妙なまなざしの動揺を観客の視覚にもたらすストローブ／ユイレの手法は、一定の効果をあげていたといってよいだろう。

そのほかにも、映像化によって失われるカフカ文学の魅力は少なくないように思われる。具体的な例を挙げると、たとえばカフカは「あたかも〜のように」という表現を多用する。それは、単に何かを何かに喩えているというよりも、ある身ぶりや行動に対して、語り手やそれを観察していた者などの心の動きや意見をつけ加えるための重要な機能をもつ表現にほかならない。しかし、このニュアンスもまた、ナレーションをつけないかぎり映画になると消えざるを得ないのだ。また、カフカの長編における名物といってよい、複数のページにまたがってひとりの話者が休みなく言葉を続けるというあの冗漫な台詞も、一般劇場での上映やテレビ放映を目的として映画をつくろうとするなら、削除せざるをえない。ひとりの俳優が、中断なく数分間も話すといった場面に耐えられる観客も、それを許す出資者も、通常はいないからだ。この点においては、ストローブ／ユイレですら例外ではなかった。しかし、それはカフカ文学には欠かせない重要な要素である。読んでいるうちに、自分はいったい何を読まされているのだろうか、と頭が痺れてくるような感覚を覚えながら、しかし読み飛ばすことのできない、あの拷問のようなテクストが抜け落ちてしまうことの意味は、単なる〈短縮化〉にとどまらないであろう。

しかし、この映像化に伴う〈欠落〉のうちでももっとも問題が大きいのは、主人公の内的葛藤が曖昧になってしまうことではあるまいか。カフカ文学が読者を惹きつける要因のひとつは、それが〈誤った選択〉の物語だという点にある。誰のものであろうと、人の一生は〈ここでどちらを選ぶか〉

という選択肢の連鎖から成っているわけだが、カフカの主人公は、たいていは冒頭から抜き差しならぬ状況にあり、そこからなんとか逃れようともがくことを使命としている。主人公はさまざまな人に出会い、いろいろな働きかけをおこなうのだが、それらはすべて不適切なものであるように読者には感じられる。いってみれば、次々と与えられる二者（以上の）択一問題のうち、主人公はつねに誤答のほうを選んでしまうことにより、あらゆる可能性のうちで最悪の道を突き進んでいくのである。そのたびに、多少の感情移入から自由でいられない観客は、例の〈主人公の肩口の視点〉から、ああ彼はまたやってしまったのか、という失望と快感が混じったような感情に襲われることになる。このように、主人公がどんどん細くなる望みのない袋小路に入っていくようなプロセス、そのような八方ふさがりの被拘束状態に読者を追いこむ作用が、カフカ文学の根幹にある。だからこそ、その作家は主人公の身動きのとれなくなった長編を未完のまま放置するか、主人公を殺すしか作品にエンドマークを付すことができなかったのである。ところが、それらが映画化されると、〈忠実な映画化〉をめざした『トライアル』や『城』がそうであったように、主人公は、ただ単に傲慢な態度で意味不明な暴走をしているように見えてしまう。それは、映画の観客はカフカの小説を読むときのように主人公に密着していることができず、また原作を読むときのように、ひとつひとつの選択におけるKの心の迷いを知り、それを〈誤った選択〉として歯ぎしりをするような気持ちにはなりえないためだ。その結果、これまでのカフカ映画化作品の主人公たちは、いずれも仏頂面の、あまり真剣に悩んだりしない人物に変容し、観客もまた、原作には存在した、あの真綿で首を絞められていくような感覚を奪われてしまうのである。

逆に、従来カフカの原作が〈映画的〉だといわれてきた点、すでに触れた〈視点の揺らぎ〉のほか、チャプリン的ともキートン的ともいわれる誇張された滑稽な身ぶり、物語の展開とは無関係に思われる風景描写の挿入、クロースアップを思わせる細密描写の多さなどは、映画化されるとそれなりに「忠実な」印象をもたらしてきたようだ。ただし、描写に関しては、カフカ文学では、何もかもが細密描写してあるわけではないという問題があった。つまり、その作家の語りの特徴は、ある対象を異常なほどの熱意でくわしく描写したかと思うと、次に言及した対象は極端にそっけない扱いしかしないという偏りにある。このとき読者の前にあるのは、任意の部分のみが鮮明で、あとは焦点がずれてぼやけているような、奇妙な世界像である。このような、まさに夢のなかにしかないような空間は、カフカ文学の大きな魅力のひとつであったはずだ。しかしこの特色も、映画化というプロセスを経ると、二〇年代の吸血鬼映画のスタイルを借用したかのようなウェルズ『審判』を除いては、映像の隅々までがクリアになるため、ほぼ消え失せてしまう。〈夢のような映画〉を撮ろうとする努力は、これまで多くの映画作家によってなされてきたわけだが、ことカフカに限っては、その〈夢のような内面生活〉を真に変換することはきわめて難しいといわざるをえない。

もちろん、映画と原作とは互いに独立した芸術であり、それぞれを尊重すべきだという意見に反論するつもりはない。最後にもうひとつ書かせていただきたいのだが、カフカの文学はよくいわれてきたように〈映画に似ている〉よりも、別のものにもっと似ているのではないかと私は考えている。ここで思い出すのは、カフカが一九一一年二月の旅日記に書いた、「キネマトグラフよりも生き生きとしている写真。なぜなら、写真はまなざしに現実の安らぎを与えるからだ。キネマトグラフは人々が見つめる対象に、運動による落ちつきのなさを付与するが、僕にはまなざしの安らぎのほうが重要に思える」という記述である。このとき彼が賞賛したのは、一定の時間をおいて変化するステレオ撮影写真を個々の客が覗き見るという〈カイザーパノラマ〉の装置であった。カフカは、一瞬の隙もなく次々と映像が移り変わる活動写真よりも、ささやかな立体感があって、じっくりと細部まで見つめることのできるパノラマのほうが自分には合っていると思ったのである。マックス・ブロートが、カフカは日常的な出来事などもひとつの絵＝映像としてとらえていたと証言しているように、その作家はキネマトグラフとしてよりも、いってみれば〈生きたタブロー〉として思い浮かべた情景を、ひとつずつコマ送りするようにしてスケッチしながら小説を書き進めていったのではないか。彼はたしかに〈映画の時代〉に生きた人であり、映画からもさまざまな影響を受けたにちがいないが、その作品世界は、〈映画の祖先〉のひとつであるパノラマスコープに近いように思う。ウェルズは、『判決』において〈掟の門〉の挿話をスライド上映というかたちで表現した。カフカを視覚化する試みは、ナレーションつきのカイザーパノラマといったような、じっくりと絵＝映像を観察する余裕がある場合にこそ、真に「カフカ的世界」に近づくのかもしれない。

（『ユリイカ』二〇〇一年三月号［青土社］より転載）

カフカと映画

二〇一三年三月一一日 印刷
二〇一三年四月一日 発行

著 者 ペーター＝アンドレ・アルト
訳 者 © 瀬川裕司
発行者 及川直志
印刷所 株式会社三陽社
発行所 株式会社白水社
東京都千代田区神田小川町三の二四
電話 営業部 〇三(三二九一)七八一一
編集部 〇三(三二九一)七八二一
振替 〇〇一九〇―五―三三二二八
郵便番号 一〇一―〇〇五二
http://www.hakusuisha.co.jp
乱丁・落丁本は、送料小社負担にてお取り替えいたします。

誠製本株式会社

ISBN978-4-560-08274-4
Printed in Japan

訳者紹介

瀬川 裕司（せがわ　ゆうじ）
明治大学教授。専門はドイツ文化史・映画学。
著書に『ビリー・ワイルダーのロマンティック・コメディ』（平凡社）、『映画都市ウィーンの光芒——オーストリア映画全史』（青土社）、『美の魔力——レーニ・リーフェンシュタールの真実』（パンドラ、芸術選奨新人賞）ほか、訳書にダニエル・ケールマン『名声』（三修社）、ハンス・ツィシュラー『カフカ、映画に行く』（みすず書房）、ヘルムート・カラゼク『ビリー・ワイルダー自作自伝』（文藝春秋）ほかがある。2003年ドイツ政府ジーボルト賞受賞。

装丁
戸塚泰雄（nu）

組版
中川麻子

原註

オープニング・クレジット

1 全体の描写は以下の通り。「ありきたりの外見と、驚くべき外見。非ユダヤ人女性と非ユダヤ人ではない女性、非ドイツ人女性と非ドイツ人ではない女性、映画に、オペレッタと喜劇に、パウダーとベールに恋している、無尽蔵で尽きることのない数多くのひどく無遠慮な隠語の持ち主、全体としてはきわめて無知であり、悲しいというよりは愉快である——彼女はそういった女性だ」(Franz Kafka, Briefe 1902-1924, [hg. v. Max Brod und Klaus Wagenbach], Frankfurt/M. 1975 [zuerst 1958], S. 252)。

2 Franz Kafka, Gesammelte Werke in zwölf Bänden. Nach der Kritischen Ausgabe hg. v. Hans-Gerd Koch, Frankfurt/M. 1994, Bd. 10 (Tagebücher 1912-1924), S. 204.

3 Max Brod, Franz Kafka, Eine Biographie, Frankfurt/M. 1963 (zuest 1937), S.107.

4 Hanns Zischler, Kafka geht ins Kino, Reinbek b. Hamburg 1996.

5 ひとつの例外をなしているのは、1911年秋にカフカとブロートが共同で構想した長編小説の企画『リヒャルトとザムエル』をめぐる考察である。Hanns Zischler, Kafka geht ins Kino, S. 48ff. 参照。

6 Max Brod, Nachwort zu: Franz Kafka, Amerika, München 1927, S. 262. Max Brod, Franz Kafka, S. 92 (カフカの手紙の描写におけるチャプリン的特徴) も参照。

7 Walter Benjamin, Gesammelte Schriften, hg. v. Rolf Tiedemann u. Hermann Schweppenhäuser, Frankfurt/M. 1972-1987, Band II, S.1198. (このメモは1931年ごろに書かれた)

8 Walter Benjamin, Franz Kafka. Zur zehnten Wiederkehr seines Todestages, Gesammelte Schriften, Bd. II, S. 409-438, S. 436.

9 Theodor W. Adorno – Walter Benjamin, Briefwechsel 1928-1940, hg. v. Henri Lonitz, Frankfurt/M. 1994, S. 95. ベンヤミンはメモのなかに、アドルノの示唆を書きとめている (Gesammelte Schriften, Bd. II, S. 1257)。

10 Theodor W. Adorno, Aufzeichnungen zu Kafka, in: Prismen. Kulturkritik und Gesellschaft, Frankfurt/M. 1987 (3.Aufl., zuerst 1955), S. 250-283, S. 250, 282.

11 Vgl. Wolfgang Jahn, Kafka und die Anfänge des Kinos, in: Jahrbuch der deutschen Schillergesellschaft 6 (1962), S. 353-368, Bettina Augustin, Raban im Kino. Kafka und die zeitgenössische Kinematographie, in: Schriftenreihe der Franz-Kafka-Gesellschaft 2, Wien 1987, S. 38-69, Bettina Augustin,《... dieses graziöse Vorüberhuschen der Bedeutungen》. Film und Kino im Urteil von Prager Autoren, in: Schriftenreihe der Österreichischen Franz-Kafka-Gesellschaft, Wien 1991, S.

1-10, Johannes Roskothen, Verkehr. Zu einer poetischen Theorie der Moderne, München 2002, S. 240ff. (zum *Verschollenen*), Dietmar Schings, Franz Kafka und der Mann ohne Schatten.《Eiserne Fensterläden》– Kafka und das Kino, Berlin 2004, S. 87-100 (Beobachtungen zu einigen filmischen Motiven und Techniken).

12 Oliver Jahraus, Kafka und der Film, in: Kafka-Handbuch. Leben – Werk – Wirkung, hg. v. Bettina v. Jagow u. Oliver Jahraus, Göttingen 2008, S. 224-236, S. 224.

13 長編『失踪者』の映画美学についての予備的考察としては、Hans Dieter Zimmermann, Kafka für Fortgeschrittene, München 2004, S. 93ff. が示唆に富んでいる。

第一章

1 プラハの映画館の歴史については、Hanns Zischler, Kafka geht ins Kino, S. 17, 21. Tschechischer Quellentext dazu: Luboš Bartošek, Náš film I., 1896-1945, Praha 1985 を参照。

2 ルツェルナ・パレスについては、Hartmut Binder, Wo Kafka und seine Freunde zu Gast waren. Prager Kaffehäuser und Vergnügungsstätten in historischen Bilddokumenten, Prag, Furth im Wald 2000, S. 102f. を参照。

3 Max Brod, Kinematograph in Paris (1912), in: Max Brod – Franz Kafka. Eine Freundschaft. Bd. I. Reiseaufzeichnungen, hg. v. Malcolm Pasley, Frankfurt/M. 1987, S. 211.

4 ドイツ一国で、1910年には456、1913年にはすでに2371の映画館が存在した。第一次世界大戦前には、1本の映画が650万人の観客に受容されることもあったと推測される (Hans-Helmut Hiebel u. a., Große Medienchronik, München 1999, S. 353: vgl. Alexander Jason, Der Film in Ziffern und Zahlen. Die Statistik der Lichtspielhäuser in Deutschland 1895-1925, Berlin 1925, S. 21f.)。

5 1907年秋および1908年春にマックス・ブロートに宛てて書いた手紙を参照。Franz Kafka, Briefe 1900-1912, hg. v. Hans-Gerd Koch, Frankfurt/M. 1999, S. 80ff.

6 Vgl. Hartmut Binder, Wo Kafka und seine Freunde zu Gast waren, bes. S. 99ff.

7 Max Brod, Franz Kafka, S. 107. 当時の写真へのカフカの関心については、Carolin Duttinger, Kafka and Photography, Oxford 2007, bes. S. 15ff. を参照。

8 Franz Kafka, Briefe 1900-1912, S. 93.

9 筆者が予備的研究として構想した以下の論文は、以下本書においてより精密に展開されるカフカの映画をめぐる省察にアプローチしたものである。Kino und Stereoskop. Zu den medialen Bedingungen von Bewegungsästhetik und Wahrnehmungspsychologie im narrativen Verfahren Franz Kafkas in: Literatur intermedial. Paradigmenbildung zwischen 1918 und 1968, hg. v. Wolf-Gerhard Schmidt und Torsten Valk, Berlin, New York 2009, S. 11-48.

10 Franz Kafka, Gesammelte Werke, Bd. 9 (Tagebücher 1909-1912)、S. 11. 書き込みにおける映画との関連性については、(日付の誤りはあるものの)Bettina Augustin,《... dieses graziöse Vorüberhuschen der Bedeutungen》、S. 1.が示唆している。Vgl. Hanns Zischler, Kafka geht ins Kino, S. 13, Dietmar Schings, Kafka und der Mann ohne Schatten, S. 87ff., Carolin Duttlinger, Kafka and Photography, S. 37f.

11 Theodor W. Adorno, Aufzeichnungen zu Kafka, S. 252; vgl. Joachim Paech, Unbewegt bewegt. Das Kino, die Eisenbahn und die Geschichte des filmischen Sehens, in: Kino-Express. Die Eisenbahn in der Welt des Films, hg. v. Ulfilas Meyer, München, Luzern 1985, S. 40-49.

12 リュミエールの撮影フィルムは、まず蒸気機関車が停止しないのではないかという印象を生み出す。最初の20秒間、列車は高速で観客に接近し、そのあとでようやく走行の速度が遅くなっていることが認識できる。

13 Vgl. Siegfried Kracauer, Theorie des Films. Die Errettung der äußeren Wirklichkeit. Vom Verfasser revidierte Übersetzung v. Friedrich Walter und Ruth Zellschan, hg. v. Karsten Witte, Frankfurt/M. 1985 (= Theory of Film. The Redemption of Physical Reality, 1960), S. 58.

14 Dorit Müller, Gefährliche Fahrten. Das Automobil in Literatur und Film um 1900, Würzburg 2004, S. 173, 179f. における刺激的な論考を参照。

15 Oliver Jahraus, Kafka und der Film, in: Kafka-Handbuch, S. 225f. 近代の知覚理論の傾向については、Andreas Härterer, Schutzmann und unendlicher Verkehr. Neuerscheinungen der Kafka-Forschung, in: Monatshefte für deutschsprachige Literatur und Kultur 98 (2006), Nr. 1, S. 111-127を参照。

16 Franz Kafka, Gesammelte Werke, Bd. 12 (Reisetagebücher) S. 16. この文章は、1911年に成立するカフカとブロートが共同で執筆した小説断片『リヒャルトとザムエル』のなかに直接受け継がれている(Franz Kafka, Gesammelte Werke, Bd. 1 [Ein Landarzt und andere Drucke zu Lebzeiten], S. 333)。

17 Franz Kafka, Gesammelte Werke, Bd. 12 (Reisetagebücher), S. 22.

18 Max Brod, Kinematographentheater, in: Die neue Rundschau. Jg. 20 (1909), Bd. I, S. 319-320, S. 319; vgl. M. B., Über die Schönheit häßlicher Bilder (1913), Wien, Hamburg 1967, S. 73-77, S. 73f. ブロートのエッセイは、Fischer VerlagのDie neue Rundschauにはじめて掲載された映画関連の記事であった。

19 Christa Baumgarth, Geschichte des Futurismus, Reinbek b. Hamburg 1966, S. 27.

20 1915年以後になってようやくSpielfilmにとって代わられるKinodramaという概念をめぐっては、Joseph August Lux, Das Kinodrama, in: Bild und Film 3, 1913/14, Nr. 6, S. 121-123; Wiederabdruck in: Prolog vor dem Film. Nachdenken über ein neues Medium 1909-1914, hg. v. Jörg Schweinitz, Leipzig 1992, S. 321-323 およびThomas Koebner, Der Film als neue Kunst, in: Th. K., Lehrjahre im Kino. Schriften

zum Film, St. Augustin 1997, S. 11-48, S. 20f. を参照。それに対して、ウルリヒ・ラウシャーのKinodramaをKinoballadeに置き換えようという提案は、受け入れられなかった(Ulrich Rauscher, Die Kino=Ballade, in: Der Kunstwart Jg. 26 [1913], Erstes Aprilheft, S. 1-6)。

21 Kurt Pinthus (Hg.), Das Kinobuch (1913), Zürich 1963, S. 71. 当時の事情については、Wolfgang Jahn, Kafka und die Anfänge des Kinos, S. 354; Bettina Augustin, 《...dieses graziöse Vorüberhuschen der Bedeutungen》、S.2f.; Peter Sprengel, Geschichte der deutschsprachigen Literatur 1900-1918. Von der Jahrhundertwende bis zum Ende des Ersten Weltkriegs, München 2004, S. 33 を参照。

22 Kurt Pinthus (Hg.), Das Kinobuch (1913), S. 40, 43, 78ff.

23 Ludwig Rubiner, Friedrich Eisenlohr, Livingstone Hahn, Kriminal-Sonette, Leipzig 1913; Nachdruck, Stuttgart, Bern, Wien 1962. *Die Texasbahn* (S. 82) では、運動というテーマがとりわけ明確に現われている。ルービナーのソネットとあるエピソード映画の類似性については、Fritz Güttinger, Der Stummfilm im Zitat der Zeit, Frankfurt/M. 1984, S. 30 を参照。

24 Fritz Güttinger, Der Stummfilm im Zitat der Zeit, S. 31. による。

25 この作品に関しては、Dorit Müller, Gefährliche Fahrten, S. 173 (Anm. 59) を参照。

26 Dorit Müller, Gefährliche Fahrten, S. 171 における題名の列挙を参照。メスターに関しては、Siegfried Kracauer, Von Caligari zu Hitler. Eine psychologische Geschichte des Films. Übers. v. Ruth Baumgarten u. Karsten Witte, Frankfurt/M. 1979 (From Caligari to Hitler. A Psychological History of the German Film, 1947), S. 22 を参照。

27 Vgl. Dorit Müller, Gefährliche Fahrten, S. 185.

28 Siegfried Kracauer, Theorie des Films, S. 72.

29 言及した映画題名は、Hätte ich das Kino! Die Schriftsteller und der Stummfilm. Sonderausstellung des Schiller-Nationalmuseums, hg. v. Ludwig Greve, Margot Pehle u. Heidi Westhoff, Stuttgart 1976, S. 16f. による。

30 Thomas Koebner, Eisenbahn – Tempo – Film – Montage. Zerstreute Bemerkungen zur Ästhetik der Wahrnehmung, in: Th. K., Lehrjahre im Kino, S. 49-65, S. 61.

31 Max Brod-Franz Kafka. Eine Freundschaft. Bd. I, S. 210.

32 Emilie Altenloh, Theater und Kino, in: Bild und Film 2 (Nr. 11/12) (1912/1913), S. 264f.; zit. nach Dorrit Müller, Gefährliche Fahrten, S. 191.

33 Vgl. Dorit Müller, Gefährliche Fahrten, S. 175ff.

34 Hans Heinz Ewers, Der Zauberlehrling oder Die Teufelsjäger, München, Leipzig 1913 (8. Aufl., zuerst 1909), S. 506f.

35 Vgl. Helmut H. Diederichs, Der Student von Prag. Einführung und Protokoll, Stuttgart 1985, S. 14. その後ヒトラーの支持者となったエーヴァースは、1933年にはナチのプロパガンダ映画『ハンス・ウェストマー』(Hans Westmar. Einer von

vielen. Ein deutsches Schicksal aus dem Jahr 1929）の脚本を書くことになる。

36 Christa Baumgarth, Geschichte des Futurismus, S. 169.

37 Peter Weiss, Avantgarde Film. Aus dem Schwedischen übers. u. hg. v. Beat Mazenauer, Frankfurt/M. 1995（= Avantgardefilm, 1956）, S. 10f.

38 Gilles Deleuze, Das Bewegungs-Bild. Kino I. Übers. v. Ulrich Christians u. Ulrike Bokelmann, Frankfurt/M. 1989（= L'image-mouvement, 1983）, S. 64.

39 Kurt Pinthus（Hg.）, Das Kinobuch（1913）, Einleitung, S. 26.

40 Walter Hasenclever, Der Kintopp als Erzieher. Eine Apologie, in: Revolution Hft. 1. 15.10.1913; Zitate nach dem Wiederabdruck in: Anton Kaes（Hg.）, Kino-Debatte. Literatur und Film 1909-1929, Tübingen 1978, S. 47-49, S. 47f.〈映画の催眠術的効果〉については、1914年以前の数多くのテクストが示唆している。その一例としては、Hermann Duenschmann, Kinematograph und Psychologie der Volksmenge. Eine sozialpolitische Studie, in: Konservative Monatsschrift 69（1912）, Hft. 9, S. 920-930; Wiederabdruck in; Medientheorie 1888-1933. Texte und Kommentare, hg. v. Albert Kümmel u. Petra Löffler, Frankfurt/M, 2002, S. 85-98 を参照。

41 Georg Lukács, Gedanken zu einer Ästhetik des Kinos, in: Frankfurter Zeitung. Jg. 58, Nr. 25, 10. 9. 1913. Zitat nach dem Wiederabdruck: G. L., Schriften zur Literatursoziologie, hg. von Peter Ludz, Neuwied, Berlin 1961, S. 75-80, S. 78.

42 Walter Serner, Kino und Schaulust, in: Die Schaubühne 9（1913）, S. 807-811; Zitat nach dem Wiederabdruck in: Anton Kaes（Hg.）, Kino-Debatte, S. 53-58, S. 56.

43 Yvan Goll, Das Kinodram, in: Die neue Schaubühne, Hft. 6（Juni 1920）, S. 141-143; Zitat nach dem Wiederabdruck in: Anton Kaes（Hg.）, Kino-Debatte, S. 136-139, S. 138.

44 Bertolt Brecht, Tagebücher 1920-1922. Autobiographische Aufzeichnungen 1920-1954, hg. v. Herta Ramthun, Frankfurt/M. 1975, S. 16.

45 Thomas Mann, Der Zauberberg. Große kommentierte Frankfurter Ausgabe. Werke – Briefe – Tagebücher, hg. v. Heinrich Detering u. a. in Zusammenarbeit mit dem Thomas-Mann-Archiv der ETH Zürich, Bd. 5.1, hg. v. Eckart Heftrich, Frankfurt/M. 2002, S. 480. ここでトーマス・マンは、アナクロニズムの危険を冒している。というのは、1908年には、該当するような章立てのなされている長編劇映画はまだ存在しなかったからである。ストーリーの詳細な描写の見本をもたらすのは、トーマス・マンが1920年9月23日にミュンヒェンで視聴した（Große kommentierte Frankfurter Ausgabe, Bd. 5. 2, S. 240）、エルンスト・ルビッチの、ポーラ・ネグリ主演作『寵姫ズムルン』（*Sumurun*, 1920）である。この映画についてジークフリート・クラカウアーは、「恋愛と死体で飾り立てられたこのショウは、テーマのみを好ましい風刺として伝達するとすれば、自己を正しく理解していることになる」（Siegfried Kracauer, *Von Caligari zu Hitler*, S. 56）という判定を下

している。

46 Harro Segeberg, Technische Konkurrenzen. Film und Tele-Medien im Blick der Literatur, in: Naturalismus – Fin de siècle – Expressionismus 1890-1918. Hansers Sozialgeschichte der deutschen Literatur. Bd. 7, hg. v. York-Gothart Mix, München, Wien 2000, S. 422-436, S. 426.

47 追跡劇とダンスを、ジークフリート・クラカウアーは、映画における運動の美学の本質的要素と見なしている(S. K., Theorie des Films, S. 72ff.)。

48 Alfred Baeumler, Die Wirkungen der Lichtspielbühne. Versuch einer Apologie des Kinematographentheaters, in: März. Jg. 6, Hft. 22, 1. 6. 1912; Zitat nach dem Wiederabdruck in: Prolog vor dem Film, hg. v. Jörg Schweinitz, S. 186-194, S. 188.

49 Georg Lukács, Gedanken zu einer Ästhetik des Kinos, S. 78:「〈映画〉というものが表現するのは物語のみであり、理由とか意味は表わさない。登場人物たちは運動するだけであって精神は持っていない。そして彼らに起こることは単なる事件であり、運命ではないのだ」。

50 Georg Lukács, Gedanken zu einer Ästhetik des Kinos, S. 78. 初期の映画の非心理学的効果は、大きな部分において、技術的に未熟であったこと――固定されたカメラの視点、絞りの調節や焦点を合わせること――に帰せられる。しかしながら、心理的に繊細な表現形式の不足は、1910年頃の美学的前衛の一般的傾向と合致するものである。ここで典型的なのは、Kasimir Edschmids Programmschrift *Über den dichterischen Expressionismus* (Die neue Rundschau 29 [1918], S. 359-374) における心理学の批判である。

51 Max Wertheimer, Experimentelle Studien über das Sehen von Bewegung, in: Zeitschrift für Psychologie. Bd.61 (1912), S. 161-265, S. 163. (運動の生産を考慮した場合の映画とストロボスコープの対比); Adolf Korte, Kinematoskopische Untersuchungen, in: Zeitschrift für Psychologie. Bd. 72 (1915), S. 193-296, S. 289ff. (映画の知覚における運動の錯覚について); Hugo Münsterberg, Das Lichtspiel. Eine psychologische Studie (1916), in: H. M., Das Lichtspiel. Eine psychologische Studie (1916) und andere Schriften zum Kino, hg. v. Jörg Schweinitz, Wien 1996, S. 27-103, S. 48f.

52 Hermann Duenschmann, Kinematograph und Psychologie der Volksmenge. Eine sozialpolitische Studie, in: Konservative Monatsschrift 69 (1912), Hft. 9. 920-930; Wiederabdruck in: Medientheorie 1888-1933, S. 85-98.

53 Siegfried Kracauer, Theorie des Films, S. 92. ただし、カフカの冷たいまなざしは、のちに本書で明らかにされるように、情動を許容する第二の視点によって補完されている。この点については、「映画を観に行った。泣いた」(Franz Kafka, Gesammelte Werke, Bd. 10 [Tagebücher 1912-1914], S. 204) という有名な書き込みを参照。

54 Franz Kafka, Die Aeroplane in Brescia, Gesammelte Werke, Bd. 1, S. 312-320; vgl. Gesammelte Werke, Bd. 12 (Reisetagebücher), S. 71ff., 74ff. そのほかマックス・ブロートのスケッチ (Reisetagebücher, S. 156, 191) およびHartmut Binder, Kafka in Paris, München 1999. S. 209におけるコメントを参照。

55 Franz Kafka, Gesammelte Werke, Bd. 9 (Tagebücher 1909-1912), S. 12.

56 Franz Kafka, Gesammelte Werke, Bd. 9 (Tagebücher 1909-1912), S. 14.

57 Franz Kafka, Gesammelte Werke, Bd. 9 (Tagebücher 1909-1912), S. 104.

58 Adolf Korte, Kinematoskopische Untersuchungen, in: Zeitschrift für Psychologie. Bd. 72 (1915), S. 193-296, S. 289.

59 Adolf Korte, Kinematoskopische Untersuchungen, S. 289.

60 Adolf Korte, Kinematoskopische Untersuchungen, S. 289f. 同時代の運動イメージの心理学に関しては、Joachim Paech, Der Bewegung einer Linie folgen. Schriften zum Film, Berlin 2002, S. 152ff. を参照。

61 Henri Bergson, L'évolution créatrice (1907), Paris 1962, S. 308. Dt. Ausgabe: Zürich o.J., S. 305.

62 Henri Bergson, Materie und Gedächtnis (dt. 1908, zuerst 1896). Deutsch v. Julius Frankenberger, in: Materie und Gedächtnis und andere Schriften, Frankfurt/M. 1964, S. 43-245, bes. S. 150f.

63 Henri Bergson, L'évolution créatrice (1907), Pais 1962, S. 308.

64 Henri Bergson, Schöpferische Entwicklung, S. 303f.

65 まだ詳細な検討のなされていないベルクソンとの関連については、Peter-André Alt, Franz Kafka. Der ewige Sohn, München 2008 (2. Aufl., zuerst 2005), S. 217f. を参照。

66 Max Brod u. Felix Weltsch, Anschauung und Begriff. Grundzüge eines Systems der Begriffsbildung, Leipzig 1913, S. 142ff., 161f., 231ff.

67 Franz von Brentano, Deskriptive Psychologie. Aus dem Nahlaß hg. u. eingel. v. Roderick M. Chisholm und Wilhelm Baumgartner, Hamburg 1982, S. 129.

68 Franz Kafka, Gesammelte Werke, Bd. 10 (Tagebücher 1912-1914), S. 180.

69 Franz Kafka, Gesammelte Werke, Bd. 10 (Tagebücher 1912-1914), S. 180.

70 系譜的に観察するならば、初期映画の身振り言語が歴史的にはそれよりも古いパントマイムを模倣していることは当然である。

71 Franz Kafka, Gesammelte Werke, Bd.4 (Das Schloß), S. 98. Vgl. Carolin Duttlinger, Kafka and Photography, S. 230ff.

72 Franz Kafka, Briefe 1913-1914, hg. v. Hans-Gerd Koch, Frankfurt/M. 1999, S. 132.

73 Franz Kafka, Briefe 1913-1914, S. 132f.

74 同時代の心理学の観点からの映画と運動体験の結びつきについては、Stefan Rieger, Die Individualität der Medien. Eine Geschichte der Wissenschaften vom

Menschen, Frankfurt/M. 2001, S. 125ff. を参照。

75 Walter Benjamin, Das Kunstwerk im Zeitalter seiner technischen Reproduzierbarkeit, Gesammelte Schriften, Bd. II, S. 435-508, S. 444.

76 Franz Kafka, Gesammelte Werke, Bd. 5 (Beschreibung eines Kampfes und andere Schriften aus dem Nachlaß), S. 12.

77 Franz Kafka, Gesammelte Werke, Bd. 10 (Tagebücher 1912-1914), S. 209. Vgl. dazu auch Hanns Zischler, Kafka geht ins Kino, S. 141f.

78 Julius Hart, Der Atlantis-Film, in: Der Tag, 24. 12. 1913. Zitat nach dem Wiederabdruck in: Anton Kaes (Hg.), Kino-Debatte, S. 104-106, S. 106.

79 Ferdinand Avenarius, Vom Schmerzenskind Kino, in: Der Kunstwart. Jg. 31 (1918), Erstes Juliheft; Zitat nach dem Wiederabdruck in: Fritz Güttinger (Hg.), Kein Tag ohne Kino, 357-364, S. 358.

第二章

1 Franz Kafka, Briefe 1902-1924, S. 385.

2 Franz Kafka, Briefe 1913-1914, S. 40. カフカの作家としての自己理解に関しては、Detlef Kremer, Kafka. Die Erotik des Schreibens, Bodenheim b. Mainz 1998 (2. Aufl., zuerst 1989), S. 118ff. を参照。

3 Franz Kafka, Gesammelte Werke, Bd. 7 (Zur Frage der Gesetze und andere Schriften aus dem Nachlaß), S. 171.

4 Franz Kafka, Gesammelte Werke, Bd. 10 (Tagebücher 1912-1914), S. 205. 1913年11月19日における「僕にはすべてが構造であるように思われる」という書き込みは、この想像上の力の裏側に触れるものだ。真実が自由な発明の生産物となるなら、あらゆることが可能となるが、何も制御されたものはなくなってしまう。

5 Vgl. Hanns Zischler, Kafka geht ins Kino, S. 131ff.

6 Franz Kafka, Briefe 1900-1912, S.

7 Franz Kafka, Gesammelte Werke, Bd. 10 (Tagebücher 1912-1914), S. 204.

8 Hanns Zischler, Kafka geht ins Kino, S. 136 に図版として収められたプラハのポスターを参照。

9 Franz Kafka, Gesammelte Werke, Bd. 10 (Tagebücher 1912-1914), S. 204.

10 Hanns Zischler, Kafka geht ins Kino, S. 136 に収められた、二本立て上映を予告するポスターを参照。

11 Franz Kafka, Gesammelte Werke, Bd. 10 (Tagebücher 1912-1914), S. 101.

12 Siegfried Kracauer, Theorie des Films, S. 225.

13 Franz Kafka, Gesammelte Werke, Bd. 11 (Tagebücher 1914-1923), S. 179.

14 Friedrich Nietzsche, Der Antichrist, Sämtliche Werke. Kritische Studienausgabe, hg. v. Giorgio Colli u. Mazzino Montinari, Berlin, New York 1999, Bd. 6, S. 218 (Nr. 43)。

15 日付および印刷の歴史については、Harmut Binder, Kafka-Kommentar zu sämtlichen Erzählungen, München 1977 (2. Aufl., zuerst 1975), S. 58f., 60, 62f., 72ff., Ludwig Dietz, Franz Kafka. Die Veröffentlichungen zu seinen Lebzeiten (1908-1924). Eine textkritische und kommentierte Bibliographie, Heidelberg 1982, S. 25ff. を参照。

16 すでに言及したように、プラハ最初の映画館は1907年秋にオープンした。

17 Vgl. Hartmut Binder, Kafka-Kommentar zu sämtlichen Erzählungen, S. 60f.

18 Franz Kafka, Gesammelte Werke, Bd. 1 (Ein Landarzt und andere Drucke zu Lebzeiten), S. 24.

19 マックス・スクラダノフスキーは1894年に、親指でパラパラとめくる方式の〈親指映画〉を通じて最初に撮影した映画を試していた。それは、撮影フィルムを映写する上映装置がまだ発明されていなかったからである。Vgl. Georg Füsslin, Optische Spielzeuge oder wie die Bilder laufen lernten, Stuttgart 1993.

20 Max Brod, Streitbares Leben. Autobiographie, München 1960, S. 274.

21 Franz Kafka, Briefe 1900-1912, S. 92ff. 映画の内容に関しては、Hanns Zischler, Kafka geht ins Kino, S. 18f.

22 Franz Kafka, Briefe 1900-1912, S. 93.

23 Franz Kafka, Gesammelte Werke, Bd. 1 (Ein Landarzt und andere Drucke zu Lebzeiten), S. 26.

24 Georg Simmel, Rodin (1911), in: Gesamtausgabe, hg. v. Otthein Rammstedt, Frankfurt/M. 1988ff., Bd. 14, S. 330-348, S. 347. Vgl. Georg Simmel, Die Kunst Rodins und das Bewegungsmotiv in der Plastik (1909), in: Gesamtausgabe, Bd. 12, S. 28-36.

25 Robert Walser, Jakob von Gunten (1909), Frankfurt/M, 1985, S. 37f.

26 Franz Kafka, Gesammelte Werke, Bd. 1 (Ein Landarzt und andere Drucke zu Lebzeiten), S. 29f.

27 Franz Kafka, Gesammelte Werke, Bd. 1 (Ein Landarzt und andere Drucke zu Lebzeiten), S. 30.

28 Franz Kafka, Gesammelte Werke, Bd. 11 (Tagebücher 1914-1923), S. 179.

29 Franz Kafka, Gesammelte Werke, Bd. 1 (Ein Landarzt und andere Drucke zu Lebzeiten), S. 23.

30 Franz Kafka, Gesammelte Werke, Bd. 1 (Ein Landarzt und andere Drucke zu Lebzeiten), S. 24.

31 Vgl. Jürgen Voigt, Die Kino-Wochenschau. Medium eines bewegten Jahrhunderts, Gelsenkirchen, Schwelm 2004; Karl Stamm, Kleine Beiträge zur deutschen Wochenschau-Geschichte, Weimar 2005.

32 Franz Kafka, Gesammelte Werke, Bd. 1 (Ein Landarzt und andere Drucke zu

Lebzeiten), S. 29f.

33 映画ポスターにおける内容告知に関しては、Hanns Zischler, Kafka geht ins Kino, S. 19. を参照。

34 メディアの初期の歴史における映画の構造およびプログラムの関係に関しては、Corinna Müller, Variationen des Kinoprogramms. Filmform und Filmgeschichte, in: Die Modellierung des Kinofilms. Zur Geschichte des Kinoprogramms zwischen Kurzfilm und Langfilm (1905/06-1918), hg. v. Harro Segeberg u. Corinna Müller, München 1998, S. 43-75 を参照。

第三章

1 Theodor W. Adorno, Aufzeichnungen zu Kafka, S. 252.; アドルノの引用に関しては、Oliver Jahraus, Kafka und der Film, S. 225. も参照。

2 このようなテーマの集合体のナラトロジー的研究をまとめたものとしては、Gérard Genette, Die Erzählung. Aus dem Französischen v. Andreas Knop, 2. Aufl., München 1998, S. 213ff. および Matthias Hurst, Erzählsituationen in Literatur und Film. Ein Modell zur vergleichenden Analyse von literarischen Texten und filmischen Adaptionen, Tübingen 1996 を参照。

3 テーマに関しては、Johannes Roskothen, Verkehr, S. 69ff. の資料豊富な研究を参照。それに対して、量的に豊富とはいえないが、映画のテーマに関しては John Zilcosky, Kafka's Travels; Exoticism, Colonialism, and the Traffic of Writing, New York 2003, bes. S. 69ff. (zum *Verschollen*) を参照。

4 Joachim Paech, Unbewegt bewegt, S. 42f.

5 Franz Kafka, Gesammelte Werke, Bd. 9 (Tagebücher 1909-1912), S. 14.

6 マックス・ブロートは、1907年6月にそのテクストの最初の章を読んだ。1909年の夏、カフカは書き直しを試みるが、そのふたつのヴァージョンは、数頁にも達することがなかった。1909年7月のはじめ、カフカはその「小説」は「呪い」であるといって原稿をブロートに委ねる (Franz Kafka, Briefe 1900-1912, S. 104)。

7 Franz Kafka, Gesammelte Werke, Bd. 5 (Beschreibung eines Kampfes and andere Schriften aus dem Nachlaß), S. 29f. 鉄道は、のちの散文作品においても重要な役割を果たしている。1914年8月には、ロシアでの鉄道建設と気象的に極限的な条件なもとでの路線拡張の苦労を一人称で描く小説断片が書かれている。(Gesammelte Werke, Bd. 11 [Tagebücher 1914-1922], S. 44ff.)

8 1909/10年における第二稿の成立の日付に関しては、Hartmut Binder, Kafka-Kommentar zu sämtlichen Erzählungen, S. 81ff. を参照。

9 Jürgen Born (Hg.), Franz Kafka. Kritik und Rezeption zu seinen Lebzeiten, 1912-1924, Frankfurt/M. 1979, S. 33.

10 Franz Kafka, Gesammelte Werke, Bd. 5 (Beschreibung eines Kampfes und andere

Schriften aus dem Nachlaß), S. 119. カフカにおける叙述と映画との構造的類似に対して懐疑的な記述（ただし、その留保に関して詳細な理由は示されない）としては、Bettina Augustin, Raban im Kino, S. 39がある。

11 Franz Kafka, Gesammelte Werke, Bd. 5 (Beschreibung eines Kampfes und andere Schriften aus dem Nachlaß), S. 119.

12 Franz Kafka, Beschreibung eines Kampfes / Gegen zwölf Uhr [...]. Historisch-Kritishe Ausgabe sämtlicher Handschriften, Drucke und Typoskripte, hg. v. Roland Reuß in Zusammenarbeit mit Peter Staengle, Frankfurt/M. 1999; vgl. die zweite Fassung der Erzählung im Konvolut *Gegen zwölf Uhr* [...], S. 66.

13 Franz Kafka, Gesammelte Werke, Bd. 9 (Tagebücher 1909-1912), S. 11.

14 Max Brod, Kinematographentheater, in: Die neue Rundschau. Jg. 20 (1909), S. 319-320, S. 319.

15 Max Brod, Kinematographentheater, in: Die neue Rundschau. Jg. 20 (1909), S. 319-320, S. 319. Biographという造語は、BioskopとCinematographを結びつけたものである。

16 Max Brod, Kinematographentheater, in: Die neue Rundschau. Jg. 20 (1909), S. 319-320, S. 319f.

17 カフカはすでに1911年10月には――おそらく因習的な叙述の形式が原因で――この企画が破綻したものと考えていた。5年弱あとの1916年7月には、彼はその断片を文学的に無意味なものと見なしている（Briefe 1902-1924, S. 141）。

18 Franz Kafka, Gesammelte Werke, Bd. 12 (Reisetagebücher) S. 72.

19 Franz Kafka, Gesammelte Werke, Bd. 12 (Reisetagebücher) S. 75ff., S. 75.

20 Kasimir Edschmid, Expressionismus in der Dichtung, in: Die neue Rundschau 29 (1918), S. 359-374, bes. S. 366.

21 Kasimir Edschmid, Expressionismus in der Dichtung, S. 366.

22 カフカの場合、エトシュミートのプログラムとは対照的に、文学が宗教的熱情や新しい音楽への要求と結びつくことはない。

23 Franz Kafka, Gesammelte Werke, Bd. 9 (Tagebücher 1909-1912) S. 196.

24 Carl Einstein, Bebuquin (1912), hg. v. Erich Kleinschmidt, Stuttgart 1995 S. 7f.

25 Alfred Döblin, Von der Freiheit eines Dichtermenschen, in: Die neue Rundschau 29 (1918), S. 843-850, S. 848.

26 Franz Kafka, Briefe 1913-1914, S. 121. バッサーマンに関しては、Franz Kafka, Briefe 1900-1912, S. 129も参照。

27 Franz Kafka, Gesammelte Werke, Bd. 9 (Tagebücher 1909-1912) S. 196.

28 Christa Baumgarth, Geschichte des Futurismus, S. 169.

29 Georg Simmel, Die Großstadt und das moderne Geistesleben (1903), in: Gesamtausgabe, Bd. 7, S. 116-131, S.119.

30 Robert Musil, Gesammelte Werke. 9 Bde., hg. v. Adolf Frisé, Reinbek b. Hamburg 1978, Bd. II, S. 408.

31 Robert Musil, Gesammelte Werke, S. 408.

32 Siegfried Kracauer, Das Ornament der Masse (1927), in: S. K., Das Ornament der Masse. Essays, hg. v. Karsten Witte, Frankfurt/M. 1977, S. 50-63. 近代のテクストにおける表層の美学と交通描写の結びつきに関しては、Johannes Roskothen, Verkehr, S. 69 f. を参照。

33 Franz Kafka, Gesammelte Werke, Bd. 12 (Reisetagebücher) S. 47. Hanns Zischler, Kafka geht ins Kino, S. 68 は、初期の映画の「映像の動き」を考慮に入れて、この文章を、都市のイメージを、個々のモティーフの描線の模範から生じる「映画の薄片」の下に置こうとする試みと見なしている。

34 Max Brod u. Felix Weltsch, Anschauung und Begriff, S. 46.

35 Siegfried Kracauer, Das Ornament der Masse (1927), in: S. K., Das Ornament der Masse. Essays, hg. v. Karsten Witte, Frankfurt/M. 1977, S. 50-63, S. 53.

36 Siegfried Kracauer, Das Ornament der Masse (1927), in: S. K., Das Ornament der Masse. Essays, Frankfurt/M. 1977, S. 15f.

37 ポスターの図版については、Hanns Zischler, Kafka geht ins Kino, S. 87 を参照。

38 Franz Kafka, Gesammelte Werke, Bd. 10 (Tagebücher 1912-1914), S. 103.

39 すでに言及した悲喜劇的映画『もう子供はいない』については、1913年11月20日の日記に、同様な傾向で「善良な牧師。小さな自転車。両親の和解。途方もない楽しさ」(Gesammelte Werke, Bd. 10 [Tagebücher] 1912-1914, S. 204) と書かれている。Carlo Mierendorff, Hätte ich das Kino!, in: Tribühne der Kunst und Zeit, Nr. 15, Berlin 1920; Zitat nach dem Wiederabdruck in: Kein Tag ohne Kino, hg. v. Fritz Güttinger, S. 384-399, S. 390 にも同様な映画の描写が見られる。

40 Silvio Vietta (Hg.), Lyrik des Expressionismus, Tübingen 1990, S. 57 f. リヒテンシュタインについては、Harro Segeberg, Literarische Kino-Ästhetik. Ansichten der Kinodebatte, in: Die Modellierung des Kinofilms, S. 193-220, S. 206 および Dorit Müller, Gefährliche Fahrten, S. 206f. を参照。

41 ヨーク・シュヴァイニッツは、長いあいだ忘却されていたコレクションを発見した。Jörg Schweinitz, Der selige Kintopp (1913/14). Eine Fundsache zum Verhältnis von literarischem Expressionismus und Kino, in: Film, Fernsehen, Video und die Künste. Strategien der Intermedialität, hg. v. Joachim Paech, Stuttgart 1994, S. 72-88.

42 Egon Friedell, in: Blätter des deutschen Theaters. Jg. 2 (1912), S. 509-511; Zitat nach dem Wiederabdruck in: Prolog vor dem Film, hg. v. Jörg Schweinitz, S. 203-208, S. 204.

43 Georg Lukács, Gedanken zu einer Ästhetik des Kinos, S. 77.

44 1912年の春に書かれた第一稿を、カフカは破棄した。テクストの由来については、

Hartmut Binder, Kafka-Kommentar zu den Romanen, Rezensionen, Aphorismen und zum Brief an den Vater, München 1982 (2. Aufl., zuerst 1976), S. 60 および Franz Kafka, Kritische Ausgabe, Der Verschollene, Apparat-Band, S. 66f. における編者ヨースト・シレマイトによる注釈を参照。

45 Franz Kafka, Gesammelte Werke, Bd. 2 (Der Verschollene), S. 110.

46 Robert Musil, Gesammelte Werke, Bd. I, S. 10.

47 Robert Musil, Gesammelte Werke, Bd. I, S. 10.

48 Franz Kafka, Gesammelte Werke, Bd. 2 (Der Verschollene), S. 23f. 1912年9月11日、カフカは日記にひとつの夢を書きとめる。夢の細部は14日後に、ここで紹介された文章のなかに応用されることになる。「右側にニューヨークが見えた、僕たちはニューヨークの港にいたのだ。空は灰色だったが、それと同じぐらいに晴れわたっていた。僕はあらゆる側から流れてくる風に当たりながら、すべての方向が見えるように、身体の向きをあちこち変えていた。まなざしは、ニューヨークに向かってはほんの少し下方に、海に向かっては上方へ投げかけられた。いまや僕は気づいた、僕たちの横で水が高い波をつくり出し、水上で恐ろしい異国的な交通が生み出されていることを」(Gesammelte Werke, Bd. 10 [Tagebücher] 1912-1914, S. 82)。 Vgl. Hans Dieter Zimmermann, Kafka für Fortgeschrittene, S. 95. (「つまり、フランツ・カフカはニューヨークを——夢と映画において——見たともいえるのだ」)

49 Johannes Roskothen, Verkehr, S. 240ff. は、カフカの小説における交通描写と映画のまなざしの結合について的確な分析をおこなっているが、キネマトグラフ的叙述の構造的規範については細部においてまで妥当とはいえない。

50 Franz Kafka, Gesammelte Werke, Bd. 9 (Tagebücher 1909-1912), S. 11.

51 この事実を最初に解明したのは、Wolfgang Jahn, Kafkas Roman Der *Verschollene*, S.144ff. である。Vgl. Karl-Heinz Fingerhut, Erlebtes und Erlesenes – Arthur Holitschers und Franz Kafkas Amerika-Darstellungen. Zum Funktionsübergang von Reisebericht und Roman, in: Diskussion Deutsch 20 (1989), S. 337-355, S. 337f.

52 Arthur Holitscher, Chicago, in: Neue Rundschau 23 (1912), S. 1098-1122, S. 1098.

53 Franz Kafka, Gesammelte Werke, Bd. 2 (Der Verschollene), S. 59f. ホリチャーと映画との関連性については、Johannes Roskothen, Verkehr, S. 241, Anm. 228. および Carolin Duttlinger, Kafka and Photography, S. 73ff. (ホリチャーの原稿の図版がもたらす刺激について記録されている) が示唆している。

54 Franz Kafka, Gesammelte Werke, Bd. 2 (Der Verschollene), S. 118.

55 Franz Kafka, Gesammelte Werke, Bd. 2 (Der Verschollene), S. 46.

56 Franz Kafka, Gesammelte Werke, Bd. 2 (Der Verschollene), S. 54.

57 Siegfried Kracauer, Das Ornament der Masse (1927), in: S. K., Das Ornament der Masse. Essays, S. 50-63, S. 61.

58 Franz Kafka, Briefe 1913-1914, S. 82.

59 Christa Baumgarth, Geschichte des Futurismus, S. 169.

60 Kurt Pinthus (Hg.), Das Kinobuch (1913), bes. S. 82.

61 Franz Kafka, Gesammelte Werke, Bd. 2 (Der Verschollene), S. 318.

62 ここでは、カフカがすでに1914年には、映画の芸術的展開によってもたらされる、より前進したキネマトグラフ的叙述形式を指向していたことが明らかになっている。

63 Franz Kafka, Gesammelte Werke, Bd. 1 (Ein Landarzt und andere Drucke zu Lebzeiten), S. 313. 航空ショーに関しては、Peter Demetz, Die Flugschau von Brescia. Kafka, d'Annunzio und die Männer, die vom Himmel fielen, Wien 2002, S. 70ff. を参照。

64 Franz Kafka, Gesammelte Werke, Bd. 1 (Ein Landarzt und andere Drucke zu Lebzeiten), S. 318.

65 Franz Kafka, Gesammelte Werke, Bd. 12 (Reisetagebücher), S. 43.

66 Franz Kafka, Das Urteil, Gesammelte Werke, Bd. 1 (Ein Landarzt und andere Drucke zu Lebzeiten), S. 52; vgl. die Tagebuchfassung: Franz Kafka, Gesammelte Werke, Bd. 10 (Tagebücher 1912-1914), S.100. Im Tagebuch (S. 101) ここには、最後の一文が書かれた瞬間に住居の玄関の間に入ってきた女中についての示唆も見られる。小説の状況的文脈と創作のプロセスがここに収斂しているのである。

67 Franz Kafka, Das Urteil, Gesammelte Werke, Bd. 1 (Ein Landarzt und andere Drucke zu Lebzeiten), S. 52; vgl. die Tagebuchfassung: Franz Kafka, Gesammelte Werke, Bd. 10 (Tagebücher 1912-1914), S. 100.

68 Max Brod, Franz Kafka. Eine Biographie, S. 134.

69 Franz Kafka, Gesammelte Werke, Bd. 10 (Tagebücher 1912-1914), S. 100.

70 Franz Kafka, Gesammelte Werke, Bd. 12 (Reisetagebücher), S. 73.

71 Georg Lukács, Gedanken zu einer Ästhetik des Kinos, S. 78f.

72 Theodor W. Adorno, Aufzeichnungen zu Kafka, S. 274f.

73 カフカのテクストにおける表現主義と映画の結びつきについての論考としては、Stanley Corngold, Kafka. The Necessity of Form, Ithaca, London 1988, S. 250ff., 257ff. を参照。

74 とりわけ重要なのは、『審判』におけるこのような移動である。再三再四、官僚制の迷宮へと通じているような驚くべき結びつきの方法に直面して、主人公は、自分を訴追する検察庁によってすでにどれほど強固に包囲されてしまっているかを認識する。「Kは、ここにも裁判所事務局を見出したことにはあまり驚かなかった。彼が驚いたのは、主に自分に対して、裁判所関係の事柄について無知であることに対してであった」(Franz Kafka, Gesammelte Werke, Bd. 3 [Der Proceß], S. 173)。裁判所は、被告人に随伴している。行く先々で、彼は裁判所の

シンボルに包囲され、不完全に抑圧された罪の意識の偏在性を思い出す。オーソン・ウェルズは1962年に、『審判』を映画化した作品において、事務所および審問室の心理的に決定された建築を、近代的疎外と匿名の勢力関係を鏡像として提示し、十分なかたちでは映像にとらえなかった。カフカの局所的記載が、到達不可能なものおよび比較不可能なものの要素を通じて喚起する精妙な驚愕は、このような方法によって、映画の具体的モデルにおいて月並みなホラー効果へと変化する。Vgl. Hans Helmut Hiebel, Die Zeichen des Gesetzes. Recht und Macht bei Franz Kafka, München 1983, S. 207f.

75 Carl Einstein, Totalität, in: Die Aktion 4 (1914), Nr. 15, S. 345-347; Kasimir Edschmid, Expressionismus in der Dichtung, in: Die neue Rundschau 29 (1918), S. 359-374; Alfred Döblin, Von der Freiheit eines Dichtermenschen, in: Die neue Rundschau 29 (1918), S. 843-850.

76 Kurt Pinthus (Hg.), Das Kinobuch (1913), S. 149. ブライは引き続いていくつかの提案をおこなうが、その一冊に寄稿を依頼された作家のなかでは、映画の芸術的卓越性に関しては、ただひとり明確に批判的な姿勢をとり続ける。この文脈において、文学的発案の動機として、ブライが主観に向けられた伝統的心理学に固着しているのは彼らしいことである。

77 Franz Kafka, Tagebücher, Kritische Ausgabe, hg. v. Hans-Gerd Koch, Michael Müller und Malcolm Pasley, Frankfurt/M. 1990, Bd. II (Apparat-Band), S. 284 (Lemma 446, 22-23). Wolf Kittler, Schreibmaschinen, Sprechmaschinen. Effekte technischer Medien im Werk Franz Kafkas, in: Franz Kafka: Schriftverkehr, hg. v. Wolf Kittler u. Gerhard Neumann, Freiburg i. Br. 1990, S. 75-163, S. 110. の示唆による。

78 Franz Kafka, Gesammelte Werke, Bd. 1 (Ein Landarzt und andere Drucke zu Lebzeiten), S. 42.

79 Stanley Corngold, Kafka, S. 263. は、『審判』のラストを、橋から人間ではなく鉄道が落下するvan Hoddisの詩 *Weltuntergang* (1911) と比較している。

80 Franz Kafka, Gesammelte Werke, Bd. 10 (Tagebücher 1912-1914), S. 103.

81 Franz Kafka, Gesammelte Werke, Bd. 10 (Tagebücher 1912-1914), S. 101.

82 カフカは1915年の同じ時期に短編『変身』を発表している。

83 Gottfried Benn, Die Reise, Gesammelte Werke, hg. v. Dieter Wellershoff, Wiesbaden 1960-1968, Bd. 5, S. 1207.

84 誕生の記号としての水のシンボリズムに関しては、Sigmund Freud, Die Traumdeutung, Gesammelte Werke, hg. v. Anna Freud u. a., Frankfurt/M. 1999 (zuerst 194052), Bd. II/III, S. 405. 参照。結末の解釈に関しては、Walter H. Sokel; Franz Kafka: Tragik und Ironie, München, Wien 1976 (2. Aufl., zuerst 1964), S. 82f., Gerhard Kurz, Traum-Schrecken. Kafkas literarische Existenzanalyse, Stuttgart 1980, S. 171f., Thomas Anz, Praktiken und Probleme psychoanalytischer

Literaturinterpretation am Beispiel von Kafkas Erzählung *Das Urteil*, in: Kafkas *Urteil* und die Literaturtheorie. Zehn Modellanalysen, hg. v. Oliver Jahraus u. Stefan Neuhaus, Stuttgart 2002, S. 126-151, S. 134f. を参照。

85 フーコーによれば、映画館とは社会が規範の要求を貫徹する、社会的制御の場である。Vgl. Michel Foucault, Die Heterotopien / Der utopische Körper. Zwei Radiovortäge. Zweisprachige Ausgabe, übers. v. Michael Bischoff. Mit einem Nachwort v. Daniel Defert, Frankfurt/M. 2005.

86 Franz Kafka, Gesammelte Werke, Bd. 10 (Tagebücher 1912-1914), S. 204. この文章は、カフカが1913年11月20日にグランド・テアトル・ビオ・エリーテで観た、お涙頂戴映画『もはや子供はいない』に向けられたものである。

第四章

1 この長編の映画的要素については、Wolfgang Jahn, Kafka und die Anfänge des Kinos, S. 360ff. がすでに指摘しているが、それは「火夫」の章における、カールが船員たちに対して火夫を弁護しようとする、裁判にも似たシークェンスに限定されている。得られることは少ないが、Nicola Albrecht, Verschollen im Meer der Medien: Kafkas Romanfragment *Amerika* [!] . Zur Rekonstruktion und Deutung eines Medienkomplexes, Heldelberg 2007, S. 67ff. (カフカの「映画的まなざし」についての短い章は、本来中心的である部分をまったく無視している) も参照。

2 Franz Kafka, Gesammelte Werke, Bd. 2 (Der Verschollene), S. 219. この場面の映画美学的次元は、過去に認識されてこなかった。最初の観察は、筆者による Peter-André Alt, Der Schlaf der Vernunft. Literatur und Traum in der Kulturgeschichte der Neuzeit, München 2002, S. 356f.; ders., Franz Kafka. Der ewige Sohn, S. 351ff. である。

3 映画と滑稽性の結びつきについては、Joseph Vogl, Kafkas Komik, in: Kontinent Kafka. Mosse-Lectures an der Humboldt-Universität zu Berlin, hg. v. Klaus R. Scherpe u. Elisabeth Wagner, Berlin 200, S. 72-87, S. 77ff. を参照。

4 Friedrich Beißner, Der Erzähler Franz Kafka und andere Vorträge. Mit einer Einführung v. Werner Keller, Frankfurt/M. 1983, S. 17ff. バイスナーに関しては、小説の分析研究である Jörgen Kobs, Kafka: Untersuchungen zu Bewußtsein und Sprache seiner Gestalten, hg. v. Ursula Brech, Bad Homburg v. d. H. 1970. Exemplarische Kritik der Position Beißners bei Walter Müller-Seidel, Die Deportation des Menschen. Kafkas Erzählung *In der Strafkolonie* im europäischen Kontext, Frankfurt/M. 1989 (2. Aufl., zuerst 1986), S. 91ff. も参照。バイスナーが過小評価している、叙述において「より多くのことを知っている」ことの問題は、「映画的叙述」というカテゴリーを引き合いに出すことによって解消される。それが提供するのは、多数の選択可能性から選びぬき、この進行を——アイロニ

カルな、もしくは緊張を高める効果の働きにより——明示することができる選択的なまなざしである。

5 Gérard Genette, Die Erzählung, S. 132f. 見ることと語ることの差異については、Käte Hamburger, Die Logik der Dichtung, Frankfurt/M., Berlin, Wien 1980 (3. Aufl., zuerst 1957), S. 124ff. を参照。

6 Franz Kafka, Gesammelte Werke, Bd. 9 (Tagebücher 1909-1912), S. 220.

7 Vgl. Siegfried Kracauer, Theorie des Films, S. 59f.

8 Franz Kafka, Gesammelte Werke, Bd. 9 (Tagebücher 1909-1912), S. 220.

9 Vgl. Dorit Müller, Gefährliche Fahrten, S. 174.

10 マック・セネットについては、Ulrich Gregor, u. Enno Patalas (Hg.), Geschichte des Films. Bd. 1 (1895-1939), Reinbek b. Hamburg 1976, S. 33f. を参照。

11 Charlie Chaplin, Die Geschichte meines Lebens. Übers. v. Günther Danehl u. Jürgen von Koskull, Frankfurt/M. 1964, S.150.

12 Zit. nach Siegfried Kracauer, Theorie des Films, S. 72.

13 Hermann Hesse, Der Steppenwolf, Frankfurt/M. 1978, S. 194.

14 Franz Kafka, Gesammelte Werke, Bd. 5 (Beschreibung eines Kampfes und andere Schriften aus dem Nachlaß), S. 182f.

15 Franz Kafka, Gesammelte Werke, Bd. 5 (Beschreibung eines Kampfes und andere Schriften aus dem Nachlaß), S. 79. Vgl. dazu auch Joseph Vogl, Kafkas Kosmik, S. 79.

16 Franz Kafka, Gesammelte Werke, Bd. 4 (Das Schloß), S. 94. この小説は、何度も章の終わりにおいて、素早い出発の比較可能な運動を提示する場面を提供している (S. 72, 145, 165, 327)。

17 Charlie Chaplin, Die Geschichte meines Lebens, S. 140.

18 Franz Kafka, Gesammelte Werke, Bd. 2 (Der Verschollene), S. 221.

19 Siegfried Kracauer, Theorie des Films, S. 72.

20 Hanns Zischler, Kafka geht ins Kino, S. 71ff.

21 Georg Heym, Der Dieb (1911), in: Dichtungen und Schriften, hg. v. Karl Ludwig Schneider, Darmstadt 1962, Bd. 2, S. 72-97.

22 ルートヴィヒ・ルービナーの映画美学的に構成された *Kriminal-Sonette* のひとつには、「ルーヴルでの盗難」というタイトルがつけられている。もっともそれは、ジョルジョーネの絵画の架空の窃盗事件を扱ったものである (Ludwig Rubiner, Friedrich Eisenlohr, Livingstone Hahn, Kriminal-Sonette, S. 38)。

23 Max Brod – Franz Kafka. Eine Freundschaft. Bd. I, S. 212f. この原稿は、1912年2月に Merker で発表された。当時、フランスのニック・ヴィンテール映画はシリーズとして製作されていた。1906年から1912年までのあいだに30本以上の作品が撮られ、1929年までには総数はその2倍に達した。ドイツでは、それらの作

品の通俗的な傾向に対して検閲が待ったをかけることがあった。たとえば1912年には *Nick Winter und das Brautgeschenk* (*Nick Winter et le marriage de Miss Woodman*) が禁止処分を受けた。Vgl. Willy Rath, Emporkömmling Kino, in: Der Kunstwart Jg. 26 (1913), Zweites Septemberheft, S. 415-424, S. 422.

24 Max Brod – Franz Kafka. Eine Freundschaft. Bd. I, S. 210

25 小説の第一稿は、1912年の冬から春にかけて成立した。1912年9月26日に、カフカは新しいヴァージョンを書きはじめる。17番目の章の逃走場面は、1912年12月のなかばに書かれた。それは、長編小説の第6章を終えたあとで書きはじめられた『変身』の執筆終了後のことであった。Vgl. Hartmut Binder, Kafka. Der Schaffensprozeß, Frankfurt/M. 1983, S. 101ff.

26 1911年2月25日の手紙における反映 (Franz Kafka, Briefe 1900-1912, S. 134) を参照。それは、600メートルの長さのフィルムによる、当時における最初の長編映画のひとつである (Fischer-Filmlexikon, hg. v. Werner Faulstich u. Helmut Korte. Bd. 1. Von den Anfängen bis zum etablierten Medium 1895-1924, Frankfurt/M. 1994, S. 28)。映画の内容およびカフカの連想については、Hanns Zischler, Kafka geht ins Kino, S. 47ff. および Bettina Augustin, Raban im Kino, S. 54f. を参照。『白い奴隷女』が〈俗悪映画〉であるとする公的な議論については、O. Frielinghaus, Ein Filmmonopol, in: Der Kunstwart Jg. 26 (1913), S. 187-189の記事を参照。

27 特徴的なのは、語り手のリヒャルトが若い女性との戯れに直面して自分がヒモであるように感じ、駅で旅の同伴者を車に招き入れようとすることである。「僕たちは乗りこむ、すべてのことが痛々しい、僕はまさしくヒロインが駅の出口で暗がりのなかで見知らぬ男たちによって車に押し込まれ、連れ去られるキネマトグラフの作品『白い奴隷女』を思い出す」(Franz Kafka, Gesammelte Werke, Bd. 1 [Ein Landarzt und andere Drucke zu Lebenszeiten], S. 333)

28 『白い奴隷女』の同時代における受容については、Corinna Müller, Frühe deutsche Kinematographie. Formale, wirtschaftliche und kulturelle Entwicklungen, Stuttgart, Weimar 1993, S. 127ff. を参照。

29 近代における運動の美学、ショック体験および冷たいまなざしについては、Julia Encke, Augenblicke der Gefahr. Der Krieg und die Sinne 1914-1934, München 2006 (カフカについては S. 128ff.) を参照。

30 Franz Kafka, Gesammelte Werke, Bd. 2 (Der Verschollene), S. 220.

31 Franz Kafka, Gesammelte Werke, Bd. 2 (Der Verschollene), S. 9.

32 「旅を描く教養小説」(Bildungsroman on the road) という表現は、テクストにおけるアメリカのモティーフをきわめて的確に分析した Bodo Plachta による重要な論文 (B. P., Der Verschollene, in: Franz Kafka. Romane und Erzählungen. Interpretationen, hg. v. Michael Müller, Stuttgart 1994, S. 75-97, S. 85) に拠っている。Bodo Plachta, Der Heizer/Der Verschollene, in: Kafka-Handbuch, hg. v. Bettina v.

Jagow u. Oliver Jahraus, S. 438-455, S. 448f. も、映画美学的文脈について一連の有益な観察を提供している。

33 カフカの小説において手紙、電報といったメディアの果たす機能については、Oliver Jahraus, Kafka. Leben, Schreiben, Machtapparate, Stuttgart 2006, S. 265f. を参照。

34 ジークフリート・クラカウアーは、探偵映画のはじまりが1913年であると主張している（Siegfried Kracauer, Von Caligari zu Hitler, S. 25f.）が、『ニック・ヴィンテール』のシリーズが示すように、それ以前にも同ジャンルの作品は存在した。

35 この小説におけるアメリカのトポグラフィーに関しては、Werner Frick, Kafkas New York. In: Orte der Literatur, hg. v. Werner Frick in Zusammenarbeit mit Gesa v. Essen u. Fabian Lampart, Göttingen 2002, S. 266-294. および Karl-Heinz Fingerhut, Erlebtes und Erlesenens, S. 337-355. を参照。

36 Klaus Mann, Vorwort zu Franz Kafkas Roman *Amerika*, in: K. M., Zweimal Deutschland. Aufsätze, Reden, Kritiken 1938-1942. hg. v. Uwe Naumann u. Michael Töteberg, Reinbek b. Hamburg 1994, S. 207-217, S. 215.

37 その映画の予告について最初に指摘したのは Hanns Zischler, Kafka geht ins Kino, S.82 である。

38 Franz Kafka, Gesammelte Werke, Bd. 10（Tagebücher 1912-1914）, S. 180.

39 Franz Kafka, Gesammelte Werke, Bd. 2（Der Verschollene）, S. 251.

40 Franz Kafka, Gesammelte Werke, Bd. 2（Der Verschollene）, S. 253.

41 Franz Kafka, Gesammelte Werke, Bd. 2（Der Verschollene）, S. 46.

42 Kurt Pinthus（Hg.）, Das Kinobuch（1913）, S. 74.

43 Kurt Pinthus（Hg.）, Das Kinobuch（1913）, S. 75.

44 Franz Kafka, Gesammelte Werke, Bd. 3（Der Proceß）, S. 239.

45 小説『審判』に対する過去の有力な研究には、筆者の知るかぎりでは、最終章の最後の場面における映画美学的次元を認識したものはない。

46 ヴォルフガング・ヤーンは『失踪者』を視野に入れて、これを映画に似た構成と評した（W. J., Kafkas Roman *Der Verschollene*（*Amerika*）, Stuttgart 1965, S. 53ff.）。

第五章

1 Gerhard Kurz, Traum-Schrecken, S. 30. を参照。

2 Otto Rank, Der Doppelgänger, in: Imago 3（1914）, S. 97-164, bes. S. 120ff.; ders.: Der Doppelgänger. Eine psychoanalytische Studie, Leipzig, Wien, Zürich 1925, bes. S. 50. このテーマについての定番的な書籍としては Andrew J. Webber, The Doppelgänger. Double visions in German literature, Oxford 1996 がある。

3 Franz Kafka, Gesammelte Werke, Bd. 1（Ein Landarzt und andere Drucke zu Lebzeiten）, S. 34. 執筆時期については、Hartmut Binder, Kafka-Kommentar zu

sämtlichen Erzählungen, S. 87.

4 Theodor W. Adorno, Anmerkungen zu Kafka, S. 281.

5 Franz Kafka, Gesammelte Werke, Bd. 9 (Tagebücher 1909-1912)

6 この点については、Lihi Nagler, Allegorien der Kulturkämpfe. Die Doppelgänger-Figuren in *Der Andere* (1913) und *Der Student von Prag* (1913) und ihre Remakes von 1930 und 1926, in: montage/av 16/1 (2007), S. 143-169, S. 150ff. を参照。

7 Siegfried Kracauer, Von Caligari zu Hitler, S. 3.

8 Vgl. Otto Rank, Der Doppelgänger, in: Imago 3 (1914), S. 97-164, S. 101.

9 映画の手本となった Paul Lindau, Der Andere. Schauspiel in vier Aufzügen, New York, 1893 を参照。

10 Paul Lindau, Der Andere, S. 21f. (I, 9)

11 映画での弁護士は、演劇では検事である。彼は審判者であり、他方では弁護する者である。これは、枠となる部分のストーリーにとって納得がいくようにするための設定である。

12 Paul Lindau, Der Andere, S. 76f. (Ⅳ, 3)

13 Paul Lindau, Der Andere, S. 25f. (I, 8)

14 Paul Lindau, Der Andere, S. 21f. (I, 9)

15 「ボヘミア」は1913年1月30日に——オットー・ピックによるカフカの『観察』評が載っているのと同じ号に——アルベルト・バッサーマンが自身の映画出演について語っている記事を掲載した。この注目すべき偶然を発見したのは、Hanns Zischler, Kafka geht ins Kino, S. 99f. である。

16 Franz Kafka, Briefe 1913-1914, Kommentar, S. 424. 編者のハンス゠ゲルト・コッホはここで、カフカが3月4日の夜にビオ・ルツェルナで観た可能性がある映画 *Treffbube* に言及している。

17 Franz Kafka, Briefe 1913-1914, S. 121.

18 Franz Kafka, Briefe 1913-1914, S. 134; vgl. die Anm. des Hg., S. 425. カフカの受容の分析としては、Hanns Zischler, Kafka geht ins Kino, S. 103f.

19 Franz Kafka, Briefe 1913-1914, S. 135.

20 Franz Kafka, Briefe 1900-1912, S. 129. バッサーマンのキャラクター造形については、ハリー・カーンが「シャウビューネ」に寄せた同時代の批評 (zitiert bei: Hans-Gerd Koch, Kafka in Berlin, Berlin 2998, S. 35) を参照。

21 Vgl. Helmut H. Diederichs, Anfänge deutscher Filmkritik, Stuttgart 1986, S. 43ff., ferner Bettina Augustn, Raban im Kino, S. 38-69, S. 58ff. (ただし、バッサーマンの写真のキャプションに誤りがある。それはバッサーマンがラインハルトの演出でハムレットを演じているときのものであり、著者が主張するようにマックの映画のハラース役のものではない)

22 Gerald Bär, Das Motiv des Doppelgängers als Spaltungsphantasie in der Literatur

und im deutschen Stummfilm, Amsterdam 2005, S. 545ff. における、充実した原典の表示を参照。

23 Ulrich Rauscher, Der Kunstwart 26（1912/13）。 Zweites Märzheft, S. 4. Vgl. Ludwig Geve u. a.（Hg.）, Hätte ich das Kino!, S. 128.

24 Franz Kafka, Briefe 1913-1914, S. 134.

25 Franz Kafka, Gesammelte Werke, Bd. 10（Tagebücher 1912-1914）, S. 186. ここでは『失踪者』における億万長者の息子マックが思い出される。

26 Franz Kafka, Gesammelte Werke, Bd. 10（Tagebücher 1912-1914）, S. 194.

27 Franz Kafka, Gesammelte Werke, Bd. 10（Tagebücher 1912-1914）, S. 199.

28 Franz Kafka, Gesammelte Werke, Bd. 10（Tagebücher 1912-1914）, S. 200. それに加えて *Unglücksein*: Franz Kafka, Gesammelte Werke, Bd. 1（Ein Landarzt und andere Drucke zu Lebzeiten）, S. 31ff. を参照。

29 Franz Kafka, Briefe 1913-1914, S. 121.

30 Franz Kafka, Gesammelte Werke, Bd. 11（Tagebücher 1914-1923）, S. 31.

31 Franz Kafka, Gesammelte Werke, Bd. 11（Tagebücher 1914-1923）, S. 32.

32 Franz Kafka, Gesammelte Werke, Bd. 3（Der Proceß）, S. 9.

33 Franz Kafka, Der Process. Historisch-Krtische Ausgabe sämtlicher Handschriften, Drucke und Typoskripte, hg. v. Roland Reuß in Zusammenarbeit mit Peter Staengle, Frankfurt/M. 1997, Hft.《Jemand musste Josef L. verläumdet haben》, S. 37. ここは、カフカが削除した文章のなかでもっとも長いもののひとつである。

34 Franz Kafka, Der Process. Historisch-Krtische Ausgabe, Hft. 1, S. 37.

35 心理学的な視点を叙述方法に導入するこのような転移の運動については、Friedrich Beißner, Der Erzähler Franz Kafka, S. 140, Walter H. Sokel, Franz Kafka. Tragik und Ironie, S. 166ff., Gerhard Neumann, 〈Blinde Parabel〉 oder Bildungsroman? Zur Struktur von Franz Kafkas *Proceß*-Fragment, in: Jahrbuch der deutschen Schillergesellschaft 41（1997）, S. 399-427, S. 407f., Peter-André Alt, Der Schlaf der Vernunft, S. 354ff. 等の過去の研究も指摘してきた。

36 カフカは1920年11月にミレナ・ポラクに宛てた手紙で、心理分析を治療に用いる企画は「救いようのない錯誤」に由来するものであると述べている。それによれば、最近ではあらゆる精神的疾患は、「苦しんでいる人間が、何らかの母性的領域にわが身を固定すること」だという。カフカは、1920年末に一連のメモのなかで同じ発言をもう一度繰り返している（Briefe an Milena [Jesenská]. Erw. und neu geordnete Ausgabe, hg. v. Jürgen Born und Michael Müller, Frankfurt/M. 1982, S. 292f.; vgl. Gesammelte Werke, Bd. 7 [Zur Frage der Gesetze und andere Schriften aus dem Nachlaß], S. 161）。それは、この仮説の原理的傾向を彼が確信していたことを示している。

37 Franz Kafka, Gesammelte Werke, Bd. 6（Beim Bau der chinesischen Mauer und

andere Schriften aus dem Nachlaß), S. 216; vgl. S.162.

38 Friedrich Nietzsche, Jenseits von Gut und Böse, Kritische Studienausgabe, Bd. 5, S. 38.

39 Franz Kafka, Gesammelte Werke, Bd. 11 (Tagebücher 1912-1914), S. 213f.

40 意識のなかで起こるこのような忘却は、画家ティトレッリが「いかなる行為も失われることがなく、裁判では忘却は存在しないのです」(Franz Kafka, Gesammelte Werke, Bd. 3 [Der Proceß], S. 167) と強調するように、裁判においては、その罪を蓄積する無意識の暗号として反対の極を持っている。

41 Gilles Deleuze, Félix Guattari, Kafka. Für eine kleine Literatur. Aus dem Französischen übers. v. Burkhart Kroeber, Frankfurt/M. 1976 (= Kafka. Pour une littérature mineure, 1975), S. 60ff.

42 このようなリアリズム的手法による叙述の効果は、読者自身が被告に同一化することのうちにある。Christian Schärf, Franz Kafka. Poetischer Text und heilige Schrift, Göttingen 2000, S. 113f. を参照。

43 Franz Kafka, Gesammelte Werke, Bd. 3 (Der Proceß), S. 37. このような演劇的レベルについては、Joseph Vogl, Ort der Gewalt. Kafkas literarische Ethik, München 1990, S. 113f. を参照。

44 Franz Kafka, Gesammelte Werke, Bd. 3 (Der Proceß), S. 156.

45 Franz Kafka, Gesammelte Werke, Bd. 3 (Der Proceß), S. 156. 語り手による追記だけによっても、無実の主張の注目すべき制限がもたらされる。「この問いに答えることが、彼にまさに喜びを生み出した、それはとりわけ、回答が個人の資格の人間に対して、いかなる責任も負わずにおこなわれるからだ」

46 Franz Kafka, Gesammelte Werke, Bd. 3 (Der Proceß), S. 156.

47 Franz Kafka, Gesammelte Werke, Bd. 3 (Der Proceß), S. 160.

48 Franz Kafka, Gesammelte Werke, Bd. 3 (Der Proceß), S. 223.

49 時間的順番を確定的に再構成することは不可能であるが、テクスト批判的な調査に基づくなら、同時に成立したと考えることは納得がいくように思われる。Vgl. Franz Kafka, Der Process, Historische-Kritische Ausgabe, Franz Kafka, Kritische Ausgabe, Der Proceß, App-Bd., S. 111 (冒頭の章が最初に成立したという命題).

50 Franz Kafka, Gesammelte Werke, Bd. 3 (Der Proceß), S. 236.

51 Franz Kafka, Der Process. Historisch-Kritische Ausgabe, Heft《Ende》, S. 10.

52 Franz Kafka, Briefe 1913-1914, S. 121.

53 マスコミからの評価については、Gerald Bär, Das Motiv des Doppelgängers als Spaltungsphantasie in der Literatur und im deutschen Stummfilm, S. 545ff. を参照。

54 Franz Kafka, Gesammelte Werke, Bd. 3 (Der Proceß), S. 238. 最後の文章は、カフカ自身の作業状況と関係があると考えられる。なぜなら、彼は最終章によって小説を終結させたあと、導入部とエンディングのあいだの空間を埋めるために、も

う一度小説にとりかからなければならなかったからである。Vgl. Malcolm Pasley, Franz Kafka, Der Proceß. Die Handschrift redet, Marbach a. N. 1990, S. 22.

55 ドームの章において、聖職者も「判決は一度に下されるのではない、訴訟手続きは次第に判決へと移行していくのです」と報告する術を心得ている。Franz Kafka, Gesammelte Werke, Bd. 3 (Der Proceß), S. 236.

56 Helmut H. Diederichs, Der Student von Prag, S. 25. における引用を参照。いくつかの批判的な評価が、転載の際に編集されたことによって誇張が生じた。それゆえに、ここに挙げられている数字は、高く見積もられ過ぎている。

57 Vgl. das Zitat bei Helmut H. Diederichs, Der Student von Prag, S. 34ff., Gerald Bär, Das Motiv des Doppelgängers als Spaltungsphantasie in der Literatur und im deutschen Stummfilm, S. 555ff.

58 Siegfried Kracauer, Von Caligari zu Hitler, S. 35(「彼は幸運にも、想像力がセンセーションとセックスのあいだで溺れているような作家であった」).

59 Helmut H. Diederichs, Der Student von Prag, S. 41ff. にオリジナルの原稿が再録されている。

60 ミュッセの詩は、映画のなかの4つの挿入字幕に引用されている。vgl. Helmut H. Diederichs, Der Student von Prag, S. 32.

61 Helmut H. Diederichs, Der Student von Prag, S. 26.

62 Helmut H. Diederichs, Der Student von Prag, S. 70, 74, 76, 78, 80, 82 u. a.

63 Otto Rank, Der Doppelgänger, in: Imago 3 (1914), S. 97-164, S. 101.

64 Helmut H. Diederichs, Der Student von Prag, S. 20, ferner S. 24 (エーヴァースの参加に関して) に収められている撮影プランを参照。

65 1913年8月26日における「プラーガー・タークブラット」の批評およびHelmut H. Diederichs, Der Student von Prag, S. 23を参照。

66 Helmut H. Diederichs, Der Student von Prag, S. 24における著者の先行的批評の情報。

67 Franz Kafka, Briefe 1913-1914, S. 121.

68 W. G. Sebald, Dr. K.'s Badereise nach Riva, in: Schwindel. Gefühle, Frankfurt/M. 1990, S. 173. Hanns Zischler, Kafka geht ins Kino, S. 131ff. におけるヴェローナのプログラムの緻密な再現を参照。

69 影響をもたらす可能性のある文学的痕跡についても、はっきりとはしない。カフカのスケッチは、1913年秋以降、学生が登場するストーリーで占められる。Gesammelte Werke, Bd. 10 (Tagebücher 1912-1914), S. 134, 139, 141, 195, 207f., 222. 1913年10月14日に日記に書かれたふたつの短い場面は、それに対するひとつの反応を提供するものかもしれない。そこでは、馬および馬での遠乗りが描かれている——それは、『プラークの大学生』で役割を果たしているモティーフである (Tagebücher 1912-1914, S. 194)。しかしながら、生産的な受容の記録として

解釈できるような、映画の主題との明白な関連性はそこには存在しない。

70 1913年3月13/14日にフェリーツェ・バウアーに宛てて書かれた手紙には、「キネマトグラフの劇場にはごくまれにしか行かないとしても、僕はたいてい、その週のすべてのキネマトグラフのプログラムを暗記しているのです」(Franz Kafka, Briefe 1913-1914, S. 132)と書かれている。この発言を、映画への無関心が表現されたものと解釈するべきではない。それは彼が規則的に、しかし集中的ではなく映画館を訪れていたことを裏付けるものだ。

第六章

1 Franz Kafka, Gesammelte Werke, Bd. 1 (Ein Landarzt und andere Drucke zu Lebzeiten), S. 231.

2 Ludwig Greve u. A. (Hg.), Hätte ich das Kino!, S. 31. ラウシャーの記事については、Hanns Zischler, Kafka geht ins Kino, S. 21f.

3 Franz Kafka, Gesammelte Werke, Bd. 1 (Ein Landarzt und andere Drucke zu Lebzeiten), S. 229ff.

4 Franz Kafka, Gesammelte Werke, Bd. 1 (Ein Landarzt und andere Drucke zu Lebzeiten), S. 229ff.

5 Béla Balász, Schriften zum Film, hg. v. Helmut H. Diederichs, Wolfgang Gersch u. Magda Nagy. Bd. 1. 〈Der sichtbare Mensch〉. Kritiken und Aufsätze 1922-1926, München 1982, S. 67.

6 つねに身振りの観察を含んでいる日記の観相学的まなざしについては、Hartmut Binder, Kafka in neuer Sicht. Mimik, Gestik, und Personengefüge als Darstellungsformen des Autobiographischen, Stuttgart 1976, S. 35ff., Peter v. Matt, ... fertig ist das Angesicht. Zur Literaturgeschichte des menschlichen Gesichts, München, Wien 1983, S. 20ff., Georg Guntermann, Vom Fremdwerden der Dinge beim Schreiben. Kafkas Tagebücher als literarische Physiognomie des Autors, Tübingen 1991, S. 44ff., Gerhard Neumann, 《Eine höhere Art der Betrachtung》. Wahrnehmung und Medialität in Kafkas Tagebüchern, hg. v. Beatrice Sandberg u. Jakob Lothe, Freiburg i. Br. 2003, S. 33-58を参照。

7 Franz Kafka, Gesammelte Werke, Bd. 10 (Tagebücher 1912-1914), S. 180. Hanns Zischler, Kafka geht ins Kino, S. 124ff. は、ここに描写された映画についてのより詳細な情報を提供している。

8 Walter Benjamin, Franz Kafka. Zur zehnten Wiederkehr seines Todestages, Gesammelte Schriften, Bd II, S. 409-438, S. 419.

9 Theodor W. Adorno – Walter Benjamin, Briefwechsel 1928-1940, S. 95.

10 Robert Musil, Gesammelte Werke, Bd. II, S. 407.

11 Franz Kafka, Gesammelte Werke, Bd. 4 (Das Schloß), S. 364.

12 この場面の教唆に関しては、シュテファン・ケップラー（ベルリン）に感謝する。
13 Theodor W. Adorno, Aufzeichnungen zu Kafka, S. 270.
14 Franz Kafka, Gesammelte Werke, Bd. 4 (Das Schloß), S. 134.
15 Walter Benjamin, Gesammelte Schriften, Bd. II, S. 1228.
16 Franz Kafka, Gesammelte Werke, Bd. 1 (Ein Landarzt und andere Drucke zu Lebzeiten), S. 229.
17 Franz Kafka, Gesammelte Werke, Bd. 1 (Ein Landarzt und andere Drucke zu Lebzeiten), S. 230f.
18 Siegfried Kracauer, Das Ornament der Masse (1927), in: S. K., Das Ornament der Masse. Essays, S. 52ff.
19 Georg Lukács, Gedanken zu einer Ästhetik des Kinos, S. 76.
20 Siegfried Kracauer, Theorie des Films, S. 13.
21 Franz Kafka, Gesammelte Werke, Bd. 10 (Tagebücher 1912-1914), S. 209f. ドイツ帝国では、週間ニュース映画はオスカー・メスターによって1914年にはじめて導入された。
22 Franz Kafka, Gesammelte Werke, Bd. 1 (Ein Landarzt und andere Drucke zu Lebzeiten), S. 231.
23 Egon Friedell, Prolog vor dem Film, in: Blätter des deutschen Theaters 2 (1912), S. 509-511; Zitat nach dem Wiederabdruck in: Anton Kaes (Hg.), Kino-Debatte, S. 42-47, S. 45.
24 Moritz Heimann, Der Kinematographen-Unfug, in: Die neue Rundschau Jg. 24 (1913), S. 123-127, S. 125.
25 Max Bruns, Antwort auf eine Umfrage zum Thema Kino und Buchhandel, in: Börsenblatt für den deutschen Buchhandel 80 (5. 6. 1913); Zitat nach dem Wiederabdruck in: Anton Kaes (Hg.), Kino-Debatte, S. 83-93, S. 86.
26 Paul Ernst, Möglichkeiten einer Kinokunst, in: Der Tag (Belin), Nr. 49, 27. 2. 1913, Wiederabdruck in: Fritz Güttinger (Hg.), Kein Tag ohne Kino, S. 70-71, S. 70f.
27 身振りについては、排外主義的な視点から映画俳優たちの傾向、南欧の人々が無声の芝居を両手の動きでいかに強調しているかを批評するコンスタンティン・ネレンベルクの奇妙な記事、Fremde Gebärden im Kino, in: Der Kunstwart Jg. 27 (1918). Zweites Juniheft, S. 400-402 も参照。
28 Theodor W. Adorno, Aufzeichnungen zu Kafka, S. 270. アドルノの診断は、もっぱら彼に表現主義演劇を想起させる氏名の付与（ヴェーゼ、シュマー）に向けられている。
29 Franz Kafka, Gesammelte Werke, Bd. 9 (Tagebücher 1909-1912), S. 108f.
30 Siegfried Kracauer, Theorie des Films, S. 76f.
31 Franz Kafka, Gesammelte Werke, Bd. 10 (Tagebücher 1912-1914), S. 232. この空想

上の場面の手本としては、映画から直接的に受けたインスピレーションのほかに、開いていく箪笥の扉に向けてブローニングのリヴォルヴァーが構えられる場面のある探偵映画を撮った監督シャルル・ドゥクロワについて報告するDie Schaubühne (Jg. 6, Bd. 2, 1910, S. 990-991. Wiederabdruck in: Ludwig Greve u. a. [Hg.], Hätte ich das Kino!, S. 38f) 誌での描写が挙げられる。

32 Silvio Vietta (Hg.), Lyrik des Expressionismus, S. 58.

33 間メディア的決定という概念については、Irina O. Rajewsky, Intermedialität, Tübingen, Basel 2002, S. 62ff., および Peter V. Zima (Hg.), Literatur intermedial. Musik – Malerei – Photographie – Film, Darmstadt 1995. における諸論文を参照。周知のように、「間メディア性」とは「交互に及ぼす影響」ではなく、異種のメディアにおける要素を取り込むことによる意味の創出を意味する。

34 その出版社から作品を世に送っているカフカが、『映画の本』に関して寄稿を要請されたかどうかは不明である。

35 Kurt Pinthus (Hg.), Das Kinobuch (1913), S. 104.

36 Siegfried Kracauer, Film 1928, in: S. K., Das Ornament der Masse. Essays, S. 295-310, S. 305.

37 このような改造の行為に関しては、Joachim Paech, Intermedialität. Mediales Differenzial und transformierende Figuration, in: Intermedialität. Theorie und Praxis eines interdisziplinären Forschungsgebietes, hg. v. Jörg Helbig, Berlin 1998, S. 14-30を参照。

38 ジュネットによれば、ここで問題となっているのは「様態の移行」の手法である。すなわち、メディア的な(狭い意味ではテクスト的な)手本(仮のテクスト)は、話法の転換を通じて受容される。それはたとえば、ドラマの台詞を叙述のレベルに変換する、あるいは「供述」を要約することによって実行される。Gérard Genette, Palimpseste. Die Literatur auf zweiter Stufe. Aus dem Französischen v. Wolfram Bayer u. Dieter Hornig, Frankfurt/M. 1993 (= Palimpsestes. La littérature au second degré, 1982), S. 391ff.

39 Henri Bergson, L'évoltion créatrice (1907), S. 305; Dt. Ausgabe, S. 303.

40 カフカのモンタージュは、各構成要素を非体系的に結合させているという意味において、(クロード・レヴィ=ストロースの概念を用いると)ブリコラージュである。

41 Johann Peter Eckermann, Gespräche mit Goethe in den letzten Jahren seines Lebens, hg. v. Fritz Bergemann, Frankfurt/M. 1981, S. 208.

42 Franz Kafka, Gesammelte Werke, Bd. 1 (Ein Landarzt und andere Drucke zu Lebzeiten), S. 231. ここでは、カタルシスの反映は、カフカがテクストを読んで知っていた近代の悲劇——ホーフマンスタールの古代を舞台とするドラマ(『エレクトラ』[1903]や『オイディプス王とスフィンクス』[1905])や、ヴェルフェル

の『山羊の歌』(1921)が想起される――に現われるようなメタ詩的要素である。

43 演劇と映画の関係をめぐる論争については、Paul Ernst, Möglichkeiten einer Kinokunst (1913), in: Der Tag. Nr. 49, 27. 2. 1913; Wiederabdruck in: Kein Tag ohne Kino, S. 69-73. および Ferdinand Gregori, Theater und Film, in: Der Kunstwart Jg. 32 (1918), Erstes Oktoberheft, S. 218-220を参照。もちろん、Kurt Pinthus (Hg.), Das Kinobuch (1913), Einleitung, S. 24ff. に記載があるように、映画と演劇の関係を否定した作家たちもいる。ふたつの領域の関係性については、ハインリヒ・シュトゥムケ(*Kinematograph und Theater*, 1911/12) およびエミーリエ・アルテンロー(*Theater und Kino*, 1912/13) による記事を参照 (in: Prolog vor dem Film, hg. v. Jörg Schweinitz, S. 239ff., 248ff)。シュトゥムケが映画が演劇を模倣することに警告を発しているのに対し、アルテンローは映画のなかに、新たな「国民劇場」を創始するメディアを見出している。

44 Franz Kafka, Gesammelte Werke, Bd. 1 (Ein Landarzt und andere Drucke zu Lebzeiten), S. 231.

45 Oskar Kanehl, Kinokunst, in: Wiecker Bote 1, Hft. 2 (1913/14), S. 8-10; Zitat nach dem Wiederabdruck in: Anton Kaes (Hg.), Kino-Debatte, S. 50-52, S. 52.

46 Walter Benjamin, Das Kunstwerk im Zeitalter seiner technischen Reproduzierbarkeit, Gesammelte Schriften, Bd. II, S. 435-508, S. 445.

47 Yvan Goll, Das Kinodram, in: Die neue Schaubühne 2, Hft. 6 (Juni 1920), S. 141-143; Zitat nach dem Wiederabdruck in: Anton Kaes (Hg.), Kino-Debatte, S. 136-139, S. 138.

48 カフカは日記や手紙、文学テクストのなかで、何度も写真というメディアと取り組んでいる。その例としては、Briefe 1900-1912, S. 253, 274, 280, 293; Briefe 1913-1914, S. 121; Tagebücher 1912-1914, S. 214f.; Gesammelte Werke, Bd. 1 (Ein Landarzt und andere Drucke zu Lebzeiten), S. 93, 198, 131 (Die Verwandlung); Bd. 2 (Der Verschollene), S. 106; Bd. 3 (Der Proceß), S. 18, 34, 114. この点については、Carolin Duttlinger, Kafka and Photography, bes. S. 33ff., 62ff., 100ff., 125ff. を参照。

49 キャロライン・ダットリンガーの全体としては刺激的な論考 (Kafka and Photography) に、写真と映画の関係についての体系的考察が見られないのは残念である。カフカの近代的メディアとの取り組みが、どれほど知覚理論の問題と結びついているかという問いも無視されている。

50 Vgl. Franz Kafka, Gesammelte Werke, Bd. 6 (Beim Bau der chinesischen Mauer und andere Schriften aus dem Nachlaß), S. 216; vgl. S. 162.

51 Georg Lukács, Metaphysik der Tragödie: Paul Ernst (1911), in: G. L., Die Seele und die Formen, Neuwied, Berlin 1971, S. 218-250; Max Scheler, Zum Phänomen des Tragischen (1914), in: M. S., Gesammelte Werke. Bd. 3 (Vom Umsturz der Werte), hg. v. Maria Scheler, Bern, München 1972, S. 149-169; Walter Benjamn, Trauerspiel

und Tragödie (1916), Gesammelte Schriften, Bd. II, S. 133-140.

52 Franz Kafka, Gesammelte Werke, Bd. 1 (Ein Landarzt und andere Drucke zu Lebzeiten), S. 231.

53 Franz Kafka, Gesammelte Werke, Bd. 1 (Ein Landarzt und andere Drucke zu Lebzeiten), S. 231:「切り裂かれたミズハタネズミが、ヴェーゼと同じような声を発する」

54 Max Brod – Franz Kafka. Eine Freundschaft. Bd. 1, S. 210.

55 Kurt Pinthus (Hg.), Das Kinobuch (1913), S. 27; Anton Kaes (Hg.), Kino-Debatte, S. 106; Fritz Güttinger (Hg.), Kein Tag ohne Kino, S. 392, Anton Kaes (Hg.), Kino-Debatte, S. 131.

56 Georg Lukács, Gedanken zu einer Ästhetik des Kinos, S. 78.

57 映画と表現主義の芸術的結びつきが、ここで論じられているテクストの成立から数年後、すなわち1920年以後になって――『カリガリ博士』あるいは『巨人ゴーレム』のような作品のおかげで――ようやく受け入れられるようになったことは、同時代の議論に記録されている。このことに関しては、Anton Kaes (Hg.), Kino-Debatte, S. 130ff. を参照。

第七章

1 Franz Kafka, Gesammelte Werke, Bd. 12 (Reisetagebücher), S. 15.

2 アルブレヒト・コショルケは19世紀はじめの風景画および風景描写における前史を考慮に入れて、「パノラマ」を「枠をはずされた絵画」と呼んでいる(Albrecht Koschorke, Die Geschichte des Hoizonts. Grenze und Grenzüberschreitung in literarischen Landschaftsbildern, Frankfurt/M. 1990, S. 164)。

3 Vgl. Stephan Oettermann, Das Panorama. Die Geschichte eines Massenmediums, Frankfurt/M. 1980, S. 9ff.

4 Walter Benjamin, Berliner Kindheit um 1900, Gesammelte Schriften, Bd. Ⅳ, S. 235-304, S. 239.

5 Max Brod, Über die Schönheit häßlicher Bilder, S. 59.

6 Franz Kafka, Gesammelte Werke, Bd. 12 (Reisetagebücher), S. 15.

7 Franz Kafka, Gesammelte Werke, Bd. 12 (Reisetagebücher), S. 16.

8 この区分に対してヴァルター・ベンヤミンは、論文Das Kunstwerk im Zeitalter seiner technischen Reproduzierbarkeitにおいて、観察を通して、パノラマは個人個人の視覚体験をもたらすが、映画の視覚体験は集合的であると補足している(Gesammelte Schriften, Bd. 1, S. 457)。

9 Franz Kafka, Gesammelte Werke, Bd. 9 (Tagebücher 1909-1912), S. 11. Vgl. Hugo Münsterberg, Das Lichtspiel. Eine psychologische Studie (1916), in: Hugo Münsterberg, Das Lichtspiel, S. 42f.

10 Franz Kafka, Gesammelte Werke, Bd. 6 (Beim Bau der chinesischen Mauer und andere Schriften aus dem Nachlaß), S. 40.

11 Franz Kafka, Gesammelte Werke, Bd. 12 (Reisetagebücher), S. 47.

12 Hartmut Binder, *Der Jäger Gracchus*. Zu Kafkas Schaffensweise und poetischer Topographie, in: Jahrbuch der deutschen Schillergesellschaft 15 (1971), S- 375-440, S. 375ff.

13 Franz Kafka, Gesammelte Werke, Bd. 10 (Tagebücher 1912-1914), S. 198. 1923/24年の冬、カフカはあるスケッチのなかでグラッフスのテーマをとり上げている。Vgl. Franz Kafka, Gesammelte Werke, Bd. 8 (Das Ehepaar und andere Schriften aus dem Nachlaß), S. 125f. (「私たちは岸に着いた。私は陸に上がった。それは小さな港で、狭い場所だった」)

14 Max Brod u. Felix Weltsch, Anschauung und Begriff, S. 159.

15 Franz Kafka, Gesammelte Werke, Bd. 10 (Tagebücher 1912-1914), S. 108, S. 306 (Kommentar); エーレンフェルスのゼミナールでの議論に関しては、Max Brod, Streitbares Leben, S. 242 における回想を参照。それによれば、エーレンフェルスは書籍 *Anschauung und Begriff* をゼミナールに「討議的に利用する」ことによって彼の「精神的な独立性」を証明したという。

16 このことに関しては、Stefan Rieger, Die Individualität der Medien, S. 127ff. および Sabine Schneider, Verheißung der Bilder. Das andere Medium in der Literatur um 1900, Tübingen 2006, S. 41ff. を参照。

17 Vgl. Gustav Theodor Fechner, Elemente der Psychophysik, Leipzig 1860; Wilhelm Wundt, Grundzüge der physiologischen Psychologie, Leipzig 1874; Hermann von Helmholz, Die Tatsachen in der Wahrnehmung, Berlin 1879; Carl Stumpf, Psychologie und Erkenntnistheorie, München 1891; Henri Bergson, L'évoltion créatrice (1907), Paris 1907. 視覚体験の観察については、Franz Kafka, Gesammelte Werke, Bd. 9, (Tagebücher 1909-1912), S. 230; Gesammelte Werke, Bd. 11 (Tagebücher 1914-1922), S. 223.

18 Franz v. Brentano, Deskriptive Psychologie, S. 129.

19 Franz v. Brentano, Deskriptive Psychologie, S. 132ff.

20 Vgl. Oskar Kraus, Franz Brentano. Mit Beiträgen von Carl Stumpf und Edmund Husserl, München 1919, S. 153ff.

21 Hugo Bergmann, Untersuchungen zum Problem der Evidenz der inneren Wahrnehmung, Halle a. d. S. 1908, bes. S. 21ff. (内的知覚の認識的機能をめぐる議論の否定)

22 Max Brod u. Felix Weltsch, Anschauung und Begriff, S. 28 (《Brentano-Martysche Urteilslehre》の示唆), S. 30 (ブレンターノの判断の形式における知覚行為), 38 (マーティーの統合的判断の分析)。

23 Max Brod u. Felix Weltsch, Anschauung und Begriff, S. 45ff.
24 Max Brod u. Felix Weltsch, Anschauung und Begriff, S. 52f.
25 Max Brod u. Felix Weltsch, Anschauung und Begriff, S. 47ff.
26 Max Brod u. Felix Weltsch, Anschauung und Begriff, S. 48.
27 Max Brod u. Felix Weltsch, Anschauung und Begriff, S. 88f.
28 とりわけベルクソンの「科学的概念の明白な軽視」が批判されている。Max Brod u. Felix Weltsch, Anschauung und Begriff, S. 231.
29 Max Brod u. Felix Weltsch, Anschauung und Begriff, S. 87ff.
30 フェリーツェ・バウアーに向けてのコメントは以下のように続く。「(…) 人が手を載せることができる何かが存在しないところでは、僕の注意はあまりにも軽く消え去ってしまうのです」(Franz Kafka, Briefe 1913-1914, S. 112)
31 Franz Kafka, Gesammelte Werke, Bd. 10 (Tagebücher 1912-1914), S. 198. それに対して、Franz Kafka, Gesammelte Werke, Bd. 6 (Beim Bau der chinesischen Mauer und andere Schriften aus dem Nachlaß), S. 40. を参照。
32 Franz Kafka, Gesammelte Werke, Bd. 12 (Reisetagebücher), S. 16.
33 Franz Kafka, Gesammelte Werke, Bd. 6 (Beim Bau der chinesischen Mauer und andere Schriften aus dem Nachlaß), S. 40.
34 Max Brod u. Felix Weltsch, Anschauung und Begriff, S. 52f.
35 短編小説執筆の、リーヴァの記憶とフリートラントのステレオスコープと並ぶ第三の源泉は、1913年に出版されたルートヴィヒ・フォルクスマンの「デア・クンストヴァルト」に掲載された原稿だったかもしれない。フォルクスマンは、ロンドンで観たダンテの『神曲』の映画化作品について報告する。その作品には表現の深さは欠けているが、映画の場面のトポグラフィーは注目に値するものだったという。そのことは、以下の表現によって裏づけられる。「(…) カロンは、永劫の罰を受けた者たちを船に乗せ、素晴らしい輝きを放ち、大波が立っている水の向こう側へと渡す」(Ludwig Volksmann, Dante im Kino, in: Der Kunstwart Jg. 26 [1913], Erstes Maiheft, S. 218-220, S. 219) ここでは、カロンの観念連合と戯れているらしいグラッフスの短編の冒頭部を想起することができる。カフカは「デア・クンストヴァルト」誌を1906年までは定期的に、その後も少なくとも散発的に読んでいたので、上記の原稿を読んでいたことは十分に考えられるだろう。
36 Franz Kafka, Gesammelte Werke, Bd. 12 (Reisetagebücher), S. 15.
37 Franz Kafka, Gesammelte Werke, Bd. 1 (Ein Landarzt und andere Drucke zu Lebzeiten), S. 207.
38 Franz Kafka, Gesammelte Werke, Bd. 1 (Ein Landarzt und andere Drucke zu Lebzeiten), S. 208.
39 Franz Kafka, Gesammelte Werke, Bd. 12 (Reisetagebücher), S. 16.

40 Henri Bergson, Materie und Gedächtnis, in: Materie und Gedächtnis und andere Schriften, S. 43-245, hier S. 110.

41 Max Brod u. Felix Weltsch, Anschauung und Begriff, S. 162.

42 Max Brod u. Felix Weltsch, Anschauung und Begriff, S. 44.

43 Max Brod u. Felix Weltsch, Anschauung und Begriff, S. 44.

44 Henri Bergson, L'évoltion créatrice (1907), S. 305; dt. Ausgabe, S. 303.

45 Franz Kafka, Gesammelte Werke, Bd. 12 (Reisetagebücher), S. 16.

46 Hanns Zischler, Kafka geht ins Kino, S. 44. は、そのような統合の探求を見据えて「映画は停止したであろう」と断言している。

47 Bettina Augustin, Raban im Kino, S. 56. は、映画とパノラマ写真の統合への問いかけの内に、それ自体が動くことによって映画の映像の運動をパノラマ写真の強度と結びつける「解き放たれたカメラ」を認めている。初期の映画においては、技術的にそのようなカメラの視点はまだ不可能であった。

第八章

1 Franz Kafka, Gesammelte Werke, Bd. 11 (Tagebücher 1914-1923), S. 209ff.

2 Franz Kafka, Kritische Ausgabe, Das Schloß, App-Bd., S. 115ff. (「主人は客に挨拶した」) 日付に関しては、マルコルム・パスライの Apparat-Band, S. 62ff. における考察を参照。テクストの由来の徹底的分析としては、Hartmut Binder, Kafka in neuer Sicht, S. 364ff., また Hartmut Binder, Der Schaffensprozeß, S. 310f. (作業開始を、パスライよりも少しあとに設定している) も参照。

3 Franz Kafka, Kritische Ausgabe, Das Schloß, Apparat-Band, S. 120.

4 Franz Kafka, Briefe 1902-1924, S. 413.

5 1922年3月後半、マトリアリの患者仲間であったローベルト・クロプシュトックに宛てた手紙のなかで、彼は執筆に完全に没頭していたと語る。「世界大戦下において、爪でひっかき傷をつくった覆い」。(Franz Kafka, Briefe 1902-1924, S. 374. 手紙の正確な日付については、Franz Kafka, Kritische Ausgabe, Das Schloß, Apparat-Band, S. 61) 1922年3月15日に、彼はプラハでマックス・ブロートに長編小説の導入部を朗読し、3月28日には、さらにもっと長い部分を読んで聞かせた。ブロートの日記には、「カフカが朗読した、僕の人生でたったひとつ実質のあるものは、彼の作品だ」と書かれている (非公刊、zit. nach Franz Kafka, Das Schloß, Kritische Ausgabe, App.-Band, S. 64)。

6 終戦以後、アメリカ合衆国では、当時のスター俳優ロン・チェイニー——のちに、ルパート・ジュリアンの『オペラの怪人』に代表されるモンスター役を専門とするようになる——を主役に据える最初の映画化作品が検討された。しかしユニヴァーサル・スタジオは20年代はじめには、恐怖というテーマが観客に反感を抱かせる可能性があるという理由で、その企画を放棄した。

7 オリジナルとは異なって、国際マーケット向けのヴァージョンの冒頭には、文学的起源を示す「ブラム・ストーカーの小説による」という語句が入れられている。2007年にフリードリヒ・ムルナウ財団がドイツでDVDとして発売した復元されたヴァージョンでは、1922年のプリントにストーカーへの言及が加えられている。

8 この目標は達成されなかった。フローレンス・ストーカーはすでに1924年には、ベルリンの裁判所から、映画の全プリントの廃棄命令を獲得した――しかしこの判決は、アメリカの配給会社の助力によって実行は阻止され、『吸血鬼ノスフェラトゥ』の複数のヴァージョンが廃棄をまぬがれた。

9 ガレーンおよびムルナウの作品ではほかの名前も変更されている。ジョナサン・ハーカーはトーマス・フッターに、ミーナはエレン、アーサー・ホルムウッドはレーダー・ハーディングに変えられている。気の狂ったレンフィールドは、ストーカーの弁護士ホーキンスというキャラクターと融け合わされ、不動産業者ノックという新しい人物として登場する。ホーキンスが、単に自分が病気で行けなくなったために若きハーカーを行かせるのに対し、吸血鬼に従属しているノックは、従業員のフッターを悪しき意図のもとにトランシルヴァニアに派遣し、最後には、悪魔との契約への罰として狂気に陥る。

10 これに対しては、発刊後にすでに古典的な評価を得ている Friedrich A. Kittler, Draculas Vermächtnis. Technische Schriften, Leipzig 1993, S. 11-58 を参照。

11 カスパー・ダーヴィト・フリードリヒは、彼の絵画『海辺の月の出』(1822) によって、浜辺で寄せる波の前に立つエレンを提示するシークェンスの模範を提供している。ゴーティエのテクストは、ムルナウから、伯爵の客が食事の際に指を切ってしまい、血がしたたり落ちる――ストーカーの場合には、この出血は朝の髭剃りのときに起こる――という場面を受け継いでいる。ワーグナーの『さまよえるオランダ人』は、オーロクの船の旅の描写に力を貸している。間メディア的レベルは、初期の映画には珍しいものではなかった、演劇を想起させる幕の構造と、『恐怖のシンフォニー』という副題における音楽的参照によって補完されている。

12 「吸血鬼」という概念は、すでに1888年に、エミリー・ジェラードの旅行記録『森の向こうの国――トランシルヴァニアからの事実と夢想』に登場している。ブラム・ストーカーはジェラードの研究を知っており、ベアリング゠グールドの『人狼伝説』(1865) とともに、ジーベンビュルゲンに伝えられている吸血鬼信仰についてのもっとも重要な源泉となした。ストーカー作品における吸血鬼研究者であり神秘学者であるアブラハム・ヴァン・ヘルシングは小説内で、血を吸う者についての講演の際に「ノスフェラトゥ」という名前を使用している (Bram Stoker, Dracula. Ein Vampirroman. Vollständige Übersetzung der Ausgabe von 1897 v. Stasi Kull, unter Benutzung älterer Übertragungen, München 1971, S. 269)。エミ

リー・ジェラードはノスフェラトゥを誤って「不死の者」と訳したが、正しくはその意味は「疾病を運ぶ者」である。その名は、ギリシア神話の「ノソフォロス」という名の悪魔に由来し、典礼用スラヴ語を経由して、「ネスフル＝アトゥ」もしくはルーマニア語の「ネクラブレ」へと変化した。

13 Vgl. Friedrich A. Kittler, Aufschreibesysteme 1800-1900, München 1995 (3. Aufl., zuerst 1985), S. 449ff.

14 Siegfried Kracauer, Theorie des Films, S. 126. ロングショットとミディアムショットの数については、Margit Dorn, Vampirfilme und ihre sozialen Funktionen. Ein Beitrag zur Genregeschichte, Frankfurt/M., New York 1994, S. 82. および Clemens Ruthner, Vampirische Schattenspiele. Friedrich Wilhelm Murnaus《Nosferatu. Symphonie des Grauens》(1922), in: Der Vampirfilm. Klassiker des Genres in Einzelinterpretationen, hg. v. Stefan Keppler u. Michael Will, Würzburg 2006, S. 29-54, S. 39.

15 Béla Balázs, Nosferatu, in: Schriften zum Film, hg. v. Helmut H. Diederichs, Wolfgang Gersch und Magda Nagy. Bd. 1, S. 176 (zuerst in: Der Tag, 9. 3. 1923). ウィーンでのプレミア上映は、ベルリンよりも一年あとに実施された。

16 雰囲気という局面については、Michael Bouvier, Jean-Louis Leutrat, Nosferatu. Préface de Julien Gracq, Paris 1981, S. 76ff. を参照。

17 Lotte H. Eisner, Murnau, Mit dem Faksimile des von Murnau beim Drehen verwendeten Originalmanuskripts von *Nosferatu*, Frankfurt/M. 1979, S. 391ff.

18 ガレーンの脚本に書き込んだムルナウのメモを参照。Lotte H. Eisner, Murnau, S. 434ff. (Angabe:《Dolný Kubín》) すでにムルナウの最初の映画—— *Der Knabe in Blau* (1919) ——が、ある（ロマン主義的な色彩の強い）城を舞台とするものであった（この失われた作品の内容については、Lotte H. Eisner, Murnau, S. 185f. を参照）。

19 この旅（最初の部分）を最初に正確に再現したのは、Hartmut Binder, Kafkas Welt. Eine Lebenschronik in Bildern, Reinbek b. Hamburg 2008, S. 623 である。

20 Vgl. Franz Kafka, Briefe an Ottla [Kafka] und die Familie, hg. v. Hartmut Binder und Klaus Wagenbach, Frankfurt/M. 1974, S. 130. 患者仲間のふたりが書いた文章については、Hartmut Binder, Kafkas Welt, S. 623f. を参照。絵葉書は、ホテルの建物がある湖畔の風景を示しており、伝説が書かれている。《Vysoké Tatry. Štrbské pleso. Grandhotel, Dom Jiskry z Brandýsa, Lyžarska útulna, Detvan.》(Hohe Tatra. Štrbské Bergsee. Grandhotel, Haus 〈Jiskry z Brandýsa〉, Skihütte, Detvan.) 郵便スタンプは、Štrbské pleso, 8.8.21 となっている。この葉書に関する友好的な情報提供に関しては、カフカの Kritische Ausgabe der Briefe の編者であるハンス＝ゲルト・コッホに感謝する（カフカの手紙を収めた最後の2冊はまだ刊行されていない）。

21 この事実に関しては、Theiner & Meinicke, Breslau: Eisenbahn-Verbindungen mit

der Hohen Tatra; G. Freytags Verkehrskarte von Österreich-Ungarn 1913 (G. Freytag & Berndt Ges. m. b. H. Wien) を参照。

22 Franz Kafka, Briefe an Ottla und die Familie, S. 95.

23 Franz Kafka, Briefe 1900-1912, S. 335.

24 Franz Kafka, Briefe an Ottla und die Familie, S. 130.

25 1921年9月2日にローベルト・クロプシュトックに宛てた手紙 (Franz Kafka, Briefe 1902-1924, S. 335) を参照。

26 Franz Kafka, Gesammelte Werke, Bd. 4 (Das Schloß), S. 16f.

27 Franz Kafka, Gesammelte Werke, Bd. 4 (Das Schloß), S. 17. カフカの書いている露台は、『ノスフェラトゥ』の第二幕冒頭のすでに言及した手紙の場面で提示される。

28 カフカの城についての過去の考察としては、Klaus Wagenbach, Wo liegt Kafkas Schloß? Topographie von Dorf und Schloß in Woßek, in: Kafka-Symposium, hg.v. Jürgen Born, Berlin 1965, S. 161-180, bes. S. 170ff. を参照。ヴァーゲンバッハが主張しているのは、カフカの父ヘルマンが1852年9月14日に誕生した地であるストラコニッツそばの南ボヘミアの村、ヴォセク (オセク) の城である。その関連性は、村の施設に関しては一致しているようだが、城という建築物の領域においてはそうではない。ほかの意見としては、Hartmut Binder, Kafka-Kommentar, zu den Romanen, Rezensionen, Aphorismen und zum Brief an den Vater, S. 278. がある (ここでは、可能性のあるモデルとして、カフカが出張旅行中の1911年2月に眺めたフリートラントの城——アルブレヒト・フォン・ヴァレンシュタインの居城——が挙げられている。Vgl. Franz Kafka, Gesammelte Werke, Bd. 12 [Reisetagebücher], S. 14)。どの城がモデルかという問題は、映画のストーリーと結びつけて考えないとすれば、解釈学的にいって興味深いものではないだろう。

29 ヴァーゲンバッハの記述は、たとえばこの大きな相違点を無視するときにのみ機能する。小説が、かなり大きなもののように見える高低差を描いているのに対し、ヴォセクの城は、そもそも村より高い位置にはない (Klaus Wagenbach, Wo liegt Kafkas Schloß? 176頁と177頁のあいだにある図版を参照)。

30 Franz Kafka, Gesammelte Werke, Bd. 4 (Das Schloß), S. 16.

31 Franz Kafka, Gesammelte Werke, Bd. 4 (Das Schloß), S. 123. 日付については、Franz Kafka, Kritische Ausgabe, Das Schloß, Apparat-Band, S. 66f. を参照。

32 このような観念連合については、Waldemar Fromm, Artistisches Schreiben. Franz Kafkas Poetik zwischen *Proceß* und *Schloß*, München 1998, S. 179ff.; Gerhard Kurz, Traum-Schrecken, S. 160ff.; Ritchie Robertson, Kafka. Judentum, Gesellschaft, Literatur. Aus dem Englischen von Josef Billen, Stuttgart 1988 (= Kafka. Judaism, Politics, and Literature, 1985), S. 284ff. を参照。

33 Vgl. Franz Kafka, Gesammelte Werke, Bd. 4 (Das Schloß), S. 301 (フリーダは「城山

の斜面」での子供の遊びを思い出す).
34 名称への示唆については、クリスティアン・ヴォリン(ベルリン)に感謝する。
35 Franz Kafka, Gesammelte Werke, Bd. 4 (Das Schloß), S. 9.
36 Gesammelte Werke, Bd. 4 (Das Schloß), S. 19.
37 小説『城』と映画との関連については、1956年にペーター・ヴァイスが最初に(ただし詳細な根拠は示していない)注意を喚起した(Avantgarde Films, S. 19, Anm.)。そのあとでムルナウとの関係性があることについて示唆したものとしては、W. G. Sebald, Die Beschreibung des Unglücks. Zur österreichischen Literatur von Stifter bis Handke, Salzburg 1985, S. 83f. がある。
38 Franz Kafka, Gesammelte Werke, Bd. 4 (Das Schloß), S. 9.
39 この間テクスト的親縁性については、Michael Müller, Das Schloß: in: Franz Kafka. Romane und Erzählungen, hg. v. Michael Müller, Stuttgart 1994, S. 253-283, S. 254. を参照。
40 奇妙なことに国際市場向けのヴァージョンには存在しない、挿入字幕(インサート)によって伝えられる古典悲劇を思わせる幕の構造は、枠の部分のストーリーにおけるフィクションを生み出すプロローグによって補われている。私たちは、以下の物語は匿名の人物が遺した手記によるものであることを告げられる。その人物は、1838年にバルト海に面する架空の街ヴィスボルクを襲ったペストの流行の原因を究明しようとしたとされている。
41 Franz Kafka, Gesammelte Werke, Bd. 4 (Das Schloß), S. 9.
42 Franz Kafka, Gesammelte Werke, Bd. 4 (Das Schloß), S. 10.
43 やはり導入部には、1920年12月における、マトリアリへの冬の到着の印象(Briefe an Ottla und die Familie, S. 95ff.)と1922年1月終わりのシュピンデルミューレ到着の印象(Gesammelte Werke, Bd. 11 [Tagebücher 1914-1923], S. 209f.)が混じり合って入りこんでいる。
44 Zit. nach Lotte H. Eisner, Murnau, S. 163.
45 Nach Lotte H. Eisner, Murnau, S. 163f.
46 1914年以前には、上流の人々が集まるカフェ「ルーヴル」は、プラハの議論好きな大学関係者がもっとも好んで集まる場所のひとつであった。Vgl. Hartmut Binder, Wo Kafka und seine Freunde zu Gast waren, S. 195ff. 戦後はその場所は、映画館としても使用された。ムルナウの映画のプレミア上映についての情報、日付(1923年1月27日)を裏付けている広告ポスターによる立証については、プラハの映画アーカイヴのジリ・ホルニセクに感謝する。
47 Bohemia, Prag: 27. Jänner, 1923. 96. Jg, Nr. 21. S. 5. Spalte 2-3. 批評者はW. W.となっている。これが意味するのは、執筆者が映画・芸術批評家ヴィリー・ヴォルフラートであったということかもしれない。
48 Vgl. Hartmut Binder, Kafka-Kommentar zu den Romanen, Rezensionen,

Aphorismen und zum Brief an den Vater, S. 263f.

49 Franz Kafka, Kritische Ausgabe. Nachgelassene Schriften und Fragmente II, Apparat-Band, S. 138.

50 Franz Kafka, Gesammelte Werke, Bd. 8（Das Ehepaar und andere Schriften aus dem Nachlaß）, S. 146. テクストの書かれた時期が1923/24年の冬であることに関しては、Franz Kafka, Kritische Ausgabe. Nachgelassene Schriften und Fragmente II, Apparat-Band, S. 137ff. を参照。

51 イサカルは、ヤコブの12人の息子のひとりであり、それと同時にイスラエルの先祖のひとりである（1. Mos. 35,23）。

52 Vgl. Nosferatu. Restaurierte Fassung mit Originalmusik, 36:29-37:02.

53 Nach Lotte H. Eisner, S. 603. ムルナウはこの特別な場面を撮影作業中に削除した（脚本に「削除」と書きこまれている）が、先に書かれていた、吸血鬼が犠牲者に「沈みこむ」という、ほとんど同じ場面を映像化している。

54 Franz Kafka, Gesammelte Werke, Bd. 8（Das Ehepaar und andere Schriften aus dem Nachlaß）, S. 156f.

55 Franz Kafka, Gesammelte Werke, Bd. 8（Das Ehepaar und andere Schriften aus dem Nachlaß）, S. 157.

56 Franz Kafka, Gesammelte Werke, Bd. 8（Das Ehepaar und andere Schriften aus dem Nachlaß）, S. 157.

57 Franz Kafka, Gesammelte Werke, Bd. 8（Das Ehepaar und andere Schriften aus dem Nachlaß）, S. 155. 執筆時期については、Kritische Ausgabe. Nachgelassene Schriften und Fragmente II, Apparat-Band, S. 136f. を参照。

58 Franz Kafka, Gesammelte Werke, Bd. 8（Das Ehepaar und andere Schriften aus dem Nachlaß）, S. 155.

59 Franz Kafka, Gesammelte Werke, Bd. 8（Das Ehepaar und andere Schriften aus dem Nachlaß）, S. 209. テクストそれ自体は、部分的に判読できない部分がある。それは、カフカがその一枚をノートから破りとり、その際に損なわれているからである（Franz Kafka, Kritische Ausgabe. Nachgelassene Schriften und Fragmente II, Apparat-Band, S. 147.）。同様な文章としては、「何が気に障るんだね？ 何が君の心の支えを引っ張るのだ？ 何が君の扉の取っ手を手で探っているんだ？」（Das Ehepaar und andere Schriften aus dem Nachlaß, S. 155）がある。

60 Vgl. Clemens Ruthner, Vampirische Schattenspiele. Friedrich Wilhelm Murnaus *Nosferatu. Symphonie des Grauens*（1922）, in: Der Vampirfilm, S. 29-54, S. 40.

61 Lotte H. Eisner, Murnau, S. 48f.

62 Bohemia, Prag: 27. Jänner, 1923. 96. Jg, Nr. 21. S. 5. Spalte 2-3.

63 その構成は、第5章の台詞（Das Schloß, S. 85）が冒頭に書かれているSchloßheft IIにある。Vgl. Franz Kafka, Kritische Ausgabe, Das Schloß, Apparat-Band, S. 38f.,

82ff.

64 構成を再現したものは、Franz Kafka, Kritische Ausgabe. Das Schloß, Apparat-Band, S. 88に収められている。興味深いのは、カフカが当初はKをオルガによって城に招き入れられるように計画していたのに、のちにこのアイディアを断念したことである。

65 Franz Kafka, Gesammelte Werke, Bd. 4 (Das Schloß), S. 28, 48, 95, 111.

66 この点については、Gerhard Neumann, Kafkas *Schloß*-Roman: Das parasitäre Spiel der Zeichen, in: Franz Kafka: Schriftverkehr, hg. v. Gerhard Neumann (zusammen mit Wolf Kittler), Freiburg 1990, S. 199-221, S. 205f.; Giuliano Baioni, Kafka. Literatur und Judentum, Stuttgart, Weimar 1994, S. 279ff.; Peter-André Alt, Franz Kafka. Der ewige Sohn, S. 616ff. を参照。

67 語りの形式については、Christian Schärf, Franz Kafka, S. 182f. を参照。

68 Franz Kafka, Kritische Ausgabe, Das Schloß, Apparat-Band, S. 68. Hartmut Binder, Kafka in neuer Sicht, S. 365は、この時点において20章がすでに書かれていたと推測している。

69 Franz Kafka, Briefe 1902-1924, S. 413.

エンドクレジット

1 少なくともふたつの例においては、カフカが詳しい知識を有していたと仮定できるかもしれない。つまり、『プラークの大学生』と『巨人ゴーレム』は、地誌的および神話的背景によって彼の誕生した街との関連を指し示している。その関連性は、カフカにとって2本の映画を魅力的なものと感じさせたにちがいない。『プラークの大学生』においては、本書で考察したドッペルゲンガーのテーマへの興味もそこに付け加えることができる。

2 Franz Kafka, Gesammelte Werke, Bd. 11 (Tagebücher 1914-1923), S. 192.

3 Franz Kafka, Briefe an die Eltern aus den Jahren 1922-1924, hg. v. Josef Čermák und Martin Svatoš , Frankfurt/M. 1990, S. 33.

4 非公刊。ハンス＝ゲルト・コッホがオリジナルのチェコ語の手紙メモについて正確な文面を提供してくれたことに感謝する。

5 Franz Kafka, Briefe 1913-1914, S. 121.

6 Bettina Augustin, Raban im Kino, S. 56.

7 この所見については、Gerhard Neumann, Umkehrung und Ablenkung: Franz Kafkas 〈Gleitendes Paradox〉, in: Deutsche Vierteljahrsschrift für Literaturwissenschaft und Geistesgeschichte 42 (1968), S. 702-744, Hans Helmut Hiebel, Die Zeichen des Gesetzes, S. 24, Harold Bloom, Kafka, Freud, Scholem. Aus dem amerikanischen Englisch v. Angelika Schweikhart, Basel, Frankfurt/M. 1990, S. 28 を参照。

8 Franz Kafka, Gesammelte Werke, Bd. 10 (Tagebücher 1912-1914), S. 204;

Gesammelte Werke, Bd. 12 (Reisetagebücher), S. 15.

9 Max Brod, Kinematographentheater, in: Die neue Rundschau. Jg. 20 (1909), S. 319-320, S. 319f.

10 このような心理学からの離反に関しては、Theodor W. Adorno, Aufzeichnungen zu Kafka, S. 252を参照。

11 Franz Kafka, Briefe 1900-1912, S. 93.

図版出典

Stiftung Deutsche Kinemathek, Berlin: 109, 117, 125, 129, 136, 174, 181ページ
なお上記以外は原著者蔵。